青山娼館

小池真理子

角川文庫
15563

1

マダム・アナイス＝漆原塔子《うるしばらとうこ》に初めて会った時のことだ。

マダムはわたしに「恋は御法度《ごはっと》よ」と言った。会ってから三分もたっていなかったと思う。そして、きれいなアーモンド形の目を細め、見事に美しく並んだ前歯を覗《のぞ》かせながら、とびきりの笑顔を作った。

あの笑顔。人をいい気分にさせて、何かをだまし取ってやろうと企《たくら》んでいる女の笑顔ではない。そんな、爬虫類《はちゆうるい》が獲物を狙う時のような笑顔とマダムの笑顔とは、どこにも接点がない。

マダムの笑顔は、笑顔のための笑顔、人に向かって心からの微笑を送ろうとする時の笑顔だった。それはわたしが、かつて一度も見たことのない種類の無垢《むく》な笑顔であり、同時に、わたし自身、一度として誰かに向けたことのないものでもあった。

そう。わたしはあんな笑顔で人と接したことがない。男に向けたことがないのはもちろんのこと、亡くした娘、舞《まい》に対してすら。

　舞、舞、あなたはママのすべてよ、ママの宝物よ……そんなふうに囁《ささや》いてキスをして、抱きしめて、舐《な》めまわすように舞を可愛がっている時ですら、わたしの顔にあれほど素晴らしい笑みは浮かんでいなかったはずだ。

「恋はいけないんですか」とわたしは聞いた。「お客と、という意味ですよね。だったら、外部の人……つまり、プライベートな関係の相手とだったらいいわけですか」

「ここで働いている間、できればどちらも」とマダムは静かな口調で言った。少し低い声。それとはわからない程度に掠《かす》れていて、そのくせどこまでも透明で、とても聞き取りやすい声。笑顔のままにあふれてくる、笑みを湛《たた》えた声……。

　恋はやめたほうがいいわ、とマダムはもう一度、ゆっくりと繰り返し、微笑みを絶やさずにわたしを見た。「これはうちの規則ではないんだけれど、わたしはこれまで、どの女の子にも同じことを言ってきたの。恋が御法度だと思っていれば、無駄に苦しい思いをしなくてもすむからよ。わかる?」

「いえ……あんまりよくわかりません」

「わかろうとしなくても、もしあなたがここで働くことになったら、覚えていて損はないことよ。いいわね?」

気圧《けお》されたようになってわたしが曖昧《あいまい》にうなずき返すと、マダムはおもむろに、手にしていた書類に目を落とした。「三十二歳。黒沢奈月《くろさわなつき》さん……とてもいいお名前」

「それはどうも」

「せっかくいいお名前でも、ここで働くようになったら、別の名前を使っていただくことになるわ。おわかりでしょうけど」

「わかっています」

「これまでに結婚したことは？」

「ありません」

「お子さんをもうけたことは？」そう聞いてから、マダムは再び婉然《えんぜん》と微笑した。金の細いフレームの、他の同年代の女なら、たちまち成り上がりの厭味《いやみ》な婦人に見えてしまうに違いない種類の、いやったらしい、ブルジョアを気取った、角の部分に小さなダイヤの嵌《は》まった眼鏡の奥で、隙のないメイクを施した目が美しい弧を描いた。

「結婚しなくても、お子さんを持つことはできますからね」

「子供を持ったことはあります」とわたしは答えた。「過去の話ですが」

「とおっしゃると？」

「死んだんです。一年前。娘でした」

マダムは心底気の毒そうな顔をしたが、それ以上、何も聞いてこなかった。その瞬間、わたしはどういうわけか、この人はいい人だ、と思った。

子供を持ったこともなく、それに匹敵する生き物を飼ったこともなく、まして、自分より先に死なれた経験もない女に、興味本位の同情をされることほど腹の立つことはない。

母の店によく出入りしている女がいた。たまたま母の店でわたしとばったり会い、舞が死んだことを知った途端、その女は泣きそうな顔をして、わたしをしげしげと眺めてきた。その目の奥には、他人の私生活を覗き見しようとする人間の、ぬめったような光があった。

奈月ちゃん、と女は言い、カウンタースツールの上の腰を浮かせて、わたしのほうに上半身を傾けてきた。

どうして？　かわいそうに、病気だったの？　わかるわ、その気持ち、ああ、お気の毒に、可愛かったでしょうにねえ、おつらいでしょう？……。

保険の勧誘員をしている女だった。五十にして独身。それも当然だろうと思える、小柄で肥《ふと》った、肌のきたない醜い女だった。

女はスツールの上で腰をくねらせるようにしてわたしの腕を握りしめ、芝居がかった調子で「生きていく、って大変なことよねえ」と言った。「ほんとに大変。奈月ちゃん、かわいそうに。でもいったいどうしてよ。なんで、お嬢ちゃん、亡くなったの。事故か何か？　病気ってわけでもないわよねえ。ちっちゃい子は乳離れする頃から元気いっぱいになって、あんまり病気にならないから。結局、お父さん、いないまんまに亡くなったわけでしょう？　でも、こう言っちゃ何だけど、よかったのかもしれないわよねえ。小さな子を抱えての人生は、やっぱし大変よ。ほんと、大変」

女の口からは、腐った葱《ねぎ》のような口臭が嗅《か》ぎ取れた。

気がつくと、わたしは腕を振り払い、その臭い口に向かってコップの水をぶちまけていた。悲鳴があがり、母がわたしを叱りつけ、居合わせた客が全員、立ち上がった。わたしは黙ったまま、母の店を飛び出した。

泣くとかわめくとか怒鳴りたいとか、そういった気持ちにはならなかった。ただひたすら腹が立っていた。それは猛烈な怒りだった。

怒り……わたしの場合、喪失の悲しみの後にきたのは、怒りという感情だった。誰か特定の相手に向けた怒りではない。腹の底からわきあがってくる怒り。世界の不条理に対する怒り。

わたしはそれをもてあまし、この一年というもの、現実とも虚構ともつかない世界をゆらゆらと漂っていたような気がする。

「ご両親はご健在？」

マダムは、わたしが子供に死なれたことには触れないまま、何事もなかったかのように次の質問を発した。

窓のない部屋だった。ごちゃごちゃした家具や小物は一切なく、ビロウドのように見える厚手の、葡萄《ぶどう》色の壁紙に囲まれた、装飾品の何もない、ただ、椅子とテーブルとソファーがあるだけの。

部屋にはエッセンシャルオイルが焚《た》かれていた。シナモンとオレンジが混ざり合ったような甘い香りだった。

わたしは正面からマダムの顔を見て、「母だけ」と答えた。「父はずいぶん昔に亡くなりました。病気で」

「お母様は今、飲食店を経営なさっている、とあるけれど、どういったタイプのお店なのか、教えてくださる？」

「居酒屋とスナックを足して二で割ったみたいなものです。全然大した店じゃありません。大衆酒場みたいなところ。従業員も、バイト感覚で来てる若い女の子たちがいるだけですから」

「お母様と一緒に暮らしてらっしゃるの?」

「一緒でしたが、娘を亡くしてからはわたしが家を出ました。今は一人暮らしです」

「お母様は、あなたがこういうところで働こうとしていることをご存じ?」

「いえ、全然。最近はろくに会ってもいませんし、もし、ここで採用していただけたとしても、話すつもりは一切ありません」

そう、とマダムはにっこり微笑み、うなずいた。「ところで、このお店の名前にもなっているアナイス、というのが、何を意味するのか、あなたは知っていた?」

「フランスに住んでいた人の名前ですよね? アナイス・ニン。女流作家」

マダムは、よくできました、とでも言いたげに、より大きくうなずき、眼鏡の奥の目を細めてみせた。「そうよ。アナイス・ニン。美人でもあったわ。ヘンリー・ミラーの恋人だったこともある人。ヘンリー・ミラーっていうのは有名な小説家よ」

「知ってます。『北回帰線』……でしたよね。あ、違った。『南回帰線』?……読んだことなんか、ないですけど、タイトルだけは」

「えらいわ」とマダム・アナイス……漆原塔子は言い、小学校の美しい女教師のように背筋を伸ばして、やわらかくわたしに向かって笑いかけた。

わたしは軽く肩をすくめた。「別にえらくなんかありません。ただ知ってただけです」

「知らない人も多いのよ。知らなくたっていいことなんだけど、でもやっぱりね。どんな場合であっても教養は大切だわ。時にはお金以上に」

素性ははっきりしないが、娼館《しょうかん》を経営する女がそんなことを言うとは信じられなかった。女たちに春を売らせて儲《もう》けている因業《いんごう》ばばあにも、金より大切なものがあって、それが教養だと聞いたら、誰もが噴き出したことだろう。

だが、わたしにはマダムの言うことがわかるような気がした。言っていることの内容ではなく、マダム自身が漂わせているものがわたしの中にあった何かと、うまく溶け合ったからかもしれない。

その後、幾つかの質問が続いた。わたしは正直にそれに答え、〝面接〟は終わった。

「結果は後日、お知らせするわ」とマダムは言った。「あ、その前に、ちょっとそこに立ってみてくださる?」

「は?」

「椅子から立って、あなたの全身を見せてください」

言われた通りに立ち上がり、マダムの前に佇《たたず》んだ。マダムはわたしの頭のてっぺんから足の爪先にまで、乾いた無機質な視線を送り、「はい、もういいわ、ありがとう」

と言った。「身体の線がおきれいね。あなたぐらいの年齢でも、すっかり線がくずれてしまっている人も少なくないのよ。そりゃあそうだわ。毎日コンビニのお弁当だのジャンクフードだの、そんなものばっかり食べ続けてたら、誰だって身体の線はくずれていきますものね。お酒は飲める？」

「飲めます」

「強い？」

「まあまあだと思いますけど」

「こういうお仕事にはお酒はつきものよ。しかも毎晩。休みなしに。それでも酔いつぶれてわけがわからなくなったり、気分が悪くなったり、ひどい二日酔いに悩まされたりしないでいられる？　つまり、お酒に飲まれずにすむかどうか、っていうことなんだけど」

「多分できると思います」

「わたしのサロンに来る人たちを心から満足させるためには、いろいろな条件を整えなくてはいけないわ。その中には、健康、という項目もあるの。これは意外に重要なことなのよ。あなたは健康？　健康でいるための努力は怠らない？」

「努力は別にしてませんけど。ずっと健康できましたから。子供を産んだ時も、超安産でした。犬みたいに」

素晴らしいわね、とマダムは言い、白く形のいい歯を見せてわたしに笑いかけた。

「じゃあ、今日はこれで結構よ」

よろしくお願いします、とわたしは小さな声で言い、シナモンとオレンジの香りに満ちた部屋を辞した。


東京青山の裏通りに、『マダム・アナイス』という会員制の高級娼館がある、ということをわたしに教えたのは麻木子《まきこ》だった。

山村《やまむら》麻木子は高校時代のわたしの同級生である。当時は誰よりも親しくしていたが、卒業と同時に疎遠になった。どこに暮らしているのやら、出した年賀状が宛て先不明で戻ってくるようになったのは数年後のことで、以来、共通の知人に聞いても居所はわからないままだった。

その麻木子と、三年前の夏、ばったり再会したのだ。あの時のことはよく覚えている。舞が生まれて一年ほどたった頃のことだ。

「奈月？　ね？　そうでしょ？」

目を丸く見開き、さも人なつこそうにわたしに近づいてきた女を見て、わたしも驚いた。

渋谷《しぶや》の百貨店地下にある食料品売場だった。すでに夕方の六時近くになっていて、勤め帰りのOLや主婦たちで、惣菜《そうざい》売場はごった返していた。

麻木子はわたしの腕をつかみ、強く揺すり、揺すった手が傍を通りかかる人にあたったのも気づかずに、「わあ、奈月。わぁ、嬉《うれ》しい」と悲鳴に近い歓声をあげた。

「どうしてた？　元気だった？　何年ぶりだろう。卒業以来よね。もう私たち、来年は三十だよ。信じられる？　だから、十二年ぶり？　そうだよね？」

ぼやぼやした感じの、栗色がかった髪の毛は昔のままだった。かつてはショートヘアにしていたが、その時の麻木子は長く伸ばした髪にゆるくウェーブをつけていた。平凡な、いかにも安物といったイエローグリーンのカットソーに白いスカート。手には白い籐《とう》のバッグをさげ、どこにでもいるOL、といった装いだった。

時間ある？　お茶だけでも飲んでこうよ、ね？　そうしようよ……麻木子に言われるまでもなく、わたしも懐かしさのあまり、家でわたしの帰りを待っている母のことなど、どうでもよくなっていた。

わたしが帰らないと、舞の世話を押しつけられている母は店に出られない。母に申し訳ない、と思いつつも、麻木子と再会したことが嬉しくて、わたしは麻木子の後に従いながら百貨店の三階にある喫茶店に入った。

「ちょっと待って。母親に連絡しとくから」

席につくなりそう言って、わたしはその場で携帯を取り出し、母に電話した。むいたばかりの茹《ゆ》でたまごのような、つるんとした肌をした中年のウェイターがつかつかとやって来て、携帯を使うなら外でお願いいたします、と言ってきた。わたしは愛想よくうなずき返しつつも、それを無視した。

懐かしい友達とばったり会ったから、一時間くらい帰るのが遅れる……そう言うと、母はしぶしぶ承知し、舞が少し風邪気味かもしれない、と言ってきた。「今は止まったけど、さっきまでくしゃみばっかりしてたのよ。少し鼻水も出てたし」

「だから言ったでしょ。お母さんがクーラーばっかりつけてるからよ」とわたしは言い返した。「弱めにしろ、って言ってんのに、いつだって部屋を冷凍庫みたいにしなきゃ気がすまないんだから。電気代だって馬鹿になんないのよ。いい加減にしてよね。で、どうなのよ。舞、熱があるの？」

「熱なんて、ないない。くしゃみしてただけだから。風邪じゃないかもしれない。鼻に埃《ほこり》が入っただけなのかも」

「だったら初めからそう言ってよ。余計な心配させて」

母は不機嫌そうに「そうだね」と言うなり、「早く帰ってよ」と早口につけ加えて電話を切ってしまった。

ため息まじりに携帯をバッグに戻し、わたしは麻木子に向かって笑顔を作った。

「まったくもう。年とった母親なんてロクなもんじゃないわ。全然役に立たない」

「平気？　お母さん、熱出したの？」

「違う。わたしね、子供を産んだのよ。去年の六月に。まだ一歳とちょっと。仕事も休んでたんだけどね、最近になってまた復帰したとこ。お金がなくなっちゃって、もう、すっからかん。昼間は同居してる母に面倒みてもらってるの。でも平気よ。熱なんかないみたいだから」

そうだったんだ、と麻木子は言い、おめでとう、と笑顔で言い添えた。「何の仕事してるの？」

「わたし？　ヘアメイク関係の仕事」

「へえ、かっこいい。奈月らしいじゃん」

「全然かっこよくなんかないわよ。きれいにしてあげるのは女優さんとかモデルさんとか、そういう人ばっかりで、こっちは汗だくだもん。何か月も洗濯してないジーパンはいて、汚れてもいいようなTシャツ着て。美容院行ってる時間も余裕もないから、髪の毛もぼさぼさだしね。伸びてきたら自分で切るの。でも、今、所属してる事務所は時間の自由がきくのよ。子育て中でもできる、ってのがありがたいの。夜はだめ、って限定しとけば、そういう仕事しか回ってこないし。まあ、その分、稼ぎはがくんと減るけどね」

「でもいいよ。ご主人がいるんだから」と麻木子は、人のよさそうな、山羊《やぎ》のような目を細めた。「幸せそうだな、奈月。子供にも恵まれて。ね、聞いていい？　ご主人は何してる人？」

そう聞かれるのには慣れていた。わたしは注意して笑みを崩さないようにしたまま、首を横に振った。「ご主人なんていないの。未婚の母、ってやつだから」

思えば、あの瞬間から、わたしと麻木子との間には、一挙に十二年の空白を越えた繋《つな》がりができたのかもしれない。

女の友情は時として残酷だ。不幸指数が完全にかけ離れていると、どれほど親しかった相手とも、急速に疎遠になる。逆に、たとえ何年も会わずにいても、互いの不幸指数が一致すれば、それだけで無二の親友同士に戻ることができる。

相手の打ち明け話に熱心に聞き入り、愛情あふれる相槌《あいづち》をうち、時に本気で涙を滲《にじ》ませる。相手の不幸話と自分の不幸話とが溶け合って、独りではないのだ、と思える連帯感が生まれ、浮き浮きとした気分にさえ包まれる。その時に相互に生まれる感情が、〝友情〟と呼ばれるのだ。

わたしと麻木子の再会も、その意味では、同じだった。互いの不幸指数が一致していることがわかった時から、十二年の空白は瞬時にして埋められたのだ。

だが、その不幸指数の一致こそが、現実にわたしと麻木子を深く結びつけることになった。但し、そこに生まれたのは〝友情〟などと呼べる、なまぬるいものではなかったような気がする。もっと別の、もっと刺々《とげとげ》しい、もっとひりひりした何か……麻木子がどうだったのかは、今となっては確かめようもないが、少なくともわたしはそうだった。

わたしは麻木子という女と、麻木子が背負っていた不幸に導かれるようにして、後に自分自身の居場所を決めることになった。暗がりの、どん底の、光のない、闇に閉ざされたようなところに落ちていくしかなかったわたしが、とりあえずは生きていくための方法を手さぐりで探すようになったのも、麻木子のおかげだった。この世にはまだ、自分たちが未知の生き方がある、そこに飛びこまないでいる理由はない……麻木子はそう教えてくれたのだ。

「ミコンノハハ？」と麻木子はあたりを憚《はばか》るようにして、小声で問い返した。「じゃあ、相手の人は妻子あり？」

「うん、そう。珍しくもなんともないでしょ？　そういう女、たくさんいるし」

「そうだとしても、馬鹿だな、奈月も。強引に認知させちゃえばよかったのに」

「いいのよ、別に。わたしが決めて、わたしが産んだの。子供の父親には何の関係もないことだったし、今となっては関係をもちたいとも思ってないから」

「別れたのね？」

「とっくに」

「生まれたことは教えたんでしょ？」

「一応ね。携帯メールで送信して、その後すぐ、彼の携帯番号もメールアドレスも全部、削除して、着信拒否にした」

麻木子は大げさに目を丸くした。「それで奈月、一人で働いて子育てもしていこう、ってわけ？　えらいわ。えらすぎる。でもだめよ、そんなの。そういうことのお金だけはね、男の人にきちんとしてもらわなくちゃ」

「一円も払ってもらうつもりはない、って宣言したのよ。産みたいのはわたしで、子供が欲しいと思うのもわたしで、あなたではない、だから、勝手に産む、ほっといて、って。後で甘えて養育費だの何だの、って請求したりは絶対にしないから、って」

麻木子はため息をつき、「馬鹿なのか、立派なのか、わかんない」と言った。その言い方が可笑《おか》しかったので、わたしがくすくす笑うと、麻木子もまた、呆《あき》れたように笑い返してきた。

「そんなに子供が欲しかったの？　その人との間に」

「子供は欲しかった。ちっちゃな、ミニチュアの人間がね。人形じゃなくて、動くミニチュアの人間。でも、その人との間の子じゃなくても、誰の子でもよかったの。そのへんの男とゆきずりにラブホに入って、それでできちゃったとしたら、それでも産んだと思う」

「何なんだろうね、それって」

「自分でもよくわからない」とわたしは言った。「別に母親になりたかったわけじゃないし」

「じゃあ何よ」

わたしは少し考えてから「依存」と言った。「依存したかったんだろうと思う、自分の子供に。だから産んだ」

「え？」

「ほんとはさ、子供が母親に依存してくるもんじゃない？　でも、わたしは違ったの。考えてみればひどい親だよね。生きていくのに、自分が寄りかかろうとするためだけに赤ん坊を作るなんて。しかも父親のない子を。生まれた子はいい迷惑」

でも、と麻木子は言い、小さくうなずいた。「なんか、ちょっとわかる気がする」

「わかってもらえなくてもいいよ。わかんなくて当然。こんな話、したの初めてだから、自分でもびっくりだけど」

麻木子はもう一度うなずき、遠くを見た。わたしの子供の話はそれで終わった。

運ばれてきたコーヒーを飲み、夕食前だけどケーキも食べちゃおうか、ということになって、二人でミルフィーユをひとつ注文した。大きなミルフィーユだったので食べごたえがあった。高校時代の同級生の思い出話などをしながら分け合って食べているうちに、時のたつのを忘れた。

「聞くの忘れてた。麻木子が勤めてる会社、何の会社？」

ミルフィーユを食べ終えて、口のまわりについたパウダーシュガーをナプキンで拭《ふ》きつつ、わたしがそう聞くと、麻木子は「なんで？」と問い返してきた。少し違和感をもたらすような静かな表情が、一瞬、麻木子の顔を能面のようにした。

「なんで、って、知りたいからよ」

「わたしが会社勤めしてる、ってどうして思ったの?」

「違うの?」

「いかにもOLみたいな恰好《かっこう》してるから? 甘いよな、奈月も」

麻木子は乾いた笑い声をあげ、白い籐《とう》製のバッグからたばこを取り出して、ライターで火をつけた。「吸う?」

いらない、とわたしは言った。

「教えてあげる。わたし、娼婦《しょうふ》やってんだ」

わたしが黙っていると、麻木子は眉《まゆ》を大きく吊《つ》り上げ、ふうっ、とため息をついた。

「驚くでしょ。でも、ほんとなの。あんまり、人に話しちゃいけないことになってるんだけど」

娼婦、という言葉がもたらす響きと、その時の麻木子の言い方には、何か共通するものがあった。ただの直感のようなものだったかもしれない。だが、わたしは麻木子が本当に、身体を売る仕事をしているのだろうと思った。

ミルフィーユを食べたせいで、麻木子の口紅は落ちていた。かえって艶やかさを増したように見えるきれいなサーモンピンク色の唇に笑みを浮かべ、麻木子はちらりとわたしを見た。

「青山にね、高級会員制の娼館があるのよ。ショウカン。わかる？　娼婦の館《やかた》よ。超がつくくらいの高級なとこ。会員になるために、すごい額の入会金がいるの。十万や二十万じゃなくてよ。一千万よ。でもって、年会費が三百万。信じられる？　馬鹿みたいでしょ。呆れるったらありゃしない。でも馬鹿みたいなお金払って会員になって、足しげく通ってくる馬鹿もいるのよ」

知らなかった、とわたしは言った。少しの間、沈黙が流れた。

「でも今はまだ、これ以上は言えない」と麻木子は言い、白い陶器の灰皿にたばこの灰を落とした。「ネットで検索しても、絶対に出てこないようなとこなの。どうやって調べても無理ね、きっと。厳重に秘密が守られて、それこそ知る人ぞ知る、って感じのところ。わたしが今、ここで奈月にこんな話をしてる、ってことがマダムに知られたら大変」

「マダム？」

「そこの経営者」

「知られたらどうなるの。お仕置きを受けるわけ？　鞭《むち》で叩《たた》かれるとか」

あはは、と麻木子は笑い、首を横に振った。「奈月の想像力もその程度か。古いなあ。ま、仕方ないよね。いまどき、そんな娼館が東京にあるだなんて、ほとんどの人は知らないんだから。お仕置きなんか受けないわよ。こっぴどく叱られるだけ」

「叱られるだけだったらいいじゃない」

「うん。でも、叱られるのはいやだな。だって……」と麻木子は視線を落とし、次いでちらりとわたしのほうを窺《うかが》ってから、「自分がいやになるから」と言った。

「どういう意味？」

「うん。叱られてる自分がいやなんじゃなくて……そんな場所で働いてる、ってことをね、どんな理由があったとしても、簡単に他人に打ち明けるような人間にはなりたくないんだ。うまく言えないけど」

どんな経緯で身体を売るようになったのか。そんなに金に困っていたのか。それとも単なる短期間のアルバイトのつもりでいるのか。そこらへんのOLや女子大生もやっている、ちょっとした風俗店でのバイトみたいに……？

あからさまな質問を発してみたくなったが、憚られた。麻木子が全身で、それ以上の質問は受けたくない、と訴えているように見えたからだ。

改めて麻木子を眺めてみた。全体的に肉付きが薄く、胸も小さいのに、顔だけが少女のようにふくよかで、あどけない。その顔と身体つきのアンバランスが、奇妙な色香を漂わせている。

この人なら、とわたしは思った。抱くために金を払ってもいい、と男に思わせるだろう。

金もとらず、むしろ自分から財布を開いて男の尻《しり》を追いまわし、抱いて抱いてと懇願して捨てられてばかりいる、自分の母親のことを思い出した。五十半ばを過ぎても、母はまだそんなことをしていた。

わたしが産んだ、孫にあたる舞の世話をいやいや引き受けていたのは、舞が可愛くなかったからでもないし、まして、娘であるわたしが不義の子を作ったことに対する抗議の気持ちがあったからでもない。母はただ単に、早く店に出て、通って来てくれる男と会いたいと思っていただけだ。

不思議なことに、一人の男にふられると、次の獲物が母の前に現れた。これ、と決めると母は自ら鱗粉《りんぷん》のような口説き文句をふりまき、追いまわした。そして、男が半ばうんざりしながらも、そんなに俺と寝たいんだったら、と振り返ってくれるのを待つのだった。

わたしは母の生き方が嫌いだった。愛想笑いとおべっかと、心にもないお世辞だけを武器にして、酒とたばこと、わけのわからないところから手に入れてくる薬のせいで荒れ放題荒れた肌の手入れをしようともせず、日がな一日、男が欲しい、男が欲しい、と呻《うめ》いている。夜の明かりの中ならまだしも、明るい昼間の光の中で見る母はおぞましく醜い。わたしが男だったら逃げ出すわよ、と何度言ってやったことか。

鏡を見なさい、鏡を。

だが、母は鏡を見ない。その理由はわたしがよく知っている。見れば自分がどれほど醜いか、わかってしまうからだ。

年齢や貧しさや、生きていくことの難しさが母をそうさせたのではない。なりふりかまわない、性をむさぼるニンフォマニアのような母の正体は、実は冷感症の孤独者に過ぎなかった。淋《さび》しい、淋しい、と思う気持ち……まさにそれこそが、母の心身の老化を急激に促進したのだ。

そんな母を間近に見て育ったせいだと思う。わたしにとって、身体を売って金にする女はとてつもなく清潔だった。何も売らず、売るものも持たず、持とうともしないまま、男を追いまわすことの中にある淋しさに比べれば、男に性を売る仕事の淋しさなど、ものの数に入らない。

娼館で働いている、と告白した麻木子は、わたしの目に清潔に映った。ぬるくなったコップの水を飲む時の仕草も、二本目のたばこに火をつける仕草も、時折、ふっと遠くに視線を外そうとする、その寂しげな眼差《まなざ》しも、何もかもが清潔な感じがした。

2

父親が愛人を自宅に連れこんで、時々泊まらせている……そんな話をかって麻木子から聞いたことがある。高校三年の頃だったと思う。

麻木子はいつも笑顔を絶やさない女の子だったが、その笑顔にはどこか嘘があった。嘘、というよりも、内部に吹いている寂しい風を人に見せまいとして、一生懸命、微笑もうとしているようなところが麻木子にはあった。

わたしに特別に、そういうものを見抜ける力があったのではない。麻木子のことを知っている人はたいてい、同じことを感じていたはずだ。わたしも含め、誰もが自分を支えるのに必死だった。他人の心の中に吹き荒れている風の話など、口にしようとしなかっただけのことである。

相手が誰であれ、麻木子は自分の家庭の話をあまりしたがらなかった。親しくしていたわたしに対してすら。

わたしが知っていたのは、麻木子の父親が画商という仕事についていて、経済的には豊かな家庭に育ったということ、その父親は麻木子が幼かった頃から女遊びが派手だったこと、麻木子の四つ下の妹は腹違いである、ということくらいだった。

父親が愛人を自宅に泊まらせている、と麻木子がわたしに打ち明けたのは、わたしなら、そういう話を黙って聞いてくれる、と思ったからだろう。昔から、人に何を聞かされても、何を見ても、たいして驚かないところがわたしにはあった。

高校の頃の女友達で、麻木子ほどには親しくなかった子が、自分がレズビアンであることを告白してきた時も、家に帰って玄関に鍵《かぎ》がかかっていたので、庭から回ってみたところ、居間のソファーの上で母と見知らぬ男が裸で抱き合っているのを見てしまった時も、わたしは別に驚かなかった。

そういう時、わたしは自分の中に、むしろ、奇妙にしんと静かなものが降りたってくるのを感じる。そういうこともあるだろう、と思う。そして結局は黙ってしまう。

「おやじの愛人は若い女よ。多分、まだ二十五、六。それがね、結構きれいなの」と麻木子はその時、言った。「おまけに信じられないくらいおとなしくてね。申し訳なさそうに泊まってくのよ。誰とも目を合わせない、みたいな感じで、いつもうつむいてて。お母さんは、その人とおやじのために朝ごはん作ってやるの。信じられる？

味噌汁《みそしる》とごはんとお漬物と焼き海苔《のり》……簡単なやつだけどね。その人、目を伏せたまんま、お盆に載ったものをおやじの部屋に運んで行って、それから二人でごはんを食べるわけ。で、食べ終わると、その女は一人で部屋から出て来て、流しできれいに食器を洗って、布巾《ふきん》で拭《ふ》いて片づけて、お邪魔しました、なんて言って帰って行くの」

「お母さんはそれを見てるの？」

「まあね。新聞なんか読んでるふりしながら」

「なんにも言わないで？」

「言わない。おやじに向かって文句ひとつ言わない。困った顔はするんだけど、おやじの愛人をお客扱いすることもある。お茶をいれてやってるのを見たこともあるわ。それなのに、時々、一人でさめざめ泣いてるのよ。テーブルに突っ伏して、からだ中を震わせてね。そんなに泣くくらいだったら、おやじに面と向かって抗議すればいいのよ。愛人と会いたいんだったら、ホテルを使ってくれ、って。愛人にマンションの一つでも買ってやればいい、って。どこでどんな汚い商売してるんだか知らないけど、金持ちなんだもの、うちのおやじは。それを自宅に連れて帰るなんて、ルール違反もいいとこでしょ？　わざとお母さんをいじめてるとしか思えない」少し興奮気味にそこまで言うと、麻木子はふと我に返ったようにわたしをちらりと見て、肩をすくめた。

「変でしょ、うちって」

「確かに変」とわたしは言った。「ふつうは母親が半狂乱よ。わたしがお母さんの立場だったら、二人ともその場でぶっ殺してやるけど」

「うん。そうだろうね」

「お母さんが黙ってるから、お父さんを増長させちゃうんだね。大暴れして、家中のもの投げつけて、お父さんも愛人も叩《たた》き出しちゃうような人だったらよかったのに」

そうね、と麻木子は言い、うっすらと疲れたような微笑を返した。「こんな話できるの、奈月《なつき》だけよ」

麻木子は当時からたばこを吸っていた。バッグから取り出したたばこを一本くわえて、マッチで火をつけ、いやんなっちゃう、とつぶやくように言った。

わたしはうなずいただけで、言葉は返さなかった。そういう話を友達から聞いて、安易な、その場限りの励ましの言葉をかけてやることが、わたしにはできなかった。

その話をしたのは原宿《はらじゅく》の、キディランド近くにあるカフェテリアだった。わたしたちは休みの日、よくそうやって外で会っていた。何をするでもなく街をぶらつき、安物の洋服や小物を見てまわり、疲れると目についた店に入ってお茶を飲んだ。

その時、麻木子が着ていた服も覚えている。秋らしい枯れ葉色をしたセーターに、タータンチェックの巻きスカート。スカートには飾り留め具の大きな安全ピンがついていて、それが午後の秋の光を受けてきらりと光ったことも、麻木子のはいていたロウファーが、床に落ちていたストローを踏みつけていたことも、そのストローの先に、誰かの赤い口紅がべったりついていたことも、妙によく覚えている。

渋谷の百貨店の食料品売場で十二年ぶりに麻木子と再会した後、わたしたちは携帯で連絡を取り合って、時々会うようになった。

麻木子が住んでいたのは、東横《とうよこ》線祐天寺《ゆうてんじ》駅近くのマンションで、当時、わたしが母や舞と住んでいたのは井《い》の頭《かしら》線の下北沢《しもきたざわ》にあるマンションだった。お互いに渋谷が近いので、待ち合わせて渋谷の喫茶店で会うことが多かった。

麻木子はたいてい、再会した時と似たような恰好《かっこう》で現れた。時にはひと目で有名ブランドだとわかるスーツ姿の時もあったが、似たようなカットソーにスカート、といったOLふうのおとなしい装いでいることが多く、おまけに着るものや持ち物に特別のお金をかけようとしていないのは、すぐにわかった。

会って喋《しゃべ》っているのは長くてせいぜい一時間ほどで、短い時は二、三十分、ということもあった。ごめん、今日はあんまり時間が取れないの、と言われ、うん、全然かまわない、とわたしは答える。アルコール類を飲むことはなかった。たまにスコーンやサンドイッチなどの軽食を共にすることはあっても、どこかでしっかり食事をしよう、という話にもならなかった。

長い時間、ゆっくり喋っていることができなくてもよかった。わたしにとっては、古い友達の麻木子とそんなふうにたまに会って、よもやま話に花を咲かせるひとときは、唯一の息抜きだった。

わたしはあの頃、自分自身の楽しみのための時間をもつことができずにいた。女性ファッション誌をめくる余裕すらなかった、と言っていい。

まだ乳飲み子だった舞とわたしが生きていくための、必要最小限の生活費を稼がねばならなかった。今後の舞のために、できるだけ貯金もしておく必要があった。妊娠と出産で、八か月以上も仕事をしていなかった。多少なりとも残っていた銀行預金は完全に底をついていた。

以前から所属していたヘアメイクの事務所に頼みこみ、とにかくできる限りの仕事はこなすから、と言っておいたのだが、それでも舞のことがあるから、夜にかかってしまう仕事や地方に出かけるような仕事は引き受けることができない。昼間だけ、しかも終了時刻が午後六時をまわらないこと、という贅沢《ぜいたく》な条件を充《み》たす仕事をわたしにだけ回してもらうことにも限界があった。

とはいえ、母に経済的な面で援助してもらうつもりは毛頭なかった。借りているマンションの部屋代は折半にしていた。光熱費と電話代はわたしが払っていた。舞はあくまでもわたしが自分の意志のもとに産んだ子だった。その子とわたし自身が生きていくために必要なものはすべて、わたしがひとりで賄《まかな》う覚悟を決めていた。

母は母で、そんなわたしの頑《かたくな》な態度の上にあぐらをかいていたのだと思う。母はそういう女だった。けち、というのではない。母は娘であるわたしの独立心に寄りかかり、それを無意識に利用することによって、これ幸いとばかりに、自分のことだけを考えて生きていたのだ。

昼間、舞の世話を押しつけられている母は、時にひどく不機嫌になった。そんな時は、あてこすりのようにして、わたしに何の連絡もよこさないまま、どこかの男とホテルにしけこんでしまう。翌日になっても連絡をよこさない。

わたしは必死になって母の携帯を鳴らし続ける。留守番電話の応答メッセージが流れてくるだけで、母は電話に出ようとしない。そんな時、わたしは舞の世話をするために、仕事を休まねばならなくなる。

ヘアメイクの仕事は相手との約束がすべてだ。女優やモデルは、撮影やテレビ出演などが控えているわけだから、直前になって、こちらの勝手な都合で約束をキャンセルすることは許されない。

それでも仕方なく、おずおずと「子供が急病で」などと嘘をつき、仕事を断らねばならなくなった時のわたしは、母を殴って蹴《け》りあげて、血だらけにしてやりたい、という衝動にかられたものだ。

ベビーシッターをつける、というのはわたしの収入では叶《かな》わぬ夢だとしても、公的機関が用意してくれている託児所に預ける、という方法はあった。わたしの事情を知っている人は誰もが、同じことを熱心に勧めてきた。そうやって一人で子供を育てている女の人は、山ほどいるのよ、というわけだ。

だが、生後半年やそこらの赤ん坊を託児所に預けるのは、どうしてもいやだった。どれほどだらしのない母であっても、母と舞とは血がつながっている。わたしも母に向かってはわがままが言えるし、母もそうに違いなかった。

舞をどこかに預けるのは、舞がもう少し大きくなってからにしたかった。四歳か、もしくは五歳。言葉を喋れるようになり、充分な会話が交わせるようになってからのほうが、舞にとってもいいに決まっている、とわたしは考えた。

何度か仕事で顔を合わせていた中年の女性モデルに、その話をしたことがある。大手出版社が出版している月刊女性誌の、契約ファッションモデルをしている人だった。五十歳なのに四十二歳と嘘をついている、ということや、二年に一度はプチ整形をしている、ということをわたし相手に打ち明けてしまうような、無防備な人でもあった。その人はわたしにこう言った。「わたしがあなたの立場でも同じことを考えたと思うわ。おばあちゃまがいてくださるんだったら、今はおばあちゃまに預けておくのが一番。そのうち子供は勝手に大きくなっていってくれるんだから、託児所みたいなところを利用するのは、それからでも充分よ。あんまり小さい時から、他人任せにするのは子供のためにもよくないと思う」

そうですよね、とわたしは言った。味方を得たような思いにかられた。その人は三十五の時に双子を産んで、一時期、モデルの仕事から遠ざかった。子育ての厳しさをよく知っている。やっぱり自分が考えていたことは正しかったのだ、とわたしは思った。

だが、その判断がこんな結果を招くことになろうとは、あの時、いったい誰が想像しただろう。

舞は母に殺されたのだ。わたしは今もそう思っている。母が舞を殺した。舞が死んだのは、あのだらしのない母のせいだった。そして、そんな母に舞を預けていたのは、他ならぬわたし自身なのだ。
……となれば、舞を死なせたのはわたし、ということになる。

初めの頃、麻木子はわたしと会っていても、青山にある高級娼館《しょうかん》『マダム・アナイス』の話やそこでの仕事に関する話は、あまりしようとしなかった。わたしもあえて聞かなかった。自分のことを話したがらない人間に、詮索《せんさく》するようにして質問をぶつけるのはわたしの流儀ではなかった。

男に身体を売る……それはいったい、本当のところ、女にとって何を意味するものなのか。どんな感覚を味わうものなのか。割り切ってできるものなのか。それともいつも胸の底に澱《おり》のように何かが溜《た》まっていくものなのか。愛情に似たものを感じることがあるのか。全くないままに、身体だけを開くのか。確かにいくつか聞いてみたいことはあったが、わたしが知りたかったのは、その種の抽象的なことばかりだったような気がする。

『マダム・アナイス』という名の謎の高級娼館に、どんなふうに男が現れ、それがどんな種類の男たちで、どんなふうに麻木子や他の女たちが相手をするのか、という具体的なことよりも、わたしは麻木子自身の内部に起こっているものについて知りたい、と思った。わたしの興味は、むしろ、そういうことの中にこそあった。

或《あ》る時……あれは暮れも押し迫って、クリスマス気分に街が浮かれていた頃だったが、麻木子とわたしは珍しくゆっくり、渋谷で夕食を共にした。

母の店は、ちょうどその頃、ちょっとした改装工事が入って、数日間だけ休業していた。夜、友達と会うので、舞の世話を頼めないかしら、とわたしが言うと、母は露骨にいやな顔をした。

店を休みにしたのをいいことに、母は昼の間は部屋でごろごろし、夜になるとどこかにふらりと出かけて行く、という生活をしていた。出て行ってから二時間ほどで戻って来ることもあれば、午前三時頃、酔っぱらって帰って来て、キッチンで冷めた御飯にお茶をかけただけのものを、立ったまま食べていることもあった。

ひと晩だけ、と懇願し、何故、友達と会うだけなのに、いちいち母親に向かって頭を下げなければならないのか、と情けなく思いつつも、そんなチャンスはめったになかったので、わたしは譲歩した。

仕方ないね、と母は刺々《とげとげ》しいようなため息の中で言った。じゃあ、そうするよ。ただで面倒みてやるから。

あんたにとって舞は孫なのよ、そんな言い方をするんだったら、これから舞の面倒をみてもらうためのお金、払うわよ、いくらだって払ってやるわよ、だったらいいわけ?……そんなふうに言いそうになったのをなんとかこらえた。わたしには生活費以外で、自由にできるお金など、ほとんどなかった。

夜、テレビを観ながら舞の添い寝でもしていれば、日頃の睡眠不足を補うことにもなるだろうに、母は眠ることよりも休むことよりも、男と飲み歩いたり、男に触られたり、あからさまに性的なことを言われたりすることを欲する女だった。たったひと晩なのに、貴重な夜を無駄に過ごすことになる、というのが、母を苛立《いらだ》たせ、わたしはわたしで、そんな母に舞の世話を頼むしかなくなっている自分の人生に、一瞬、途方もない怒りを覚えた。

麻木子と食事を共にしたのは、そんな矢先のことだった。母に向けた怒りが消えていなかったせいもあるだろう。わたしはふと、麻木子に自分のことをすべて打ち明けてしまいたい、という衝動にかられた。それはきっと、その昔、原宿のカフェテリアで、麻木子がわたしに向かって、父親が愛人を自宅に連れこんでいる、と告白したくなった時の衝動と似ていたのだと思う。

「テレビ局に勤めてた人だったの」とわたしはいきなり、何の前置きもなく言った。「舞の父親の話よ。塚本《つかもと》って名前。塚本哲夫《てつお》。年はわたしたちよりも八つ上で、小学校に入ったばっかりくらいの、年子の子供が二人いたわ。男の子と女の子。奥さんは元タレント。全然有名じゃない人だし、わたしも知らないんだけど、CMなんかに出てたこともあったみたい。一度だけ写真で見たことがある。一応美人だった。彼の家族が住んでたのは板橋《いたばし》にある一戸建てで、彼がふだん乗りまわしてたのはベンツ。彼の趣味はテニスとゴルフ……」

麻木子はわたしを見て、呆《あき》れたように目を見開き、笑い出した。

「何がおかしいの」

「だって、奈月ったら。いくらなんだってそんなに、箇条書きに並べなくたっていいのに。刑事が取調べ室で犯人の供述調書を読み上げてるわけじゃないんだから」

「だらだら喋《しゃべ》るような話じゃないから、手っ取り早く教えたかっただけよ」

渋谷の裏通りにある小さな洋食屋だった。ここのハンバーグがおいしいの、絶品よ、と麻木子に言われ、食べてみたところ、麻木子の言う通り、ただのハンバーグとは思えないほど美味だった。

わたしたちはハンバーグの他に温野菜サラダやオニオングラタンスープなどを注文し、メニューの中で一番安かったキャンティの赤ワインと共に、少しずつ口をつけていった。古くからある店で、開店してからかれこれ三十年たっているのだという。柱も天井に渡された梁《はり》も歳月を刻んで黒ずんでおり、流れているのは古いシャンソン。

その晩、客はわたしたちの他に一組、中年のカップルがいるだけだった。

麻木子はその種の、古くて静かな店を好んだ。『マダム・アナイス』の客と食事をする時に、客に連れて来られて気にいったのか、それとも自分で探してきたのかはわからなかった。女の性を買うのに、入会金一千万円も払うような客が好んで通うような店とも思えなかったが、金持ちが高級な場所だけに出入りするとは限らない。きっと、麻木子は客の誰かとここで食事をして、以来、時々個人的にも使うようになったのかもしれない、とわたしは想像した。

「で、相変わらず何の連絡も取ってないわけ？　その、舞ちゃんのお父さんの塚本さん、って人とは」

うん、とわたしは言った。「必要ないもの」

「でも、一時期は本気でつきあってたこともあったんでしょう？」

「まあね。初めはふつうに恋におちたのよ。といっても、出会いはすごくありふれてたけど。彼の勤務するテレビ局に、わたしが仕事で出入りしていて、それで知り合ったの。コーヒーの自動販売機の前で、わたしが小銭の入ったお財布を落として、あちこちにばらばら小銭が散らばっちゃって……それをたまたま近くを通りかかった塚本が拾ってくれたんだけど……まあ、それが話すようになったきっかけなのかな」

「別にありふれてもいないと思うけど。ドラマティックな出会いっていうのは、案外、そういうシンプルな出会いのことを言うのかもしれないしね」と麻木子は言った。

麻木子は万全の態勢を整えて、わたしの話に耳を傾けようとしてくれていた。露骨な興味関心をこちらに向けてこないことが、かえってわたしを素直にさせた。

わたしは温野菜が載った皿の中の、瑞々《みずみず》しい色をしたブロッコリーをフォークで刺し、取り皿に取った。大きなかたまりだったブロッコリーをナイフとフォークで四等分にし、そのうちのひとつを口に運ぼうとして、ふいにわたしの手は止まった。

わたしはフォークに刺さったブロッコリーを見つめたまま、言った。「わたしは全然、愛されてなんか、なかったのよ」

「え?」

「舞の父親から。わたしが彼に求めてたのは愛だったんだけど、彼が最後までわたしに求めてたのは、わたしの身体だった。あ、でも、誤解しないでね。わたしは別に、身体だけ欲しがる男とか、身体の関係だけ求める女とかを非難しようだなんて、一度も思ったことないんだから。わたしだって、そういうことをしてきたし、これからだってするかもしれない。うん、絶対にするね。愛のないセックスは、この世に掃いて捨てるほどたくさんあるんだし、それはそれでいいと思う。愛し合っていなければセックスしてはいけない、なんて決めごとがもしあるんだとしたら、本当の意味でセックスできるカップルなんて、いったい何組いる？　ただね……」とわたしは言い、取り皿の上にブロッコリーごとフォークを戻した。カチリ、と乾いた金属音がした。「塚本にだけは、わたし、愛されたかったんだ。この男に愛されたい、って本気で思ってた。ほんと、好きだった。これまで誰にも言わなかったことを麻木子にだけ告白するけど、わたしはね、彼にもしも本当に愛されてたら、舞を産もうとは思わなかったかもしれない。舞なんか、いらなかったかもしれない」

うん、と麻木子は静かにうなずいた。「わかるよ。ものすごくよくわかる」

わたしは麻木子に向かってうなずき返した。そして、それでも足りずにもう一度うなずいてから、「ありがとう」と言った。「わかってくれて嬉《うれ》しい」

舞がわたしの中に宿ったとわかった時、塚本の愛がそこに育《はぐく》まれる、とは毛筋ほども思えなかった。それどころか、塚本がどれほどわたしの意識とかけ離れたところで生きている男だったのか、いやというほど思い知らされた気がした。

自分の妊娠と塚本とはまるで無関係だったかのような、そんな荒涼とした思いがわたしの中に拡がったのだ。何故なのか、よくわからない。塚本と交わした性愛が妊娠をもたらした、というのは事実だが、そこには一＋一が二になる、といった、単純で美しい、わかりやすい方程式は何も感じられなかった。

たとえて言うのなら、こうだ。

見知らぬ男と性交し、互いに名乗らぬまま別れ、その少し後で、その男らしき人物から一枚のカードが送られてくる。中には一言、そっけなくこう書いてある。

「僕は先日、あなたと性交しました」

その一枚のカードが象徴しているのは舞である。わたしが見知らぬ男から、性交の御礼、感謝の気持ちとして与えられたのは、一枚のカードだけ。そして、そこに書かれてある言葉こそが、自分と塚本との関係のすべてを象徴している。

僕はずっと、あなたと性交していました……塚本がわたしのことを表現するとしたら、それしかなかったのではないか。

わたしがどこまで本当に塚本のことを愛していたのかは、今となってはわからない。もしかすると、愛されることばかり望むあまり、ひとつも愛してなどいなかったのかもしれない。

だが、愛されたい、と望む気持ちのどこに、嘘があるだろう。愛されたい、と望んではいけないのか。わたしは愛されたかった。わたしが百愛したのなら、百二十、わたしが百二十愛したのなら、百五十の愛を返してほしかった。そんな愛を塚本に求めていて、それは叶《かな》えられずに終わった。

いや、終わったのではなく、初めからそんなものはなかったのだ。今となってはそうとしか思えない。

だが、わたしは塚本と出会い、関係をもち、自分が一方的に真摯《しんし》な恋愛感情を抱き続けてきたこと自体を後悔してはいなかった。後悔、などという感情は月並みだ。その時その瞬間を本能の赴くままに生きていれば、誰にだって後悔はつきものである。問題は、それをどうやって自分の中で処理していくか、だ。

そしてわたしは、舞を産み、舞を育てていくことで、自分の中に生まれ始めた後悔の念を処理していった。あのくだらない、醜悪で低俗な母が、舞を死なせることにならなかったら、わたしはなんとか、そんな形で生きのびていったことだろう。ヘアメイクの仕事をし、時々、麻木子と会って鬱憤《うっぷん》晴らしをし、母と喧嘩《けんか》し、うんざりしつつも、舞がいることによって与えられるもの……春の午後の陽射しのような温かな幸福感……を味わいながら、なんとか生き永らえることができていただろう。

「あのね、奈月」と、その時、麻木子が言った。

わたしが顔を上げ、麻木子を見ると、麻木子は小首を傾げるようにしながら、つと視線を外した。

「今ね、好きな人がいるんだ」

「初耳」とわたしは言った。楽しい話題になるかもしれない、と思った。それよりも何よりも、麻木子が自分から進んでその種の打ち明け話を始めようとしてくれているのが嬉しかった。

「恋愛してただなんて、ちっとも教えてくれなかったじゃない。麻木子もすみにおけないね」

「違うのよ」と麻木子は言った。「わたしの場合も、奈月のケースと似てるかもしれない」

「どういう意味？」

「わたし、自分がこういう仕事をしてる、ってこと、その人にどうしても言えないんだ。死んでも言えない。言わないと思う。だからね、彼がわたしのことを愛してくれている、と思える瞬間があったとしても、それは全部、嘘になるの。彼はわたしの本当の姿を知らないでいるだけなんだから。わたしの偽者を見てるだけなのよ。本当のことを知ったら、きっと彼は逃げ出すわ」

「そうかな」とわたしは言った。

そうだね、とは言えなかった。わたしは話の方向を変えた。「その人とは、今の仕事を始めてから知り合ったの？」

「そう」

「まさかコーヒーの自動販売機の前で、麻木子が小銭をばらまいた時に知り合ったわけじゃないよね」

麻木子はそれまで固く結んでいた口もとを緩ませた。「知り合ったのは事故がきっかけ。ちょっとした軽い交通事故よ。交差点を渡ろうとしてた時にね、彼が運転してた車とわたしが接触したの」

「怪我は？」

「ほとんどなんにも。すり傷と打ち身ができた程度。でも、そういう時って結構、車を運転してたほうは気にするじゃない。大丈夫だ、って言うのに病院に連れてってくれて、頭とか身体とか、全身、いろいろ検査を受けさせられて。結局、なんともないってことがわかったんだけど、その頃にはもう、お互い、意識し合うようになってた」

わたしはテーブルの上で頬杖《ほおづえ》をつき、微笑と共に聞いた。「幾つの人？」

「ちょうど十歳上。自営業よ。奥さんも子供もいる」

わたしがうなずくと、麻木子はくすっと笑った。「もっと供述調書みたいなデータが欲しい？」

「うん、欲しい」

「だったら他に何を言えばいいのかな」

「名前」

「ああ、名前ね。カワバタさんっていうの」

「川端康成《かわばたやすなり》のカワバタ？」

「そう」

「その川端さんに、麻木子は何の仕事をしてる、って言ってるの？」

「若い頃からの役者志望で、今もまだ諦《あきら》めきれなくて、昼間は演技の勉強をする学校に通ってて、夜は生活費を稼ぐために友達のやってるスナックで働いてる、って。だからゆっくり会えるのは日曜くらいしかないんだ、って。……ね、ひどい嘘でしょ」

「ひどいだなんて思わないよ。うまい嘘をついたと思う」

「でも……嘘は嘘だし」

「本当のことが言えないんだったら、仕方ない」

麻木子はわたしを見つめ、こくりと子供のようにうなずき、そうよね、と言った。

その晩、わたしたちはキャンティの赤ワイン一本を空け、白のグラスワインを一杯ずつ飲み、料理をたいらげた。割勘にしよう、と言ったのだが、麻木子は聞かなかった。全部麻木子が支払ってくれた。

店の外に出ると、少し湿ったような空気の中、冷たい雨が降り出していた。傘を持ってきていなかった麻木子と、一本の折り畳み傘に肩寄せ合って入り、わたしたちは渋谷の駅まで歩いた。二人とも六センチくらいのヒールのついたブーツをはいていたのだが、並ぶと麻木子は、わたしよりもほんの少し背が低かった。

今日はこれから川端さんがうちに来るの、と麻木子はぽつりと言った。「わたしは今夜は友達と会うから遅くなる、って言ってあるし、今から帰ればちょうどいい」

冷たい小雨の中、麻木子がつけていたオーデコロンの香りが漂った。いかにも高級そうな感じのする香りで、それは麻木子が身につけている、OLふうの簡素な服やコートとはどこかしら不釣り合いな感じがした。

「さっき言わなかったけど」と麻木子は言った。「わたしね、『マダム・アナイス』で働き始める前まで、男に養われてたんだ。つまり、愛人をやってたわけ」

別に驚きもせず、わたしは「そうなんだ」と言った。「なんか、麻木子ならそれも似合うよ」

麻木子はわたしの言葉に反応しなかった。「男に養われてた時、おやじが昔、愛人を作ってた時のことをよく思い出してた。なんだ、自分も同じことをしてるんじゃん、と思ったらね、急に何もかもがすごくいやになって……『マダム・アナイス』で働こうと思ったのはそれがきっかけよ」

雪になるかもしれないね、とわたしは前を向いたまま言った。

そうね、と麻木子も言った。

それから少し黙って歩いた後、百貨店の脇の道にさしかかったあたりで、わたしは言った。

「いつかはほんとのこと、言ったほうがいいよ、その川端さんって人に」

「どうして」

「……男と女が本当に愛し合う、っていうのは、多分、そういうことの中にあるんじゃないのかな」

「そういうこと、って?」

「見せて恥ずかしいものも見せ合うっていうか……うまく言えないけど、なんかね、そんな中にこそ、愛し合うことの意味があるような気がする。わたしの勝手な考え方かもしれないけど」

麻木子は黙っていた。花模様の小さな傘の中に、肯定とも否定とも受け取れる沈黙が流れた。

年末の渋谷の夜は賑《にぎ》やかで、人通りが絶えなかった。色とりどりのイリュミネーションが、濡《ぬ》れた路面にサイケデリックな模様を描いていて、歩いているわたしたち自身も街の色に染められていった。

「奈月とこうやって、いろんな話ができるようになってほんとによかった」と麻木子は明るい口調で言った。「またいろいろ聞いてね」

「もちろん」とわたしは言った。

わたしたちはそれから黙りがちに歩き続け、地下鉄の入口近くで甘栗を売っているのを見つけたわたしは、母へのおみやげとしてそれを買った。途中でふと気づいて、「もうひとつください」と売場にいた男に声をかけた。

その場に傘をさして立ったまま、二つの甘栗の袋のうち、ひとつを麻木子に差し出した。

「これ、川端さんと一緒に食べて」

麻木子は目を細めて微笑み、サンキュー、と小声で言った。笑顔の麻木子は、高校時代の麻木子になった。

3

舞が死んだのは今から二年前……六月半ば、梅雨に入ってしばらくたった頃だった。

いやな予感がなかった、といえば嘘になる。その朝、わたしが仕事に出かける支度をしていると、自室から母がよろけるように飛び出して来てトイレに走った。呻《うめ》き声がもれてきたかと思ったら、次いで勢いよく水を流す音がした。水の音に混じって、便器の中に吐《と》瀉物《しゃぶつ》が飛び散る音がはっきり聞こえた。

母が朝、嘔吐《おうと》するのは日常茶飯事だった。前の晩、飲み過ぎると必ず母は朝方、トイレに走り、焼酎《しょうちゅう》だのワインだのビールだの、客の男と食べに行ったラーメンだの鮨《すし》だのを吐き戻した。吐いてしまうとさっぱりするらしく、口をゆすぎ歯を磨き、いれたての熱いお茶でアスピリンを喉《のど》に流しこんで、パジャマ姿のままだらしなくソファーに横になり、テレビのワイドショーを眺め始めるのが常だった。

だが、その朝の母の様子は少し違っていた。トイレから出るには出て来たものの、母は口もゆすがず歯も磨かず、ふらふらと再び自室に戻ってしまった。

「大丈夫なの?」とわたしは部屋を覗《のぞ》きながら聞いた。

その日のヘアメイクの仕事は十時からで、遅くともわたしは九時半までに六本木のスタジオに着いていなければならなかった。時計を見るとすでに八時半になろうとしている。外出の支度はできていた。後は舞を抱き寄せて「行ってきます」のキスをするだけ。むずかる舞に朝食を食べさせ、舞と母のための昼食も用意し、やっとそこまで漕《こ》ぎつけたというのに、母の様子がいつもと違うのを知り、わたしはうんざりした。

頭の中で、もしも母に舞の世話を頼めなかった場合、の想定問答が繰り広げられた。どう冷静に考えてみても、これほどの土壇場にそうなってしまったのだとしたら、もうお手上げだった。舞を仕事の現場に連れて行くしか方法はない。

初めのうちこそ、まあ、可愛い、幾つ?などとお愛想でちやほやしてくれるものの、撮影が始まってしまったら誰も幼児のことなどかまう余裕がなくなる。そのうち、泣きだすに違いない舞を扱いかねて、スタジオに居合わせた人々は全員、露骨にいやな顔をしてくるに決まっていた。

早起きさせられたモデルたちは、不機嫌そうに舞を一瞥《いちべつ》するだけだろう。そしてわたしは、誰彼かまわず「ごめんなさい、すみません」とあやまり続け、舞をあやしつっ、汗だくになって彼女たちにメイクを施すのだろう。不機嫌な顔に不機嫌なメイクが施され、刺《とげ》が刺を呼んで、現場の空気は殺伐としたものになっていくのだろう。そんな中、舞の泣き声だけが止まずに響いているのだろう……。

母はシングルベッドのタオルケットにくるまってわたしに背を向けたまま、もぞもぞと腰を動かしながら低く呻いた。はずみでベッドのスプリングがかすかに軋《きし》んだ。

「ねえ、お母さん、聞いてるのよ。大丈夫なの？　わたし、もう出なくちゃ間に合わないし、そんな状態じゃ舞のこと頼めないじゃない。どうすんのよ」

母は片手で頭をおさえた。「頭痛いのよ。ほっといて」

「そんなひどい飲み方をして、ほっといて、はないでしょう。うちには舞がいるのよ、舞が。ねえ、わたし、ほんとにもう出なくちゃ間に合わないのよ。頼むから起きてちょうだいよ。舞を一人にしておくわけにはいかないでしょ。アスピリン、持ってくるから、それのんで起きてよ」

「今、なんか口に入れたらまた吐いちゃうよ。水もだめ。ひと口飲んだだけで絶対吐く。ああ、天井がぐるぐる回る。気持ち悪い」

苛立《いらだ》ったわたしは、戸口に立ったまま眼球をぐるりと回して天井を仰いだ。

二歳になったばかりの舞が、よちよち歩きでわたしの傍までやって来て、わたしを見上げ、「マー」と言ってにっこりした。どういうわけか「ママ」とは言わず、わたしを呼ぶ時はいつも「マー」だった。マー……その声を発する時の舞の、可愛く開いた小さなチェリーのような唇は、今も目に焼きついている。

舞は右手にお気に入りの、小さなウサギのぬいぐるみを握りしめていた。茶色のタオル地でできたやわらかなぬいぐるみで、前年の暮れ、わたしが買い与えた安物だったが、舞は何が気にいったか、寝る時も起きている時も、ウサギを片時も手放そうとしなかった。

あの茶色のウサギ……わたしは今も、烈《はげ》しい慟哭《どうこく》と後悔の中で思い返す。身長二十センチほどのウサギ。朝から晩まで、舞に抱かれ、舞に舐《な》められ、舞にわしづかみにされ、キスされて、ぼろぼろになりながら舞と共にいた茶色のウサギが、マンションのベランダの片隅に転がっていたのを思い返す。

最後の瞬間、舞の手からウサギは離れたのだ。マンション七階のベランダの、手すり。大人は無理だが、縦に入っているガードフェンスの開きが大きくて、舞くらいの幼い子の身体は平気ですり抜けてしまうことができる。

危ないから、絶対にベランダに一人で出てはいけない、と言い聞かせてはいた。そのうち手すりに透明なプラスチックのカバーをつけなければ、とも考えていた矢先だった。

母がちゃんと覚醒《かくせい》した状態で、舞をみていてくれればよかったのだ。あの日、母は一日中、寝床から離れなかった。泣いても地団駄《じだんだ》を踏んでも誰もあやしてくれないことを知り、退屈した舞はウサギを手にしたまま、一人でベランダに出た。そしてウサギ相手に遊んでいるうちに、何かの拍子に手すりのガードをくぐり抜けてしまい、そのまま薄桃色の小さな小さなフレアースカートの裾《すそ》を翻《ひるがえ》しつつ、二十五メートル下の地面に向けて真《ま》っ逆さまに落下したのだ。

茶色いウサギはベランダの、何年も前に枯れたアジアンタムの鉢植えの奥に隠れ潜むようにして転がっていた。現場検証に来た警察の人間が、後になってわたしにそれを返してくれた。

大切にしていたものなんですか、と聞かれた。そうです、とわたしは掠《かす》れた声で答えた。

きっと落ちる寸前まで、手にしていたんでしょうね、と言われた。わたしは唇を噛《か》んでそれに応《こた》えた。

このウサちゃんが地面に落ちてしまったのを探そうとして身を乗り出したんだったらわかるんですが、とその婦人警官は目を落としながら気の毒そうに言った。でも、何かよっぽど、下のほうに覗いてみたいものがあったんでしょう、あんな小さなお子さんですもの、自分がいるところが、地上七階である、ってこと、思わずわかんなくなっちゃうんですね、飛んで来た雀に手を伸ばしたのかもしれないし、ちっちゃな子は好奇心旺盛《おうせい》で、いろんなことが考えられますから……。

ウサギのことを「ウサちゃん」と呼んだその中年の婦警の、逞《たくま》しく張った肩に顔を埋《うず》めて泣きたい衝動にかられたが、すんでのところでこらえた。誰彼かまわず、見境なくそんなことをしていたら、たちまちわたしは気がふれて、「これからわたしは母を殺す、すぐに殺すつもりでいるから、この場でわたしを逮捕してほしい」……そんなふうに叫び出していたかもしれなかった。

舞が最後に残したウサギ。眺めるたびに嗚咽《おえつ》がこみあげ、わたしは今もウサギに頬ずりしながら、舞が残したかすかな匂いを嗅《か》ぎとろうとして鼻をこすりつける。舞の涎《よだれ》、舞の汗、舞の手垢《てあか》、舞の鼻水、舞の……舞の……。まるでそのウサギそれ自体が舞であるかのように、わたしはウサギをがむしゃらに愛撫《あいぶ》し、涙をこぼしながら、胸にかき抱く。こんな姿を誰かに見られたら、頭が変になったと思われるだろう、とわかっていながら、わたしは時折、茶色のウサギを舞を抱っこしている時のようにして抱きしめる。

ウサギの身体があまりに小さいのでそれは抱っこにならず、学芸会で子供がぬいぐるみ相手にふざけた芝居をしているようになってしまうが、それでもわたしはウサギをあやすのをやめない。抱きしめて、ゆらゆらと揺らしながら、舞、舞、舞、と囁《ささや》きかける。キスをする。時にはそのタオル地でできた身体を舐める。噛む。涙をこすりつける。

今も、である。そして多分、これからも、わたしは同じことをするだろう。死ぬまで茶色い、ぼろぼろになったウサギを抱っこして、密《ひそ》かに同じことを繰り返していくのだろう。

舞の死を知らされた時、わたしは駆けつけた病院の霊安室で呆然《ぼうぜん》と坐《すわ》っていた母を睨《にら》みつけた。烈しく怒鳴ったような記憶はあるが、おかしなことに、何をどう怒鳴ったのかは、よく覚えていない。いや、ひょっとすると、何も言葉など、口にしなかったのかもしれない。わたしはただ、憎悪と軽蔑《けいべつ》と怒りをこめた尖《とが》った氷のような目で、母をぐさぐさと突き刺していただけだったのかもしれない。

言いようのない怒りだけがあった。あんたのせいよ、という言葉を口にすることすら汚らわしかった。

母が前の晩、酒を飲み過ぎさえしなければあんなことにはならなかった。そして、そんな母に舞を預けたのはわたしだった。舞を死なせたのは母だったが、その死を阻止できなかったのはわたしなのだ。その意味でわたしと母は同罪だった。母を殺して自分も死んだほうがいいのではないか、とわたしは思った。

その種の烈しい怒りがおさまりかけると、次にわたしを襲ってきたのは地獄のような悲しみ、喪失感だった。わたしは部屋にこもったまま、日がな一日、飲まず食わずで泣き続けた。

舞の死から一週間ほどたつと、母は神妙な顔をしながらも店を開けて仕事を再開するようになった。母のいない夜、わたしは幾度、ベランダに出て、舞が転落した場所から下を眺めたかわからない。このままひらりと手すりを乗り越えさえすれば、自分も舞と同じところに行ける……そう考えて、片足を手すりに載せてみたりもした。

だが、そのたびに、「マー」「マー」とわたしのことを呼んでいた舞の顔が甦《よみがえ》った。二度と会えない、二度と抱きしめることのできなくなった舞の小さな温かい身体の記憶が、わたしの中にあふれ返り、身動きができなくなった。

抱き寄せると、甘ったるいミルクのような香り、日向《ひなた》の香りがしていた。その、小さな湿った手。水蜜桃《すいみつとう》のような頬。どこまでもやわらかな、シルクの布を連想させる栗色の髪の毛。いくらキスをしてもし足りなくて、わたしは舞の顔、頭、腕、全身にキスの雨を降らせ、抱き上げ、揺すり、舞、舞、大好きな舞、ママの宝、世界一の舞……そんな馬鹿げた言葉を飽きず並べたものだった。

父親のいない子。そんな立場を舞に課したのはこのわたしであり、その責任を生涯負いつつ、わたしは舞を愛し、育てていくつもりでいた。わたしとは違う、幸福な人生を約束された女の子に成長させてやらねばならなかった。汚いものは見ないですむような、見たとしてもすぐに忘れてしまうような、いつだってころころと、鈴を転がすような澄んだ笑い声をあげながら、愛を信じ、優しい目で世界を眺めることができるような女の子に。

マンションのベランダの向こうに拡がる夜の街は、何かの芝居の、よくできた書き割りのように見えた。せわしなく林立し、ひしめき合っている建物の群れ。それらの窓からもれてくる大小の明かり。点滅するネオン。遠くを行き交う車のヘッドライト。夜空は街の明かりを映して灰褐色にくすみ、目を凝らしても星ひとつ見えない。

動いているものは何もなく、ないくせにくぐもったような街の音だけが、ごうごうと聞こえてくる。時折、湿った水の香りを含んだ風が吹きつけてくる。降り続いていた雨は埃《ほこり》を吸い、そっくりそのまま、文字通り水に濡《ぬ》れた埃の匂いをあたりに残して、その中にはかすかな黴《かび》臭さも嗅ぎ取れる。

わたしは死に損なった愚かな老婆のようになって、握りしめた手と手の間で、ベランダの手すりに顔を埋める。わたしの中にはもう、何も残っていない。生きる気力も、生きていかなければならない、とする覚悟も、ささやかな希望も、いつかはこの狂気のような喪失感も癒《いや》される時がくると考える力すらも、何もかもが失われていて、わたしは身体の中に虚空を抱えただけの案山子《かかし》のようになっている。

あの頃のわたしには、ものを食べたという記憶がない。某《なにがし》かのものは口に運んでいたはずなのだが、まるで覚えがなく、絶え間なくアルコールを喉《のど》に流しこんだ記憶すらない。

何も口にしたくなかった。手ひどい抑鬱《よくうつ》状態を緩和させるために、安定剤をのんだり、酒を飲んだりして紛らわせることはできたのかもしれないが、そんなことをしてもいったんはまりこんだ虚無の底からは、決して抜けきることはできない、とわたしにはわかっていた。

そして、絶望と虚無感と、手のつけようのない抑鬱状態の次にわたしに襲いかかってきたのは、強い怒りだった。怒り……自分自身、あるいは母に向けて怒りを覚えたのではない。わたしが自分でもてあますほどの怒りを覚えたのは、現実にわたしの目の前に横たわっている世界そのものに対してだった。

大きな口を開けて、世界は常にわたしたちの不幸を待ちかまえているのだった。わたしたちの不幸を飲みこみ、咀嚼《そしやく》し、滋養としながら、世界は今日もまた、朝を迎え、夜になり、季節から季節へと移行していって、とどまることがないのだった。

何を見ても、何を聞いても、何を思い出しても、わたしは怒りを覚えるようになった。舞をわたしの手元から奪っていったのは、わたしがこれまで、いっときも信じることなく生きてきたこの〝世界〟そのものであり、それ以外の何ものでもないのだった。

舞の父親、塚本哲夫に舞の死を知らせた時のことが、幾度も幾度もわたしの中に甦《よみがえ》った。それは古いビデオを再生した時のように、ざらついた画像のまま現れて、わたしの中のさらなる怒りをかきたてた。

塚本には携帯を使って連絡した。彼はわたしからの知らせを受け、一瞬、黙りこんだ。次いで彼が言ったのは「いや、なんとも……」という言葉だった。「なんと言えばいいのか……」

「もう告別式も納骨も全部、とっくに終わった」とわたしは言った。「ずいぶん迷ったの。でも、あなたには知らせるべきだと思って知らせました。いやな知らせだろうけど、悪く思わないで」

「幾つ……になってたの？」

「二歳」

ああそうか、と塚本は低い声で言い、二歳、と口の中で繰り返した。

その後の言葉を待たず、わたしは「というわけです」と乾いたよそよそしい口調で言った。

「変なこと知らせたりしてごめんなさい。でもあなたは、一応舞の父親なんだし、なんにもしなくてかまわないし、してもらうつもりもないけど、舞が死んだことだけは知っておいてもらいたい、と思って。それだけです」

そうだね、と塚本は注意深い口調……どこかしら警戒するような口調で言った。会ったこともない、自分の本当の子なのかどうかも定かではない子供がマンション七階のベランダから転落死したことを聞かされたからといって、そこで泣きくずれたり、取り乱したりする芝居をしてみせるのは大仰《おおぎょう》だし、かといって、何も言わずにいるのもこの場合、不適切だろう……そんなことを忙《せわ》しく考えている様子だった。

「なんにもしないわけにはいかないよ」と彼はまたしても、言葉を選ぶようにして言った。

「……線香、あげに行く。いい？」

「いらない」とわたしは言った。「来ないで」

「でも僕は彼女の……」

彼女、じゃない、舞だ、とわたしは心の中で叫んだ。名前で呼んでよ。あなたにとっては、勝気で自尊心が強いだけの愛人が勝手に産み落とした子供にすぎないのかもしれないけど、わたしにとって、舞は舞なのよ。かけがえのない舞なのよ。

「忘れたの？　わたしが決めてわたしが産んだ子よ。あなたに一切、迷惑はかけないつもりだったし、舞が死んだ今も気持ちは全然変わってない」とわたしは言った。

「だから誤解しないで。今日はただ、舞が死んだことを知らせたかっただけ。じゃ、これで。切ります。お元気で」

待てよ、と塚本はわたしを引きとめた。「だったら、花、贈るよ。それならいいだろう？」

わたしはそれに応《こた》えず、「お元気で」と繰り返してから携帯電話を切った。

その翌日、塚本から花が贈られてきた。信じられないほど大袈裟《おおげさ》な白百合《しらゆり》の花束で、それを部屋の中にまで運ぶのに、花屋の人間が二人がかりで抱えなければならないほどだった。

巨大な花をつけた白百合は、朝から晩まで、舞の祭壇の脇で濃厚な香りを放ち続けた。あまりに甘ったるい香りにむせて気分が悪くなり、いっそ全部、捨ててしまおうかと思ったのだが、それを止めさせたのは母だった。

「舞のためにも、いい供養になる」と母は言った。「舞のお父さんから来た花なんだもの。枯れるまで置いといてやったらいいじゃないの。それにさ、ずっと思ってたんだけど、舞のお父さんなんだから、ここに呼んでやればよかったのに。お線香の一本でもあげたかったんだろうに」

舞のお父さん？

娘の気持ちもわからずに、取ってつけたような常識的なセリフをいけしゃあしゃあと口にする母に対しても、部屋が狭いとわかっていて、ひと目で高価なものとわかる百合を抱えきれないほどたくさん贈りつけてきては、贖罪《しょくざい》の念を晴らそうとした塚本に対しても、わたしは烈《はげ》しい怒りを覚えた。その怒りは尋常ではなかった。

呼吸が荒くなった。自分自身を抑えきれなくなった。

わたしは母が見ている目の前で、素手で大輪の白百合の花を乱暴にむしり、握りつぶし、次から次へとスーパーの袋の中に押しこんでいった。ひどいことをしている、とは思わなかった。舞が哀れだったし、自分自身も哀れだった。

いつからか人生が狂い始め、あげくの果てにこんなふうになってしまった。愛の記憶の風化した、愛などどこにも見つけることのできなかった人生に、たった一つ、澄みわたった美しい光のようにして、わたしに与えられた舞。その舞が永遠に失われた。そして自分は今、右も左もわからない、色彩の失われた、荒寥《こうりょう》とした原野に呆然《ぼうぜん》と立ちすくみながら、かつて愛した男から贈られた百合の花をむしっている……。

絶望感というよりも、怒りだけがわたしを包んでいた。それは本当に、途方もなく強い怒りだった。

指先や掌《てのひら》に、毒々しい橙色《だいだいいろ》をした百合の花粉が付着した。甘い香りがさらに強まり、鼻腔《びこう》を刺激した。少しでもその香りをせき止めようとして、わたしは袋の口を二重三重に縛り、それを部屋の片隅に放り出した。

バチが当たるよ、と母は白い目でわたしを睨《にら》みながら言った。

「何のバチよ」

「だって、せっかく舞のお父さんが……」

「舞のお父さん？」

「そうでしょうが。舞のお父さんが贈ってくれた花なのに」

「その男、なんて名前よ。この百合を贈ってきた男の名前、言ってみてよ。舞のお父さん、なんて言い方しないで、名前で言ったらどう？」

母は唇のあたりを小刻みに震わせて、わたしから目をそらせた。おそらく母は、舞の父親の名前が塚本であることすら、すでに忘れていたのだった。母にとっては娘であるわたしの私生活、恋愛、男との関係、舞を失ってしまったこと、わたしのこれからの人生など、どうだっていいのだった。

そう思うと、突きあげるような、爆発しそうになるほどの怒りがわたしの身体の中を駆け抜けていった。息をすることすら難しくなりかけた。自分自身が怒りのために瓦解《がかい》していく、その音が聞こえるような気がした。

だが、行き場を見失った怒りは、長続きしない。やがてふいに、怒りが深い悲しみに取って代わる瞬間が訪れる。黒い、底知れない井戸の底を覗《のぞ》いているような感覚に囚《とら》われながら、わたしは虚無の淵《ふち》に佇《たたず》む。わたしは動かなくなる。もう、白百合の花もむしらず、母に向かって悪態もつかず、流れ過ぎていく時間から取り残されたようになって、呆然としている他はなくなる。……。

駅前にあるマッサージセンターに、マッサージを受けに行ったのは、そんな時だった。

舞の死の衝撃で痩《や》せ衰えてしまったわたしの身体は、どこがどう、という指摘すらできなくなるほど烈しく凝り、痛みを放っていた。あまりの凝りと痛みのせいで、絶え間なく吐き気に襲われるのだが、吐こうとしても吐くものは何もない。何日間も満足な食事を摂《と》らずにいたわたしの胃の中には、胃液以外、何も入っていなかった。便器に被《おお》いかぶさるようにして嘔吐《おうと》の姿勢をとっても、わたしの口から滴《したた》ってくるのは苦くよそよそしい、泡立った胃液だけだった。

手足、首、肩、腰……肉体のありとあらゆる器官がばらばらになって、四方八方、手の届かないところに飛び散っていくような感覚に囚われた。それはわたしの肉体でありながら、日毎夜毎《ひごとよごと》、わたし自身から遠くかけ離れていってしまうのだった。

わたしは、マッサージセンターの狭いベッドの上にうつ伏せになった途端、「なんでもいいから、強く」と懇願した。「強く揉《も》んで。痛くなんかないから、できるだけ強く揉んでちょうだい」と。

男のマッサージ師だった。若かったのか、中年だったのか、何も覚えていない。ベッドにうつ伏せになる前に顔は見たはずだし、声も聞いたはずなのに、何ひとつ印象に残っていない。覚えているのはわたしの身体を揉みしだいていく男の掌が、温かく湿っていた、ということだけ。

マッサージ用のベッドが横に五台、ずらりと並んでいる部屋だった。それぞれのベッドの脇には薄桃色のカーテンが下がっていて、隣が見えないようになっている。

ベッドはあらかた塞《ふさ》がっていたらしいが、どの客もマッサージ師と、ほとんど会話を交わしていなかった。耳に入ってくるのは、客がマッサージ用に身につけている綿のガウンが放つ衣《きぬ》ずれの音、そして、室内に低く流れているFMラジオの音楽……そのくらいだった。

男のマッサージ師はわたしの背中、肩、首すじ、腰……と丹念に揉みほぐしていった。

痛くありませんか、と聞かれた。全然、とわたしは答えた。揉みほぐす部位によって、同じことを二、三度、繰り返し聞かれ、そのつど、わたしも同じ答えを返した。交わした会話はそれだけだった。

ふくらはぎのあたりを揉み、足の裏を揉み、やがて彼の温かく湿った手は、わたしの腕に戻ってきた。手が彼によって軽く持ち上げられるのを感じた。

指の一本一本にマッサージが施された。親指と人さし指の間が強く圧《お》された。彼の手はまるで温かく潤うゼリーのようになりながら、わたしの掌をやわらかく被い尽くした。

温かい、とわたしは思った。温かくて湿っていて、彼の手はとてつもなくやわらかく、優しかった。

気がつくとわたしは泣いていた。

嬉《うれ》しかったのだった。見も知らない、名前も素性《すじょう》も年齢も、何もかもわからない、顔すらも見えない男にそうやって手を握られ、温かくやわらかな手でマッサージされながら、わたしは自分がどれほど絶望の底を漂《ただよ》っていたか、その時、およそ初めてはっきりと知った。

言葉などいらなかった。愛もいらなかった。人の肌のぬくもりが欲しかった。それだけでよかった。

わたしはすがるようにしてその男に「もっと」と言いそうになった。

もっと。お願い。やめないで。ずっとずっと、そうやってわたしの手を握っていて。

だが、言えるはずもなかった。男はわたしの左手をそうやって静かにマッサージし終えると、次に右の手に移り、同じようにマッサージしてから、そっとベッドの上に戻した。

わたしは洟《はな》をすすり上げた。涙があふれ、こぼれて、うつ伏せになっていた枕の白いカバーに熱く滲《し》みていった。

男はわたしの背中を丸く円を描くようにしてマッサージすると、それが終了の合図なのか、肩のあたりを軽くぽんと叩《たた》いた。「以上です」と言われた。

わたしはうなずき、ベッドの上に身体を起こした。泣き顔を見られたくなかったので、男のほうは見ずに、うつむいたままベッドから降りた。

「以上です」と抑揚をつけずに言ってきた男の声が、いつまでも耳から離れなかった。以上です……その瞬間、わたしと男とを淡く浅くつないでいた肌の絆《きずな》は一瞬にして断たれたはずなのに、わたしの掌には、男の手の感触だけが残っていて、それこそが不思議なほど、わたしを孤独の淵から救いあげてくれたのだった。

後にわたしが、『マダム・アナイス』で働こう、働きたいと考えるようになった時、真っ先に思い出したのはあの時の、見知らぬマッサージ師の掌の感触だった。

愛されたいのに愛されなかったり、愛しているのに伝わらなかったり、相手と心も肉体も一つになることを強烈に望んだり、それが叶《かな》わないと知って絶望したり、儚《はかな》い夢を見ても虚《むな》しいだけだと悟ったりする、そんな人生を送りつつ、いたずらに老いていくことがわかっているのなら、いっそ不特定多数の人の肌のぬくもりを求めて、その中に憩えばいいではないか、とわたしは考えたのだ。

たとえ相手が見知らぬ男であってもよかった。わたしを金で買い、わたしを好きなように扱い、時には辱《はずかし》め、時には本物の恋人のような愛撫《あいぶ》をする。会話もなく、あっても作りものめいたものばかりで、相手のことの何もかもがわからない。

それでも金で買われている、という悲しみを味わう暇があったら、わたしはきっと、そんな相手の男の肌の温かさ、弾力、吐息の中にこそ、自分の居場所を見つけていこうとするのではないか、同時に、そこにこそ魂の安寧を見いだしていくのではないか……そんな気がしたのだ。

あの二年前の六月、最愛の娘を失った後、わたしをいっとき、孤独の淵から救いあげてくれたマッサージ師の掌のぬくもりがなかったら、わたしは『マダム・アナイス』で働こうとは思わなかったかもしれない。わたしはあの時、自分の掌、というだけの、小さな宇宙の中に、人の肌の本当の優しさを感じた。嬉しくて泣いた。孤独ではないと思った。

マッサージ師に手を揉まれたことが、わたしを娼館《しょうかん》での仕事に誘った、などと聞いたら誰もが、信じられない、として呆《あき》れ、目を丸くするのかもしれない。だが、これは嘘偽りのないことだ。

一度だけ、わたしはマダム・アナイス＝漆原塔子《うるしばらとうこ》にその話を打ち明けたことがある。マダムはわたしの話に熱心に聞き入り、やがて全部、聞き終えると、いつものように眼鏡の奥のきれいな目を細めた。

「ここでのお仕事は」とマダムは澄みわたった声で静かに言った。「それをどう捉《とら》えるか、によってずいぶん違ってくるのよ。もちろん、どう捉えようとその人の自由。でも、あなたのような捉え方は、きっとこの先、あなた自身をいろいろな意味で助けてくれると思うわ」

「助ける？　どういうふうに？」

マダムは、さあ、と言い、微笑を浮かべたまま小首を傾《かし》げてみせた。その時マダムが着ていた、立ち衿《えり》の白いフリルのついたブラウスの胸のあたりで、カメオのブローチがきらりと光った。「どんなふうに助けるのかしら。それはあなたの問題だし、わたしにもわからないわね」

「マダム」とわたしは言った。「一つだけ聞かせてくれますか。マダムもわたしみたいに……つまり、その……この世で一番大切なものを失った時、誰でもいい、どこのどんな男でもいいから、男の肌のぬくもりだけがあればいい、と思ったことがありますか」

「この世で一番大切なもの」とマダムは誇り高い鸚鵡《おうむ》のようにゆっくりと繰り返した。「残念ながら、そういうものがわたしにはないの。そういうものを持って生きたことがない、とでも言えばいいのかしら」

「ずっとですか」

「ええ、ずっと。今も昔も」

「例えば、誰かに恋をしたり、深く愛してしまったりした時も、これがこの世で一番大切なもの、って思わなかったんですか」

マダムはわたしを見つめ、次いで美しいカーブを描いた唇に晴れ晴れとした笑みを浮かべてにっこりした。

「わたしの恋の話など、あなたに聞かせる必要はないでしょう？」

そうですね、とわたしは言った。拒絶されたようには感じなかった。それでよかった。マダムは娼館の経営者であり、わたしはそこで働く娼婦なのだった。わたしとマダムが恋の話など、するほうがおかしい。

「恋は御法度《ごはっと》……ですよね？」とわたしは少しふざけてマダムに言った。

気を悪くしたか、と少し慌てたが、マダムは相変わらずの美しい微笑を満面に湛《たた》えて、わたしに向かい、静かにうなずいた。

「あなたは面白いわ」とマダムは言った。

言ったのはそれだけだった。

4

わたしが麻木子と一緒に撮った写真は一枚しかない。

昨夜、わたしはその、たった一枚の写真を箪笥《たんす》の引き出しから取り出し、眺めた。心乱されることなく眺められればいい、と願っていたのだが、やはり気持ちは烈《はげ》しく粟立《あわだ》ち、正視することが難しかった。

わたしの持っている、安物のデジカメで撮影したものである。場所は、今わたしが暮らしている、三軒茶屋《さんげんぢゃや》にあるマンションの一室。八畳あるかないかの狭いリビングに置かれた、洋梨の色をした革張りソファーの上である。引っ越しの際、新しく揃えた家具はそれだけだった。

二年前の夏、舞が死んで二か月後、わたしは母と別れ、一人で部屋を借りた。その引っ越しの日、麻木子はこの部屋にやって来て、赤いエプロンをつけながら片付けを手伝ってくれたのだった。

ちょうど日曜の午後のことで、麻木子の『マダム・アナイス』での仕事は休みだった。夜は夜で、川端と会う予定があるのだろうと思い、手伝いなど何もいらない、と断ったのだが、麻木子は絶対に行かせて、と言ってきかなかった。

あの頃の麻木子にとって、わたしは今にも壊れそうなガラス細工のように見えていたに違いない。麻木子はわたしに心配の限りを尽くしてくれた。そのくせ、決して土足で人の心の中に踏み入るようなまねはしなかった。

麻木子のわたしに向けられた気持ちは、「支えになってあげる」と口に出して大声で言うような、単純に押しつけがましいものではなかった。儚い影のようになりながら、麻木子はわたしに遠く近く寄り添ってくれていた。手を伸ばせば、そこに必ず麻木子はいた。わたしがうつむいている間は、麻木子は黙って、見るともなくわたしを見ていてくれた。

わたしが機関銃のように言葉を連発して、喪失の痛みを脈絡なく喋《しゃべ》り続ければ、静かに相槌《あいづち》を打って何時間でも聞いてくれた。何も喋りたくなくなって、不機嫌な顔でじっと窓の外を見ていれば、わたしを一人にしておいてくれた。

わたしが泣けば、一緒に泣いてくれた。わたしが怒れば、その怒りがおさまるまで辛抱強く話を聞いてくれた。

それはいかにも麻木子らしいやり方だった。

今日一日、生きていかねばならない、として自分を奮い立たせるのは信じられないほどの苦痛を伴うことだった。ただ生きのびていく、ということだけがこれほど大変なことであると、わたしは初めて知った。一日、また一日、とやり過ごした。一日が終わった、と思うと、それだけで立っていられなくなるほどの疲労を覚えた。夜が明けて、日が暮れる、という永遠の連鎖は果てることはないが、それを黙って繰り返していくことでしか、わたしは自分を救えない、と思っていた。

そこに麻木子がいてくれたのだ。わたしがかろうじて舞の後を追わずに済んだのは、すべて麻木子のおかげだった。

感謝？　そんな生易《なまやさ》しい言葉では表現しきれない。

いったい誰が、幼な子を不慮の事故で亡くしたばかりの女を支えきることができるというのか。ましてその子に父親はいない。何をどう励ましても嘘になる。かといって、傍《はた》でそっと見守っていようとすると、ことごとく鬱陶《うっとう》しく思われる。憐《あわ》れみと同情はかえって相手の神経を逆撫《さかな》でするし、無理して明るい話題を提供すれば、放っておいてほしい、と冷たくなじられる。

わたしも一度だけ、麻木子に向かって声を荒らげてしまったことがあった。麻木子の思いやりが、理不尽にもわたしの神経にさわったのだ。

「子供をもったこともないあなたに、何がわかるって言うのよ!」

ちょうど麻木子がわたしのために夕食に誘ってくれて、以前、二人で入ったことのある渋谷の洋食屋に行った時のことだった。湯気のたつハンバーグステーキが載った皿を前にして、麻木子は一瞬、とりとめのない顔をして押し黙ったまま、わたしを見た。

何の話をしていたのか、はよく思い出せない。舞ちゃんはきっと天国で、お母さんである奈月が早く元気になってくれればいい、って思ってるわ……そんな意味のことを麻木子に言われたことだけは覚えている。

麻木子はそれをあっさりと口にしたのだ。湯気のたつハンバーグステーキにフォークとナイフを入れて、あたかも自分が口にしている言葉よりも、目の前のハンバーグステーキのほうに気を取られている、といった様子で。

それが優しい励ましの言葉であるとわかっていながら、わたしはその言い方、あっさりした物言いに烈しい抵抗を感じた。この世で一番愛するものを失った人間を慰《なぐさ》めようとする時、誰もがその場しのぎで口にしそうなセリフだ、と思ったのだ。そのこと自体に腹が立ったのか、それとも、麻木子の口から一般的な慰めの言葉など、聞きたくないと思ったからか。麻木子がその時、ハンバーグステーキを食べようとしていなかったら、あれほど腹は立たなかったのか。

麻木子は手にしていたナイフとフォークをそっと皿の脇に置いた。わたしの荒らげた声に凍りついているようには見えなかった。むしろ、静かに萎縮《いしゅく》し、静かにその場から退散しようとしているかのように見えた。

「ごめん」とわたしは慌てて言った。テーブルの上に手をすべらせ、麻木子のほうに差し出した。「言いすぎた。ほんとにごめん。怒らないで」

麻木子はふっと力を抜くようにして微笑をもらし、ううん、と小声で言いながら首を横に振った。「怒ってなんかないよ。わたしこそ、奈月の気持ちもわからずに適当なこと、口にしちゃったみたいでごめん」

いいのよ、かまわないのよ、そんなこと、ちっともかまわないのよ、とわたしは繰り返した。そうやっているうちに涙があふれてきた。視界が潤み、麻木子の顔が水の中にぼやけていくのが見えた。

気がつくとわたしはしゃくり上げていた。まるで年端《としは》のいかぬ少女のように、声を出しながらしゃくり上げ、嗚咽《おえつ》をもらし、流れる涙を拭《ふ》こうともせずにじっと麻木子の顔を見ていた。

周囲のテーブルを囲んでいた数組の客が、興味深げなまなざしを投げてきた。見て見ぬふり、といった表情の奥には、見知らぬ他人にその場限りで向けられる、一種の憐れみが感じられた。

「ねえ、奈月」と麻木子はわたしが泣いていることなど、気にもとめていないような、穏やかな口調で言った。「そろそろ一人暮らしをしたほうがいいんじゃないかな。お母さんと別れて、一人で暮らして……そうしたほうがいいと思う。舞ちゃんの思い出が残る部屋にいることはないよ。お母さんのことだって、いつまでも一緒にいれば恨みが残るだろうし」

そうだね、とわたしはうなずき、目を伏せた。涙が頰の上を転がり落ちていった。ありがとう、と言ったつもりだったのだが、その言葉は掠《かす》れてしまって、自分でも聞き取ることができなかった。

そんな麻木子と、引っ越しをした日の夜、並んで撮った一枚の写真。二人ともシャンペングラスを手にしている。中には琥珀色《こはくいろ》のシャンペンが入っている。小さな無数の泡が立ちのぼっている。麻木子が「一応、引っ越しのお祝いに」と言って持って来てくれた。ドン・ペリニヨンである。

わたしは色あせてくすんだ灰色のように見える、黒のキャミソール姿。美容院にも行かずに伸ばしっ放しになったボブカットは、すでにボブの体裁をとってはおらず、ただの手入れの悪いざんばら髪のようだ。

麻木子は光沢のある髪の毛をアップに結い上げ、広くてつややかな額を見せている。やわらかそうなほつれ毛が、耳の下あたりで踊っている。

胸あてつきの赤いエプロン。胸の部分にギンガムチェックのハートのアップリケがついている。そんな恰好《かっこう》をしている麻木子は、満足のいく結婚をし、余計なことは考えずに日々の暮らしを楽しんでいる、ありふれた主婦のように見える。

わたしたちはそれぞれ、シャンペングラスを掲げながら、逆V字形になるように頭と頭をくっつけ合い、カメラに向かって微笑んでいる。ふざけているようでいて、わたしが心から微笑んでいないのは一目瞭然《いちもくりようぜん》だ。どこから見ても、その写真の中のわたしは、悲壮な決意のもとに引っ越しを決め、とりあえず形ばかり今日を生きようとしている女でしかない。

一方、麻木子の表情は穏やかだ。麻木子は笑顔を作る時、いつも目を糸のように細めるのが癖だったが、その写真の麻木子の目も、やわらかくて形のいい、真多呂《またろ》人形のような美しい弧を描いている。

厚みのある唇には、慈悲深さを感じさせる、大人びた笑みが浮かんでいる。いろいろなことを通り過ぎてはきたが、それでもまだ足りずに、さらに様々なことがこの先起こる、ということを知っているような笑みである。今、この瞬間の笑みですら、何かのきっかけで永遠に凍りついてしまうことだってあり得る……そんな考えに取りつかれながら生きてきた人間特有の、どこかしら淋《さび》しい微笑でもある。

ともかく写真には、そんな麻木子とわたしが写っている。麻木子とわたしが一緒に写っている、たった一枚の写真……。

もっとたくさん撮っておけばよかった、と思う。あの引っ越しの日の晩に限らず、麻木子と会う時にデジカメを持って行って、あちこちで麻木子とわたしが並んでいるスナップ写真を撮っておけばよかった。

そんなにたくさんの麻木子の写真がそろったところで、どうする、というわけでもないのだが、あれほど人間として深く関わったと思える人の写真が、たった一枚しかない、ということがわたしには辛《つら》かった。

かつて、高校時代、枯れ葉色のセーターに、タータンチェックの巻きスカートという姿で、自宅に愛人を引き入れて泊まらせている父親の話をしてくれた時の麻木子のことが思い出される。

長い長い空白を経て、その父親がどうなったのか、麻木子がわたしに打ち明けたのは、まさにあの、わたしが母と別れて、三軒茶屋のマンションに引っ越した日の晩のことだった。

「おやじがあの後、どうしたか、話したっけ」

麻木子からそう聞かれ、わたしは「ううん」と首を横に振った。

麻木子と再会してから、麻木子とはいろいろな話をしたような気がしていたが、結局のところ、かいつまんでこれまでの経緯を互いに喋《しゃべ》り合っただけで、何ひとつ、肝心な話はしていなかったようでもあった。

「どうしたの、お父さん」

うん、と麻木子はシャンペングラスに口をつけてから、「今日は飲んじゃおうかな」と言った。「シャンペンって、一度飲み出すと止まらなくなるよね」

「飲んでよ」とわたしは言った。「麻木子には本当にお世話になったし……今日は気が済むまで飲んでよ。酔っぱらったら、介抱してあげるから」

それには応《こた》えず、麻木子はグラスを床に置くと、ジーンズに包まれた両足をくるみこむように抱いて、膝頭《ひざがしら》に頬を寄せた。

「わたしが高校を出てからも、ずっと同じようなこと繰り返してたわ。そうね、いつも二、三人の女がいて、その女たちを交代で家に入れては泊まらせてた。母は、心労がたたったのか、すぐ病気で寝込んじゃって、家の中のことは全部、わたしと妹がやってたんだ」

わたしは黙って聞いていた。聞きながら、ぼんやり白い壁を見ていた。麻木子のおかげで、室内のあらかたのものは片付け終えていたが、ソファーを新しく買っただけで、めぼしい家具は何ひとつなかった。1LDKの室内は、独身男のそれのように寒々しかった。

でもさ、と麻木子は言った。「おやじ、別に女好きだったわけじゃないんだと思う。ただ単に、そうやってめちゃくちゃをやっていたかっただけなんだよね。そのくせ、母の他に女がいなけりゃ、生きていけなくて……」

うん、とわたしは言った。「わかるような気がする。お父さんにとっては、道具みたいなもんだったんだね、女の人が」

「道具？」

「なんて言うのかな、自己愛？　自分しか愛せない人だったんじゃないの？　お父さんにとって、女っていうのは、自分で自分を愛するために必要な、ただの道具でしかなかったんだよ。それが欠けたら、お父さんが理想とする形は壊れちゃって、いびつなまんまに終わっちゃうから」

「ていうか、それを言うなら、女っていうのは、おやじにとってパズルのピースみたいなもんだったのかもね」と麻木子は言った。「家に連れこむ女がいて、初めて、おやじの人生のパズルは完成したんだ、きっと」

そうそう、とわたしは同調した。「うまい表現。きっとその通りよ」

麻木子は、ふっ、と笑い声とも吐息《といき》ともつかぬものをもらした。

何が欲しかったんだろう、と麻木子は言った。「あの人、いったい、何が本当に欲しかったのかしらね。人生のパズルなんか、完成させなくたって、全然いいのに。……虫食いだらけの未完成のまんまのパズルでも、いいじゃない、って思う。人間なんて、欠けた部分があって当たり前じゃない」

わたしは麻木子を見た。麻木子はわたしのほうは見ずに、エプロンの前ポケットからたばこのパッケージを取り出し、ライターでたばこに火をつけた。

「首吊《つ》ったんだ」天井に向かって、まっすぐに煙を吐き出しつつ、麻木子はそう言った。「自宅のね、おやじの寝室で。背の高い洋服箪笥《だんす》があったんだけど、その扉の上のところあたりに紐《ひも》をかけて。見つけたのは妹。かわいそうに。妹はそれ以来、少し神経をおかしくしちゃって、長い間、病院に通わなくちゃいけなくなった」

自宅の寝室で首を括《くく》っている父親を発見した時の気持ちは、どんなものなんだろう、とわたしは思った。自分の母親が、舞と暮らしたあのマンションで縊《くび》れているのを見つけた時のことを想像してみた。わたしは驚きもせず、慌てもせずに、こわいほど冷静に、それでよかったのよ、としか思わないかもしれない。

ややあって、わたしは聞いた。「原因は何だったの」

「どうかな。衝動的な自殺、ってやつ？　そんな感じだったみたい。遺書もなかったし」

「お父さんも、辛かったんだね、きっと」

「そうね。でも、自業自得よ。あんな生き方、平気でしてたんだから。自分で自分の首しめてたも同然。で、結局、ほんとに自分の首、しめちゃった。馬鹿よね」

「弱い人だったんだろうな」

「そりゃあね。めちゃくちゃ弱かったんじゃない？」

弱くても全然いいけど、とわたしは言った。「わたしにも、ものすごく弱いとこ、あるし、舞のことでは、自分はこんなに弱かったのか、ってびっくりしたけど、でも、人に迷惑かける弱さはいやだな。人に甘えて、よりかかって、強がってるような弱さ。あんまり好きじゃない」

「同じよ」と麻木子は言った。「わたしもそういうの、嫌い」

「わたしは麻木子に甘えちゃったとこ、あるけどね」

「そんなことない。当然だよ。あのくらい普通よ」

わたしは微笑んだ。照れくさくなったので、グラスの中のシャンペンをひと息に飲みほし、アイスペールの中のボトルから新たに注ぎ入れた。

「いつか奈月に言おうと思ってたんだ、おやじが自殺したこと」と麻木子は言った。

「別に隠してたわけじゃないんだけどね。自殺したから、って、どうってことないし。でも、やっぱりね。わざわざ話すようなことでもないかな、って思ってたとこもある」

話したければ話せばいいし、とわたしは言った。「話したくなければ、なんにも話さなくたっていいよ。わたしはいつでも、喜んで麻木子の話は聞くけど、話したくないことを無理に聞き出そうとは思ってないから」

うん、と麻木子はうなずいた。そしてわたしのほうを見て、にっこり笑った。「そう言ってもらえると、すごく嬉《うれ》しい」

そうやって心底、にっこり笑うたびに、麻木子の顔は高校生の顔になる。とりわけ、あの晩、わたしの新居で麻木子が見せた笑顔はわたしの記憶に深く刻まれている。

娼館《しょうかん》『マダム・アナイス』で働いている時も、客を前にして麻木子はこんな笑顔を作ることがあるのだろうか。こんな笑顔を見せられたら、相手の客はいったいどう思うのだろう。……そんなことをぼんやりと想像してみた。

自分が客だったら、うっとりするあまり、麻木子に恋をするかもしれない、などとわたしは考えた。マダム・アナイスは「恋は御法度よ」と言ったが、客が娼婦に恋をするのは自由だ。

目の前の麻木子は、相変わらず、身体を売る仕事をしているような女には見えない。麻木子を一夜の相手に選んだ客は、その数時間というもの、麻木子を本物の恋人のように扱うに決まっていた。

にもかかわらず、麻木子はよく見ると、肉体の奥の奥に、人知れず深い裂け目を抱えもっているような印象を与えた。それはいつものことだった。わたしにだけそんな印象を与えるのか、それとも誰もに似たような印象を与えてしまうのかはわからない。ともかく麻木子が抱えもっている裂け目のようなものは、魅力でもあり、また、同時に漠然とした死とか、破壊とか、腐敗《ふはい》……といった言葉を連想させるものでもあった。

とはいえ、それでも、よかったのだ。身体の奥底に、決して消えることのない裂け目があったって、どうということはない。誰にだって裂け目くらいはある。わたしにだって、ある。そこから膿《うみ》のようなものが滲《にじ》み出して、わたし自身を苛《さいな》んでくることなど、いくらだってある。

あんなことさえ起こらなければ、麻木子はきっと、今も時々、わたしの部屋に遊びに来て、一緒に食事を作ったり、冷えたビールを飲みながらぽつりぽつりと語り合ったりしていたのだろう。たまの休みには、二人で街に出て、新しい洋服を探したり、アクセサリーをひやかして歩いたり、洒落《しゃれ》たオープンカフェに入ってお茶を飲んだりしていただろう。時折、麻木子の恋人である川端の話も聞いただろう。わたしも時折、舞の思い出話をしていただろう。

そんなふうにして時間が流れていったに違いなく、そのうちわたしが『マダム・アナイス』で働き出せば、麻木子との絆《きずな》はさらに深まり、わたしたちは双子みたいになって、互いを映し出す鏡のような存在になり変わっていっただろう。

そうやって少しずつ年をとり、やがてわたしも麻木子も確実に、『マダム・アナイス』で働いていけるだけの若さと体力を失っていく。その時初めて、貯めた小金を手にして、わたしたちは共にあっさりとこの仕事から足を洗うことになっただろう。そして日本のどこか……いや、海外でもかまわない……ひっそりと豊かに暮らせる最後の希望の地を見つけて、わたしたちは深く深く、根をおろすようにしながら暮らし始めていたに違いないのだ。

麻木子がひどく元気のない声でわたしの携帯に電話をかけてきて、「ちょっとひどい精神状態なんだ」と言ってきたのは、その年の十月。わたしが三軒茶屋のマンションに引っ越してから二か月ほどたってからだ。

うまく言葉にならないのだが、何かいやな感じがする電話だ、と思った。麻木子からかかってきた電話で、そんなふうに感じるのは初めてのことだった。

わたしはその頃、かろうじて仕事を再開していて、おまけにありがたいことに結構、忙しくなっていた。部屋から一歩外に出さえすれば、舞の死にこだわっている余裕がなくなる。ともすれば、早朝から深夜まで、いくつもの仕事を掛け持ちすることもあった。舞が生きていたら、到底引き受けることのできない、長時間にわたる仕事ばかりだった。わたしは舞の死と引き換えに、自分にはたっぷりとした仕事が与えられたのだ、と思うことにした。そうした、或《あ》る意味で潤《うるお》いのない、ぎすぎすと合理的に過ぎる考え方は、かえってわたし自身を慰めてくれた。

ともかく、わたしがなんとか虚無の淵《ふち》に手をかけて、這《は》い上がろうとしていた矢先、麻木子が暗い声で電話をかけてきたわけである。

「どうしたの」とわたしは聞いた。「なんか、死にそうな声、してる」

「電話じゃとても話せない」

「川端さんと何かあったの？」

「違うわ、全然、そんなんじゃなくて」

「今どこよ」

「今日は仕事、休んでるの。だからうちにいる」

「今すぐ会おう」とわたしは言った。「渋谷あたりに出てこない？」

ちょうど青山であった朝からの仕事を終えて、帰る途中だった。夕食もとっていなかったから、麻木子と共に食べようとわたしは思い、そう誘った。

「わかった。行く」と麻木子は言った。

少し浮き浮きした。ほんの少し。舞が死んでから、そんな気分になるのは初めてだった。

仕事を終え、親しい女友達（わたしにとっては唯一の）と待ち合わせて会って、彼女が抱えている面倒ごとや悩みごとの相談にのりつつ、一人きりではない食事をとる、ということがわたしには単純に嬉しかったのだ。

食欲がまるでない、と言う麻木子と連れ立って、公園通り沿いにある洒落たカフェに入った。わたしは赤のグラスワインと野菜カレーを注文したが、麻木子はワインだけでいい、と言った。

広々とした店で、天井が高いせいか、店内の音が反響して騒々しい感じがしたが、その分だけ、居合わせた客の話し声が筒抜けにならずにすむようなところだった。運ばれてきた赤ワインのグラスを手に、麻木子は長い間、放心したようにグラスを眺めていた。まるでそのグラスの中に、蝿が浮いているのを見つけて、飲もうかどうしようか、迷ってでもいるかのように。

「いったい全体」とわたしは言った。「どうしたっていうの。ちょっと会わないうちに、痩《や》せちゃったみたいに見えるよ」

「食べてないんだもの」

「顔色も悪いし」

「そうかもしれない」

「もしかして眠れないの?」

「まあね」

早くも野菜カレーが運ばれてきた。わたしはそれに手をつけないまま、麻木子が何か話し始めようとするのを待った。

だが、麻木子はわたしの目の前に置かれたカレーを指さすと、「食事、先に済ませたほうがいいと思う」と言った。「話はあとにするから」

「適当に食べ始めるから気にしないで。何なのよ、もったいぶって」

「食事中に聞かせるような話じゃないのよ」

「え？」

「ほんとよ、奈月。あなた、そんなもの食べながらわたしの話を聞いていたら、絶対、気分が悪くなるわ」

平気よ、とわたしは言った。「これでも神経が太いから。昔ね、痰壺《たんつぼ》の中の痰の話をしてるやつの前で、とろみがついたカレーうどんを食べたこともあるのよ。ちゅるちゅる、って音をたててね。全然平気だったし、けっこう、いけたわよ」

麻木子はその日、初めて表情を作って苦笑した。「食事中に、なんで痰壺の中の痰の話なんかするわけ？」

「ゲームよ、ゲーム。みんながそれぞれ汚い話をしながら、誰が最後まで目の前のものを食べきれるか、っていう遊び」

「馬鹿な遊びもあるものね」

「神経を太くするためには、すごく鍛えられたみたいよ。だからわたし、平気なの。

何の話をされても、食事ができるように訓練してきたから」

麻木子は呆《あき》れたように笑った。少し肉の落ちた頬に、えくぼとも皺《しわ》ともつかない窪《くぼ》みができた。

麻木子が話し出そうとしていることが何なのか、まったく見当もつかなかった。身体の具合でも悪くしたのか、とも思った。食事中に話して具合の悪い話題、となれば、いささかリアルに語られる病気の話や怪我の話しか考えられない。

グラスに口をつけて、赤ワインをひと口飲むと、麻木子は目を伏せた。

「人が死んだわ」

「え？」

「わたしのせいで」

わたしはひと呼吸おき、麻木子を見つめた。麻木子が着ている黒のタートルネックのセーターの、荒い編み目模様のわずかな隙間から、下着の白だけが透けて見えた。その白い色が、麻木子の深いため息と共に上下した。

「二週間くらい前。三十五歳の男。お客の一人にね、肛門《こうもん》にボールペンを突っ込んではしい、って頼まれたの。老舗《しにせ》の呉服屋の若旦那《わかだんな》だったわ。そういうこと、よくあるわけじゃなくて、たまにしかないんだけど……でも、かといって別に珍しいことでもないのよね。わたしにもこれまで、二、三度経験があったし……。いるのよ、そういう、軽いSM趣味の男って。ごくふつうの男でも、時々、遊び心でそういうこと、したがるし。だから……深く考えないで、言われた通りにしたの」

わたしはうなずいた。

麻木子は軽く唇を開き、固く結び、再び開いた。「三日前の夜、そのお客が死んだ、ってマダムから聞かされた」

「なんでよ。なんで死んだの」

「馬鹿な話よ。わたしが中に入れてやったボールペン、取り出さずにそのままにしてたらしいの。そしたら、奥へ奥へと入ってっちゃったんだって。で、何日かたってものすごくお腹が痛くなって、救急車で運ばれてね。病院でレントゲンとったら、腸の中にボールペンが入ってるのが見えて、すぐ手術を受けたんだけど、だめだったのよ」

「手術に失敗したの？」

「別に執刀医の手術ミス、ってわけでもないの。腸の中ってね、信じられないくらい粘液でぬるぬるしてるらしいのね。そこをね、ボールペンがするする滑っていくわけよ。開腹手術して医者が取り出そうとすればするほど、もっと奥に入っていって、そのまま放っておけばまだしもだったんでしょうけど、必死になってボールペンをつかもうとするもんだから、余計に滑っていっちゃって……結局、先端の鋭い部分が腸壁を突き破って、それで……」

わたしが黙っていると、麻木子はぶるっと小さく震えた。「……それで死んだのよ」野菜カレーを食べる気が失《う》せた。だが、それは決して話の内容がグロテスクだったせいではなく、麻木子の表情があまりに暗いせいだった。

「だからって」とわたしは言った。「麻木子のせいじゃないよ。なんで、それが麻木子のせいなのよ。その客がそうしてくれ、って頼んできたからやったまででしょ」

「入れたのがわたしなんだから、わたしが取り出してやればよかったのよ。取り出してやらなかったから、こんなことになったのよ。このままでいいから、って言って、帰って行こうとするお客を引き留めて、無理してでも取り出してやらなくちゃいけなかったのよ」

麻木子の眉間《みけん》に皺が寄り、目が潤み始めた。お尻《しり》の穴にボールペンを突っ込んで死んだ男の話だ、と考えれば、笑い話にもなる。わたしは必死になって自分にそう言い聞かせ、明るい口調を装った。

「だってさ、そのお客が、後で自分で取り出すんじゃないか、って誰だって思うでしょうが。入れっ放しにしてるだろう、って、誰が想像する？　麻木子が責任を感じる必要なんか、全然ないことだよ」

麻木子はそれには応《こた》えず、ふうっと、笑い声にも似た短いため息をついた。「死因をね、医者が彼の奥さんとか、お母さんとか家族に知らせなくちゃならなくなった時、ものすごくもめたんだって。誰が本当のことを言うか、ってね。馬鹿みたいでしょ。でもほんとの話よ」

わたしが黙っていると、麻木子は不自然に肩を揺らして笑い出した。「遺族はさぞかし大騒ぎだったんだろうね。ボールペンだものね。笑っちゃうよね。なんでそんなもん、肛門に入れなくちゃいけなかったのか、って、親戚《しんせき》中が集まって、大まじめに議論し合ったりしたのかもね。遺影を前にして。ああ、やだやだ」

「笑って笑って、それでおしまいにする話だよ」とわたしは麻木子の顔色を窺《うかが》いながら、注意深く言った。「そうじゃない？　亡くなったのは気の毒だけど、仕方ないよ。ボールペン、自分で取り出せなくなった時に、あんまり恥ずかしくて病院に行けなかっただけなのよ。自業自得。麻木子には何の関係もない」

麻木子は薄く微笑み、曖昧《あいまい》にうなずいた。微笑が、冷たい水のようになって表情を強張《こわば》らせていくのがわかった。

5

肛門にボールペンを突っ込んでくれ、と言われ、言われた通りに突っ込んでやったら、その男が死んでしまった……。わたしは今も、時々、考える。そんな時、人は心の中に生まれた混乱をどのように整理すべきなのか、と。

愛や思慕の念はもちろんのこと、好悪の感情、関心すらもない、出会ったばかりの未知の男である。顔を合わせてからベッドに入るまでに交わした会話はひと言ふた言。顔も姿も声も、何ら記憶にとどまらない。覚えているのは男の肌の感触と性器の感触だけであり、ともすればそれらも、他に関わった幾多の男たちの記憶と混ざり合い、区別がつかなくなってしまう。

男はすぐに裸になって、女の身体を形ばかり貪《むさぼ》る。ひと通り、貪り終えると、やがて決然とした言い方で「頼みがある」と言ってくる。何ら羞《は》じらう様子もなく、かといって、金で買っている女に向けた傲慢《ごうまん》さもなく。淡々と、まるで食事中に「すまないが、そこの胡椒《こしょう》を取ってくれないか」とでも言っているかのように。

そして男は言うのだ。「悪いけど、俺の尻《しり》の穴にボールペンを突っ込んでくれないかな」と。

断る理由は何もない。倫理や常識の問題はもちろんのこと、感情の問題もあるはずがないから意見や感想は口にしない。相手は客であり、自分は金で買われている。あらかじめ商談は成立しているのだから、言われた通りにするだけである。

女は男の肛門にボールペンの先を押しこんでみる。少し怖いが、男が「平気だ、平気だから思いきり強く」と言い続けるので、手加減ができなくなる。

男は四つん這《ば》いになったまま身を震わせて、よがり声をあげる。とはいえ女は、馬鹿な、とは思わない。そういう趣味の人間はいるし、いちいち客で来ている男の趣味をあげつらって、薄気味悪く思ったり、非難したりしていたら、その種の仕事は続かない。

だから女は黙々とボールペンを肛門に押しこみ続ける。痛かったら言ってください、と声をかけるが、男は痛いどころか、悦楽のさなかにあるようで、それには一切応《こた》えようとしない。

途中までなんとか入れることができたボールペンが、ふいに先に進まなくなる。力まかせにしたら、間違いなく肛門の粘膜を傷つけてしまうだろう、と女は案じる。だが、もっと入れてくれ、と男は言う。もっと奥に、遠慮しないで、もっともっと奥に。

もう入らない、と女は言う。怖さが女の眉間《みけん》に皺《しわ》を走らせる。男は、だめだ、と叱りつけるような声を出す。もっと入る、もっと入るんだから、力を入れて。

そして女が力をこめて押しこんだボールペンは、するすると男の肛門の中に入りこんでいき、いつのまにか姿かたちが見えなくなる。

男は満足げにうなずく。気持ちがいいよ、と言う。このまま、何か飲みたい、頼んでほしい、と言う。

シャンペンを、と言われ、女が娼館《しょうかん》の厨房《ちゅうぼう》に連絡してシャンペンを持って来させると、男は美味《うま》そうに冷えたシャンペンを飲みほす。飲みながら、女の乳房を弄《もてあそ》ぶ。性的な感じのしない弄び方で、次に男は女の性器に触れてくるが、それもまた、お愛想程度の他愛《たわい》もない触れ方である。

男は頭の中で、何かめまぐるしく別のことを考えているように見える。さもなければ、肉体の奥深く、じわじわと滲《にじ》んでくる恍惚《こうこつ》に、独り静かに酔っているようにも見える。

やがて男は、帰る、と言って立ち上がる。女はおずおずと聞く。あれ取り出さなくてもいいんですか。

かまわない、と男は言う。このままでいいんだ。

その数日後、男は死ぬのだ。女が突っ込んでやったボールペンによって腸壁を破られ、大出血を起こして死んでいくのだ。

もし、自分が麻木子の立場だったら、どうしていただろう。

わたしなら、某《なにがし》かの都合のいい考えを編み出して、自分の行為を正当化しようと努力したかもしれない。突っ込んでくれ、って言ったのは、あっちよ、とふてぶてしい口調で、警察にも、周囲の人間にも、興味をもっていろいろ聞いてくる連中にも、誰に対してでも言い続けたかもしれない。自分で取り出さないのが悪いんだし、恥ずかしくて病院に行けなかったのはあっちの問題なんだから、死のうが生きようが、わたしの知ったことではないじゃないの……そんなふうに言いつのり、内心、夢見の悪い思いをしてはいても、愚かしい死に方をしていった客のことを笑い話に替え、肩をすくめて忘れようと努めたかもしれない。

笑い話にしてしまえれば、こっちのものだ。他人が眉《まゆ》をひそめてこようが、陰でこそ何か言われようが、かまわない。自分の中をよぎっていく罪の意識を払拭《ふっしょく》するための方法は、いくらでもある。

わたしはその点において、麻木子よりも汚れている、と思う。少なくとも、汚れたものにでもすがらなければ生きていけない、ということを知っているほど、汚れている。

実際、人は脆弱《ぜいじゃく》な生き物である。いろいろなことを正当化し、都合よく解釈していかなければ、生きていくことができない。そして、その脆弱さに対抗できるのは、自分の中にある醜悪なまでもの強さだけなのだ。

舞を失った時は、立ち直ることなどできない、と思ったし、自分も死んでしまおう、と考えたが、それでもわたしは生き続けた。生きなければと思って生きたのではなく、このまま生き続けて、さらに腐臭《ふしゅう》を放つ地獄を見届けてやりたい、という不健康な強い欲望にかられたせいでもある。

いずれにせよ、舞を亡くした慟哭《どうこく》の悲しみを包み、次第にまろやかにし、遠いおぼろな悪夢に替えてくれたのは、わたし自身の中にくすぶっていた小さな、しかし、どうしようもなく傲慢で、偏見と独善に満ちた、人と優しく分かち合うことなどできそうにない、荒々しい命の焔《ほのお》だった。わたしはそれにすがった。わたし自身の中にあった、ただの燃えさしのような、それでも火には違いないものの力にすがった。

そんなわたしを傍で支えてくれていたはずの麻木子が、何故、あんなつまらない、くだらない、馬鹿げていて、反吐《へど》が出そうなほど愚かしい出来事がきっかけで、自分自身を破滅に導いていかなければならなかったのか。

麻木子をわたしから奪い、わたしを一人ぽっちにさせたあのボールペン男が、わたしは憎い。できることなら、あの世から呼び出して、肛門の代わりに、そいつのペニスの先にボールペンを突っ込んでやりたい。ペニスをわしづかみにされ、尿道にそんなものを突っ込まれたら、男はよがり声をあげることもなく、ただ、絶叫するだけだろう。失神してしまうかもしれない。

わたしはそいつが、そのくらい憎い。

麻木子はまもなく、『マダム・アナイス』での仕事を休みがちになった。休んで、恋人の川端と会っていることもあったが、川端とはその頃から何かとうまくいかなくなっていた様子で、そのたびに麻木子はわたしに電話をかけてきては、もうだめみたい、というようなことを言った。川端さんはわたしのことがうっとうしくなったんだと思う、と言うこともあった。

理由を訊《なず》ねたのだが、具体的なことは何も打ち明けてはくれなかった。具体的な理由など、さしあたっては何もないのかもしれなかった。

川端に、麻木子の本当の職業が知られてしまったのだろうか、と考えたこともある。だが、麻木子の素振りからは、そうした様子はみじんも見られなかった。

喧嘩《けんか》をした気配もなく、わたしの知る限り、言い争わねばならないような問題もないはずだった。それまでずっと、穏やかに凪《な》いだような温かい関係を続けてきたはずの川端という男が、急に麻木子のことをうっとうしく思うようになり、立ち去ろうとしているとはとても思えなかった。

わたし、病気なのかもしれない、と麻木子は或《あ》る時、言った。「病気だね、きっと」

痩《や》せて顔色が悪いのは相変わらずで、勧めるとかろうじて食べ始めるのだが、食欲もあまりなさそうだった。ひとまわり小さくなった顔には生気がなく、老けたというよりは、縮んで縮んで、そのうち消えてなくなってしまうのではないか、と思わせた。

「どこか悪いのかな」とわたしは、なるべく大袈裟《おおげさ》に聞こえないよう注意して言った。

「心配してるのよ、これでも。一度、大きな病院で、検査を受けてみたらどうかしら。疲れてるだけで、これといってなんにもない、ってことがわかったら、安心するだろうし」

麻木子の衰弱は内臓に疾患があるせいではなく、精神からくるものであることはわたしにもわかっていた。だが、明らかに自らの精神によって蝕《むしば》まれている麻木子に、正面切って何かを打ち明けさせるのは怖い気がした。わたしはあくまでも、麻木子の健康を案じている、という言い方を通した。

麻木子はわたしの勧めをひと通り聞くと、ううん、と小さく首を横に振って淋《さび》しく微笑《ほほえ》んだ。「病院なんか、行かない。絶対、行かない」

「子供みたいなこと言っちゃって。麻木子らしくもない」

「行ったって無駄。自分が一番よく知ってるもの」

「行ってみなくちゃわかんないじゃない」

それには応《こた》えず、麻木子は小さくため息をついた。「奈月から見たら、馬鹿みたいに見えるんだろうね、わたし」

「どういうこと?」

だってさ、と麻木子は言い、唇を固く結ぶようにしてから、目を瞬《またた》いて視線を神経質そうに泳がせた。「わたしのせいなんかじゃないのに……わたしが自分で、人を一人、殺したと思いこんでるだけなんだから。奈月にしてみたら、そんなの馬鹿みたいだ、としか思えないんでしょうね」

「そうわかってるんだったら、それでいいよ」とわたしは言った。厳しい口調になっていた。「あれは麻木子のせいじゃないんだ、ってこと、百万回、言ったよね。耳にタコができるほど言ったよね」

「聞いた」

「だったら、いつまでもくよくよするの、やめなよ。いい加減、こっちが頭にくる。何度でも露骨で下品な言い方、させてもらうから。こんなこと、気取った言い方してたって、どうしようもないからね。いい？　つまりこういうことよ。あの老舗《しにせ》の呉服屋の世界一馬鹿な若旦那《わかだんな》は、女房や家族に黙ってクソ高いお金を払って、秘密の超高級娼館の会員になって、さんざんいい思いをして、或る日、そこで働く女に、俺のケツの穴にボールペン、突っ込んでくれ、って頼んで、後になって自分で取り出せなくなっちゃって、女房の手前、病院にも行けなくて、そのあげくに死んだのよ。ただそれだけの話よ。客の一人に、呆《あき》れるほど馬鹿な男がいた、って思ってればそれでいいのよ」

麻木子はじっとわたしの顔を見ていたが、やがて、そうね、とつぶやくように言い、うっすらと笑った。頬に少し赤みが差した。「奈月と話してると、少し元気になれる気がする」

「舞を亡くした時は、母親をぶっ殺してやろうと思った」とわたしは言った。「その後で自分も死のう、ってね。そんなことを本気で考えてたよ。舞を死なせたのは母親なんだからね。舞だけ死んで、母親だけがのうのうと生きてることが許せなかった。わかる？　こんなふうに言ったら、ムカつくかもしれないけど、わたしが経験したことに比べたら、今の麻木子が抱えてる辛《つら》さは、わたしに言わせれば大したことない。考え方次第で簡単にどうにでもなるものだと思うよ。麻木子はなんにも失ってないんだし。誰かに、この世で一番大切な人を殺されたわけでもない。ＳＭ趣味のある男が客の一人にいた、ってだけの話じゃないの。死のうが生きようが、麻木子には何の関係もない男が死んだだけの話じゃないの。……違うかな。わたし、一人で偉そうなこと、言ってる？」

ちっとも偉そうなんかじゃないよ、と麻木子は言った。「ありがとう、奈月。そう言ってくれて嬉《うれ》しい。その通りよね。奈月の言う通りだと思う」

「ほんとにそう思ってる？」

「うん、思ってる」

「こういう話してると、少しは元気になれる？」

「なれる。奈月のおかげよ」

よかった、とわたしは言った。

本気で、よかった、と思っていたわけではない。だが、わたしはそう言わざるを得なくなった。麻木子がその話題をただちに終わらせたがっていて、お願いだから、これ以上、この話題を続けないで、と訴えているのが伝わってきたからだ。

思えば、麻木子があの頃、苦しんでいたのはボールペン男を死に至らせたのが自分である、という罪の意識とは何の関係もないことだったのかもしれない。お尻《しり》の穴に突っ込んでやったボールペンが原因で、一人の男が死んだことはひとつのきっかけに過ぎなかったのかもしれない。

おそらくは麻木子の中の、長年にわたって自分で封印してきた何かが、その滑稽《こっけい》な事件のせいで強く刺激されたのだ。眠っていたものが揺り起こされてしまったのだ。そしてそれは、じくじくと音をたてながら際限のない細胞分裂を繰り返し、麻木子と共棲《きょうせい》する異物と化して、麻木子を苦しめ、壊しにかかった。

恋人の川端とうまくいかなくなったのも、そのせいだったと思われる。

麻木子が『マダム・アナイス』で働いていることを打ち明けないままに、二人の恋愛は続けられていた。ボールペン男の一件はもとより、麻木子は川端と顔を合わせるたびに、自分自身を取り繕《つくろ》って、芝居をして、虚構の自分自身を演出し続けねばならなかった。

その疲れが、麻木子の中に、澱《おり》のようになって溜《た》まっていかなかったはずはない。麻木子は二重三重の疲れの中に身を置いて、身も心も衰弱させていった。『マダム・アナイス』で男に指名されるたびに、麻木子の身体の中にうそ寒い風が吹いただろう。また今日も男たちに奉仕して、微笑み、媚《こ》び、徹底した女を演じ、金で買える最上等の性を与え、くわえてほしい、と言われればペニスをくわえ、尻の穴に何か突っ込んでほしい、と言われれば、ボールペンでも鉛筆でもなんでも突っ込んでやる。そうやって男たちを満足させ、一日が暮れていくのである。

……性を売って生活することを合理的に捉《とら》え、そうした考え方にあっけらかんと馴《な》染《じ》んでいたように見えたはずの麻木子も、実のところはそうではなかった、ということなのか。

妻のいる自宅に愛人を連れこんで、あげくに洋服簞笥《だんす》の扉に紐《ひも》をかけ、縊《くび》れた父親の幻が麻木子を苛《さいな》み続けていたのか。

愛し、愛されることから逃げ続け、怖がり、それでいながら、わたしが知っている麻木子は誰よりも愛し、愛されたがっている女だった。川端が、麻木子のことを麻木子が思う以上に深く愛していたと、彼女が知っていてくれたら、どんなによかっただろう。

だが、いつだって、どんな男と女だって、互いがどれほど相手のことを想っているか、うまく完璧《かんぺき》に表現し尽くすことはできないのかもしれない。中には何ひとつ表現できないままに、誤解が生じて終わってしまう関係もある。表現しようと努力することは大切だ。だが、懸命に表現したはずの言葉や態度は時に、虚《むな》しく宙に消え、言い足りなかったことだけが、しきりと舞い落ちてくる秋の枯れ葉のように、堆《うずたか》く積まれていくのである。

男と女は、深くて昏《くら》い沼の中を手さぐりで求め合い、互いを見つけて、言葉もなく抱きしめ合った時がすべてなのかもしれない。わたしはよくそんなふうに思うのだが、麻木子に限って言えば、川端から表現されなかった言葉や態度の数々こそが、彼女を痛めつける結果になったのかもしれなかった。

それにしても、何故、麻木子にはわからなかったのだろう。残念だ。川端はあれほど麻木子のことを愛していたのに。心底、愛していたのに。愛とはこういうことを言うのか、とわたしの目を開かせてくれるほど、愛していたというのに。

わたしが麻木子に初めて、「『マダム・アナイス』で働きたい」と口にしたのは、年が明けてまもなくのことだった。

虚を衝《つ》かれたのか、麻木子は押し黙った。

話していたのは、青山の、『マダム・アナイス』の近くにあるコーヒーショップである。いっときも客がじっとしていないような、なんだか坐《すわ》っているだけで急《せ》かされてでもいるような店で、わたしと麻木子が待ち合わせてコーヒーを注文している間に、少なくとも二組の客が出て行き、新たに三組の客が入って来た。

それでもガラス張りの窓際のカウンター席にいる限り、会話を盗み聞きされたり、邪魔されたりする心配はなさそうだった。わたしたちは他の客のいるテーブル席に背を向け、天井まである大きなガラス窓に向かって坐り、日暮れた冬の街を眺めていた。

「それって、本気?」と麻木子は聞いた。「それとも冗談で言ってるの?」

「冗談でこんなこと、言えるわけないでしょ」とわたしは言い、麻木子から目をそらした。

「ずっと真剣に考えてたの。舞が死んでからずっと。迷いがなかったわけじゃないけど、初めっからわたしは、こうしよう、って決めてたんじゃないかとも思う。でも、麻木子、初めに言っておくけど、わたしはお金が欲しいだけでこういう仕事につこうと思ってるわけじゃないのよ」

「じゃあ、何なの」と麻木子は聞いてきた。思いがけず、怒ったような響きがそこには感じ取れた。「お金が欲しいだけじゃないのなら、何なの。お金以外に何の目的がある、っていうの」

「お金以外に目的があったらおかしいわけ？」

わたしが微笑を浮かべたまま麻木子を凝視《ぎょうし》すると、麻木子はすうっと力を抜いたように背中を丸くし、だるそうな瞬《まばた》きをしてみせた。「反対するよ、わたし」

「え？」

「やめたほうがいい。こういう仕事は」

「よくわからないな。わたしはね、麻木子がやってる仕事が、悲惨なものだとは全然思わないし、不潔だとも思ってないんだよ。ただちょっと、世間に通用しにくいだけで、やってることはそこらのＯＬや主婦や……ううん、それだけじゃない、ありとあらゆる女たちがあっちこちで、こそこそやってることと似たりよったりじゃないか、って思ってる」

「あたりまえだけど、恋愛感情なんか、全くないのよ。それどころか初対面で、全然趣味じゃなくて、気持ち悪い、って思っちゃうような男の人にも抱かれなくちゃいけないのよ。サービスしなくちゃいけないのよ。恋人のふりをしてくれ、って頼まれたら、そうしなくちゃいけないのよ。一緒に着飾ってフランス料理食べに行って、僕のことを愛してくれてますか、って聞かれて、もちろんです、心の底から愛してます、だなんて答える、笑っちゃうようなお芝居をして、その後で高級ホテルのスイートルームに行って、後ろから抱きつかれながら夜景を眺《なが》めて、すごく気持ちの悪い、唾液《だえき》でべとべとして糸ひいちゃうようなキスを首すじや肩に受けて、僕のことを愛してる、と言いなさい、なんて言われて、愛してます、本当に、なんて言って、言いながら鳥肌がたって、それでも感じてるふりして、ベッドに連れてかれて、好きなように遊ばれて、バスルームできみのおしっこする姿を見せてほしい、って言われても嬉《うれ》しそうにうなずいて……そういうことなのよ、この仕事って。わかってる?」

麻木子がそんなふうに、立て板に水、といった感じで自分が日頃、している仕事の内容について具体的に語ってくれたのはそれが初めてだった。わたしは或《あ》る感動を覚えながら聞いていた。本当に感動したのだった。

「初めてだね」とわたしは言った。「麻木子、そういう話、これまでしてくれたこと、なかった」

そうだっけ、と麻木子は言い、わたしから顔をそむけた。

窓ガラスの外を大勢の人間が行き交っていた。暮れなずんだ冬の街は寒気の中にあって、なお、永遠に消えない火照《ほて》りを抱えているように見える。

洒落《しゃれ》たコートに洒落たショールやマフラー、ロングブーツ。舗道を行く女たちは皆、都会人としての自意識の中だけで生きている。男たちは携帯を耳にあてながら忙しそうに歩き続けている。虚実の皮膜の間にある、都会という名の奢《おご》りが、美しく整えられた舗道のあちこちに隠れ潜んでいる。

黒い高価な毛皮のコートを着た初老の女が、一匹の白いヨークシャーテリアの引き綱を手に歩いて来た。テリアの胴体には、赤い毛糸で編まれた犬用の防寒着が巻かれている。

女の歩調とテリアの歩調がうまく合わない。女が一歩前に進むごとに、テリアは四肢を忙しく動かして女について行こうとする。口から垂らした桃色のべろが快活に動きまわり、黒いつぶらな瞳《ひとみ》は左右あちこちにくまなく視線を走らせている。

それだけ多くの人間が行き交っている中、ガラス越しにふと、わたしと視線を合わせたような気がしたのは、その赤い胴巻きを巻いたテリアだけだった。

「ごめん。話の腰、折っちゃったね。続きを聞かせて」とわたしは言った。

「うん、でも、もういい」

「話す気、なくなっちゃった?」

「そういうわけじゃないけど……でも、今話しながら思ってた。奈月はきっと、こういうこと全部、先刻承知なんだろうな、って」

そうだね、とわたしはうなずいた。「詳しいことはわかんなくても、だいたい想像はつく。いやだろうな、って思うこともあるよ、確かに。でもさ、わたし、知らない男の人のね、肌に触れたいのよ。触れられたいの。だから、何をされてもいいし、何をしてやってもいい」

「奈月ったら」と麻木子は心底呆《あき》れたように苦笑した。「言っとくけど、これって、そんな簡単な仕事じゃないのよ。肌に触れるとか触れないとか、そういう次元で片づく仕事じゃないんだから」

わかってる、とわたしは静かに言った。

舞を失った慟哭《どうこく》の中にあって、身体を揉《も》んでくれたマッサージ師の男に掌《てのひら》を包まれた瞬間、自分が本当に欲しがっているものがわかった、という話はしなかった。今そんな話をしても、麻木子には理解されないだろう、と思った。麻木子に限らず、誰にも理解されないに違いない。

「さっきも少し言ったけど、とにかく秘密の高級会員制娼館《しょうかん》でしょ」と麻木子は語り始めた。「お客が注文してくることはほんとにいろいろなのよ。いい意味で信じられないものもある。一度、ブランドもののイブニングドレスを贈ってくれた老人がいてね。すごく高価なドレスよ。上品で繊細でデザインも洒落てて。それを着て一緒にオペラに行ってほしい、って言われた。ものすごい資産家の、上品な感じのするじいさんよ。当日はホテルをとってくれて、そこに黒塗りのリムジンみたいな車がわたしを迎えに来て、そのじいさんは、ぱりっとしたタキシード姿でわたしをエスコートしてくれたわ。で、オペラを聴きに行ったんだけど、幕間《まくあい》にホールの外に出ると、じいさんに話しかけてくるたくさんの知り合いがいるわけよ。気取った連中ばっかり。そういう人たちに、じいさんはいちいちわたしのこと、最愛の女性だ、って紹介するの。じいさんは妻帯者だし、それを聞いた人たちはみんな、この女、どこの何者だろう、って目を丸くするんだけど、でも、面と向かってはなんにも言わない。あいつら、後でどんなふうに噂《うわさ》をするか、わかったもんじゃないな、ってじいさんは上機嫌よ。で、オペラの後は食事して、恋人気取りでシャンペン飲んで……で、最後にその人、何て言ったと思う？」

わたしは首を横に振った。

麻木子はうっすらと皮肉を湛《たた》えて笑った。「二人でホテルの部屋に戻ったら、そのドレスを着たまんま、お湯を張ったバスタブにじっと浸《つ》かっててほしい、って」

「お安い御用じゃない」

「まあね。せっかくもらったドレスを後でクリーニングに出す手間を考えなければね。で、その人、ホテルに戻ってバスタブにお湯を張って、部屋に飾ってあった赤い薔薇《ばら》の花束を持ってくるなり、花びらをむしってお湯の中に次から次へと浮かせ始めたのよ。お湯の表面が薔薇の花びらで埋まった頃になって、さあ、入りなさい、って言われて……言われた通り、わたしはドレス姿のまんま、お湯の中に横たわった。薔薇の香りがしたわ。その人は、わたしを見下ろしたまま、はいてたズボンを脱いで便器の上に腰かけて、オペラのね、わけのわかんない難しい解説をしながら、いきなりオナニーを始めた。部屋の中には聴いてきたばっかりのオペラ音楽が大音量で流されててね。そのじいさん、喘《あえ》いじゃって、血管切れて死んじゃうんじゃないか、って心配になるほど興奮して……」

そこまで言うと、麻木子は大きく息を吸い、言葉をいったん途切らせ、ぬるくなったコーヒーに口をつけた。「……つまりね、いろんな人がいる、ってことを言いたかっただけ。ほんと、いろんな客がいるわ。かろうじてこっちの気分がよくなることを頼んでくる人もいれば、そうじゃない人もいる。いちいち覚えてられないくらいに」

そうなんだろうね、とわたしは言った。

そして暫《しば》しの間を置いてから、上半身ごと麻木子のほうを向き、「麻木子」と呼びかけた。「何を聞かされてもわたしの決心は揺るがないよ。お願い。『マダム・アナイス』のマダムにわたしのこと、紹介して。紹介してくれるだけでいい。雇ってもらえる基準みたいなものがあるんだろうし、あなたの体形と顔では務まらない、って言われたら諦《あきら》めるし」

「体形や顔は関係ない」と麻木子は倦《う》み疲れたような目をわたしに投げた。「世間で言われてるような美醜の問題も別なのよ。そういうことはね、全部、マダムが決めるの。うちではマダムの目がすべて。違うんじゃないの、って思っても、それには逆らえない」

「だったらなおさら都合がいい」とわたしは即座に切り返した。「わたしでも雇ってもらえるかもしれないから」

麻木子は長い間、わたしの顔をじっと見つめていたが、やがて深く細い吐息をつくと、わかった、と半ば投げやりに言った。「しかし、奈月も物好きだね」

物好きなんじゃない、とわたしは言った。「……必死なんだよ」

麻木子は小さくうなずいた。そのきれいな、官能的な唇に、刷毛《はけ》でさっとはいた紅のような、力のない淡い笑みが浮かんだ。麻木子の目がかすかに潤《うる》んだ。わたしは気がつかなかったふりをした。

いつのまにか、街には夜のとばりが降りていた。煌《きらめ》く外のネオンが目の前のガラスにあたって、ぼんやりとした虹《にじ》色の光の膜を作った。

そろそろ行かなくちゃ、と腕時計を見るなり麻木子は言った。その時、麻木子が着ていたのは、ありふれた黒のタートルネックセーターにダークグレーのパンツだった。娼館に入ったら、別の服に着替えるのだろうか、とふと想像した。だが、ボンデージふうの革のドレスや、これみよがしに胸と背中が大きく開いたワンピースなど、どう想像しても滑稽《こっけい》で、『マダム・アナイス』の会員になっている客たちは、むしろ今の麻木子が着ているような、ごく普通の、どんな女でも着るような服装が好みなのかもしれない、とも考えられた。

多くを質問したい気分にかられたが、わたしはそれを控えた。どうせ、自分が働くようになったら、一瞬にしてすべてのことがわかるのだ。案外、館《やかた》に入った途端、目にも恐ろしく滑稽な、絵に描いたようなセクシードレスに着替えさせられるのかもしれない。

それならそれでいい、とわたしは思った。かまわない、なんでもできる、と思った。生きていこうと思ったら、なんでもできる。したたかさも計算も打算も何もないところで、自分は自分の中の醜悪な強さにだけすがっていこう、遠慮会釈もなく、そうやって生きていこう、と思った。
それが、麻木子を失う直前のわたしだった。

6

人には、何があろうと決して忘れることのできない日、というものがある。生涯の伴侶《はんりよ》になる人と出会った日、それまでこつこつと努力し続けてきたことが実った日……それら華やぎに満ちた日のことは、とりわけ忘れないものだろう。それが西暦何年の何月何日だったか、はもちろんのこと、その日の天候、空気の香り、肌に感じた風の冷たさに至るまで、まるで今この瞬間、追体験しているかのように鮮やかに思い出すことができるのかもしれない。

だが、わたしには残念ながら、そんなふうに胸ときめかせながら思い出せる日、というものがない。温かなものに充《み》たされながら、優しい気持ちでその記憶を辿《たど》ることのできる日、というものがない。全くないわけではないが、きわめて少ない。

わたしが自分の頭の中のスクリーンに鮮やかな記憶を甦《よみがえ》らせる日、というのは、いつだって別のことだ。不吉で、侮蔑《ぶべつ》すべき、悲しみに満ちた日……。例えば、母親が居間のソファーで見知らぬ男と性交しているのを、学校から帰ったばかりの自分が見てしまった日のこと……。

一事が万事、だらしのない母は、庭の手入れもろくにしなかった。荒れ放題荒れて、夏の間に生い茂った夏草が色褪《あ》せたまま、ぼうぼうと伸びている中、どこからか飛んで来たらしいコスモスの種が成長し、雑草の隙間をぬうようにして幾つかの可憐《かれん》な花を咲かせていた。

その薄桃色の花が、閉じたガラス戸にくっきりと映し出されていた。室内にいる裸の母親は、蛙のように両足を拡げ、白目をむくようにして恍惚《こうこつ》の表情を作っていた。そんな母親をコスモスの花影の向こう側にわたしは眺めていた。

手ひどい衝撃を受けたはずなのに、妙に静かな気持ちだった。見てはならぬものを見た、というよりも、これは自分がいつかは見なければならなかったものだったのだ、という思いのほうが強かった。

あの日は日曜日で、わたしが通っていた高校の体育祭が開かれた日だった。そんな日に、何故、予定よりも早く家に帰ったのかはよく覚えていない。何かの予感があったのか。

庭先に佇《たたず》んだままでいたわたしの身体を、秋の風が撫《な》でていった。手にしていた布製のバッグの把手《とって》部分が汗で粘つき、掌《てのひら》にへばりついた。風を受け、雑草と共にコスモスの花が大きく揺らいだ。ガラス戸に映るコスモスの薄桃色も揺らいだ。……そんなことも未《いま》だにはっきりと思い出せる。

麻木子が私の携帯に電話をかけてきて、これから少し会える？　と聞いたのは、二月十三日の午後だった。

翌日がヴァレンタイン・デーで、タレントが大集合するテレビの生番組があり、わたしはヘアメイクの仕事で丸一日、拘束されることになっていた。だから、麻木子から電話がかかってきたのが、その前日だったことは確かである。

「いい知らせ、って言うべきなのかな。よくわかんないけど、奈月に知らせたいことがあって」と麻木子は言った。「できたら会って話したいから」

声色は単調で、元気なのか、そうでないのか、よくわからなかった。

「何なの？　もったいぶっちゃって」

とにかく、後でちょっと会いたいの、と麻木子は言った。「可愛い奈月の顔も見たいし」

わたしは笑い、「嬉《うれ》しいこと、言ってくれるじゃない」と冗談めかして言った。

「ちょうどよかった。今日は一日、空いてるの。明日は多分、徹夜になると思うけど」

「うん、テレビなんだ。明日はヴァレンタイン・デーでしょ。特別生番組があるのよ」

「仕事？」

「そうでもない。大仕事だとけっこう、乗りきれちゃうもんだから」

「大変だね」

先月会った青山のコーヒーショップで、と約束し合い、わたしたちはいったん、電話を切った。

麻木子がわたしに知らせたがっているのが『マダム・アナイス』の件であろうことは察しがついていた。いい知らせ、と麻木子が口にしたのだから、おそらくマダムはわたしを採用することに対して、頭ごなしに拒絶はしなかったのだろう、とわたしは考えた。

コーヒーショップで麻木子と会ったのは、午後三時半。今にも小雪が舞い落ちてきそうなほど寒い、曇り空の日で、その時刻、すでにあたりは薄暗くなり始めていた。

麻木子は薄茶色のムートンのコート姿で現れた。初めて見るコートで、それは麻木子によく似合っていた。

コートの下は、白いアンゴラのハイネックセーターに焦げ茶色のツイードのスカート。ヒールの高い茶色のブーツ。手入れが行き届いている髪の毛をやわらかく肩のあたりまで下ろし、目下の悩みごとといったらスキーで焼けた目の下に小さなシミができてしまったことと、いずれ結婚するつもりでいる恋人が忙しすぎて、デートする時間が取れないこと……そんなふうにはきはきと答える天真爛漫《てんしんらんまん》なＯＬを連想させて、かえってそれが、わたしにはどこか痛々しく感じられた。

「まだ決まったわけじゃないし、今の段階では採用してもらえるかどうかは、全然わからないのよ」と前置きしてから、麻木子はわたしに向かって、ぎこちないような微笑を投げた。「マダムに話したら、面接してみたい、って言ってくれたの。できるだけ早いうちに、って。でもね、奈月、言っておくけど、これってすごいことなのよ。マダムは、娼館《しょうかん》で働いている女の子たちの友達とか姉妹とかを本人から紹介されて雇うことを、ものすごく嫌ってたの。理由はよくわかんないけど、きっと、そういうお手軽な人脈を利用するのがマダムの美意識に反したんだろうと思う。だから、今回もそうなっちゃうかな、って不安だったのよ。簡単に引き受けてくれそうだったんで、わたしのほうが驚いたくらい」

わたしは、ふうっ、とため息をつき、「なんか、照れくさいな」と言った。「でも、どうして今回に限って、そのマダムは、面接してみよう、っていう気になってくれたのかしら」

「どうしてだろう。もう一人、新しい人が欲しい、って思ってたところだったのかもしれないな。ともかくね、あの人は謎なのよ。何を考えてるのか、よくわからないし、先が読めない。とっても優しい物腰で、静かに喋《しゃべ》る人なんだけど、とりつく島がない、っていう感じなの。そのくせ、今回みたいにすんなり事が運ぶこともあるわけでしょ？　よくわかんないんだ」

わたしも麻木子も、ホットココアを注文していた。わたしたちは運ばれてきたばかりのココアにほとんど同時に口をつけ、「熱いっ！」と小さく悲鳴をあげて、互いに顔を見合わせ、笑い合った。

「面接、いつでもできる？」麻木子が聞いた。「いつになるのかはわからないけど、マダムが来てほしい、っていう時に、マダムの時間に合わせて来られる？」

もちろん、とわたしは言った。

「あんな商売してるっていうのに、マダムのやり方は徹底してマダム流なのよ。どこの何様？　って思われることも多いんだと思う。なんでこっちが彼女に合わせなくちゃいけないの、って、奈月が気を悪くすることもあるかもしれない。そのことだけは今のうち、言っておく」

「そんなの全然、かまわない。気にしないから」

「ともかく、いつ連絡があるかわからないから、履歴書だけは早めに用意しておいてね」

「わかった」

「奈月の携帯の番号、マダムに教えておいた。近いうちに連絡があるはずよ。面接日が決まる前に、先に履歴書をマダム宛てに送ることになるはずだから」

わたしはうなずいた。「いろいろありがとう、麻木子。恩にきるわ」

「他ならぬ奈月の頼みごとだもの。わたしにできることがあったら、なんとかしてあげたいじゃない」

「なんか、今日の麻木子、てきぱきしてるね。いつもの麻木子と違う感じ」

「元気そうに見える?」

「元気、って言うよりも、忙しそうな雰囲気」

あはは、と麻木子は無邪気さを装ったような笑い声をあげた。「別にそういうわけでもないんだけどね」

「今夜あたり、川端さんとデートなんじゃない?」

「ううん。そんな約束してない」

「そうか、今夜も仕事だものね」

それには応《こた》えず、麻木子はわたしから視線をそらし、ゆっくりした動作でココアのカップを口に運んだ。わたしは黙って麻木子の顔を盗み見た。伏し目がちになった美しい横顔に、青黒いインクを落としたような寂しい影が落ちているのが見えた。それまでの快活さが信じられなくなるような、漠とした拒絶の意思が感じられた。

ガラスの向こうに、冬の夕暮れが拡がっていた。麻木子自身の顔が、ガラスにぼんやりと映し出されているのが見えた。それはどこか、水に浮かぶ冷たい能面のようでもあった。

「もし採用してもらえたら、二人とも同じ職業になるわけだね。なんか不思議」わたしは弾んだ口調を心がけながら言った。「ね、そう思わない?」

麻木子は我に返ったようにわたしのほうを向き、麻木子らしい笑顔を作った。「いまさら何言ってるの。不思議も何もないじゃない。奈月が自分から言いだしたんだから」

「そうだけど、不思議よ、やっぱり。麻木子との深い縁を感じる」

そうね、と麻木子は小さな声で言った。

無理やり作りあげたような笑顔の中で、麻木子の目は糸のように細くなり、きれいなカーブを描いた唇に、綻《ほころ》びのない完璧《かんぺき》な微笑が浮かんだ。

「その風変わりなマダム、って人、採用してくれればいいな」

「多分、大丈夫だと思う。わたしの勘では」

「採用してもらったとしても、お客は多分、あんまりつかないだろうけどね」

「なんで？」

わたしは肩を揺らしてくすくす笑った。「わたしが男だったら、わたしなんか選ばないもの。どうひっくり返ったって、麻木子を選ぶ」

麻木子は目を細めて微笑み、わたしの顔を見て、「よかった」と言った。「奈月とこうして会って話せて」

深い意味をこめて口にした言葉とは、とても思えなかった。『マダム・アナイス』の話を電話口ではなく、直接会って話せたことを麻木子は喜んで言っているに過ぎないのだろう、とわたしは思った。それ以外の意味は、どう考えても思い当たらなかった。

わたしたちはそれからしばらく、娼館のマダムについての話を続けた。マダムの名が、漆原《うるしばら》塔子であることをわたしはその時、初めて知った。本当に謎めいた女性で、どんな経歴なのか、本当の年齢は幾つなのか、結婚しているのかいないのか、どこに住んでいるのか、それすらもよくわからないのだ、と麻木子は言った。

「案外、由緒正しい資産家の令嬢だったりしてね。教養も学歴もすごくあって、若い頃は外国の優秀な大学に留学して海外生活にも慣れていて、日本に戻ったら政財界のプリンスなんかとつきあいがあって……っていう感じ」

わたしがそう言うと、麻木子も深く同調した。そうだったとしたら、すごく面白いね、と彼女は言った。「奈月、それとなく調べてみたら？　採用されれば、娼館の中のこと、すぐにいろいろわかると思うし」

「そうね。やってみようかな」

店にいたのは小一時間ほどだった。さあ、そろそろ、と麻木子が言ったので、わたしはてっきり、そのまま彼女は仕事に行くのだろうとばかり思った。

「今日は出勤が早いのね」

うん、と麻木子はうなずき、ムートンのコートに袖《そで》を通しながら、わたしを見て微笑を返した。それに続く言葉はなかった。

二人並んで店を出ると、小さな綿毛のような白いものが、ふわふわと舞い落ちてくるのが見えた。

雪、と麻木子はつぶやいた。そして、歩きかけていた足を止め、わたしと向かい合わせになると、「風邪、ひかないようにね」と言った。

その目が潤んでいるように見えたのは錯覚だったのだろうか。それとも本当にあの時、麻木子は目を潤ませていて、涙をこらえながらわたしに別れの挨拶《あいさつ》をしたつもりだったのだろうか。


あれほど親しくつきあっていたというのに、それぱかりか、唯一無二の友達だと思っていたのに、携帯にかかってきた電話でわたしが麻木子の死を知ったのは、実際に麻木子がこの世のものではなくなって五日もたってからだった。

知らせてくれたのは麻木子の妹だ。父親が自室の箪笥《たんす》で縊《い》死《し》しているのを発見し、その後、神経を患った、と麻木子から聞いていた。その妹は、再び姉の縊死に遭遇したわけである。

「突然で申し訳ありません」と彼女は前置きし、五日前に姉が亡くなったこと、宮城県の山奥にある小さな旅館に宿泊していて、そこから深夜、雪の中を山に分け入り、木の枝に紐《ひも》をかけて自死したこと、黒沢奈月宛ての遺書を預かっていること、麻木子の手荷物の中にあった携帯電話のアドレスを検索して、わたしの携帯番号を知ったこと、などを淡々とした口調で話した。あまりに淡々としていたので、わたしはその時、彼女が患っていた神経の病は未《いま》だに治っておらず、何かたちの悪い冗談でも言っているのではないか、と思ったほどだった。

「ご連絡が遅れて大変申し訳なかったと思っています。あまりに突然のことでしたので……。遺体を引き取りに行ったり、警察の人から事情を聞かれたりして、家族みんながバタバタしておりました。姉の部屋で黒沢奈月さん宛ての遺書を見つけたのは、昨日になってからでした。どういたしましょうか。お送りしましょうか。それともお持ちしたほうがいいでしょうか」

　書類の届け方を事務的に問われているだけのような気がした。聞きたいことは山のようにあったが、言葉にならなかった。胸が苦しくて、息が詰まりそうだった。わたしは放心状態のまま、やっとの思いで、送ってください、と言った。

　それでは遠慮なくそうさせていただきます、と彼女は言った。「失礼ですけど、御住所を教えていただけますか」

　泣いている様子もなく、動転している様子もなかった。解体されてばらばらになって、そこらへんに打ち捨てられている人形のように、電話口から伝わってくる気配の中に生気は何ひとつ感じられなかった。無機質な陶器のかけらを相手にしているようでもあった。

わたしは早口で自宅の住所を教えた。自分ではない、自分の中に組みこまれている機械が喋《しゃべ》っているようだった。

ありがとうございます、では、これで失礼します、と彼女が言い、電話を切ろうとしたので、わたしは慌てて「待って」と大声をあげて引き留めた。怒鳴るような言い方になっていた。

「信じられない」とわたしは言った。「ついこの間、会ったばかりなのよ。元気そうだったんです。どうして自殺なんか……」

わかりません、と彼女は言った。「本当にわからないんです。わたしと母宛ての遺書が、着ていたコートのポケットの中に入ってたんですけど、そこにも理由らしいものは何も書かれてありませんでしたので」

あのボールペン男の事件が、麻木子の死の引き金になったに違いない、と思った。そう思った途端、やりきれなくなった。言葉が失われた。

「お騒がせしました」と麻木子の妹は言った。「それでは今日これから、速達でお送りしますので」

高校時代、彼女とは二度ほど麻木子の家で顔を合わせたことがある。当時はまだ中学に入ったばかりだった。幼く見えたが、目の奥にきっぱりと人を拒絶する光を湛《たた》えている色白の少女だった。

わたしはその頃の彼女の記憶を甦《よみがえ》らせながら、でも「お願いします」と言った。「でも……わたし……ショックです」

麻木子の妹はそれには応《こた》えなかった。

その翌日、速達で麻木子の妹から遺書が送られてきた。速達で遺書が送られてくる、というのも妙なものだった。わたしはマンションのエントランスロビーに呆然《ぼうぜん》と立ち尽くしたまま、その場で封を切り、震える手で中に入っていた白い正方形の封筒を取り出した。

封筒には、麻木子の妹からのメッセージが書かれた小ぶりの便箋《びんせん》が、黒いクリップで挟まれていた。

『姉の遺書をお送りします。姉の部屋からは黒沢さん宛てのものと、もう一通、姉が親しくしていたらしい男性に宛てたものが見つかりました。姉の携帯の着信記録から、その方の電話番号がわかりましたので、やはり黒沢さんと同じように、姉からの最後の手紙をお送りしておきました。電話でも申し上げた通り、自殺の理由ははっきりしません。姉のことでは私たちもわからないことだらけだったので、正直なところ、困っています。警察が黒沢さんにも事情を聞きたいと言ってくるかもしれませんが、その時はなにとぞお手数ですが、よろしくお願い申し上げます。生前の姉と親しくしていただけたこと、心から感謝し、こんなことになってご迷惑をおかけしたことのお詫《わ》びに代えさせていただきます』

玄関ホールに物音がし、同じマンションに住んでいる親子連れが入って来た。顔見知りだった。母親のほうは紺色のショートコートを着て、白いソックスにサンダルをつっかけていた。

「今日も寒いですねえ」と挨拶された。

母親に手をひかれた三歳くらいの女の子は、舞に似たやわらかな栗色の髪の毛に、プラスチック製の赤く透き通るカチューシャをはめていた。女の子がわたしを上目遣いに見上げた。相手を警戒する小動物のようだったが、その目の奥には純朴な好奇心だけが窺《うかが》えた。

わたしは場違いなほど唐突に舞を思い出した。肌と肌とをこすり合わせ、互いの頬や唇やうなじの匂いを嗅《か》ぎ合い、男と女が愛し合う以上にべたべたと四六時中、くっつき合って生きていた、あの小さな、やわらかい生き物。どこに鼻を押しつけても、日向《ひなた》の匂いや食べかけのビスケットの匂い、ミルクの匂い、乾いた涎《よだれ》の匂いがしていて、そのどれもがいとおしく、いくら抱きすくめても物足りないほど愛していた、わたしの子供……。

そんな舞を失ったばかりだというのに、再びわたしは大切だった人の死に接しているのだった。昏《くら》い井戸の底に黒々とゆらめいている、自分自身の孤独な髑髏《どくろ》の影が見えるような気がした。

わたしの様子がおかしいことに気づいたのだろう。母親はそそくさと女の子の手を引き、エレベーターホールのほうに去って行った。

女の子が甲高い声で何か言った。幼い笑い声がそれに続いた。母親もまた、合わせるようにして笑い声をあげた。幸福なざわめきが次第に遠のき、やがて何も聞こえなくなった。

わたしはその場に立ったまま、白い封筒の封を指先で千切った。麻木子の文字が並んでいた。

『奈月、ごめんね。すっかり疲れてしまいました。ずっとずっと昔から、わたしは疲れていたんだと思います。もう限界。このへんで少し楽になりたい。許してください。

わたしの人生、もうちょっと寂しくないものだったらよかったのに、と思うことがこれまでもよくあったけど、奈月がいてくれるようになってから、そう思わずにすんだことがたくさんありました。あなたには本当に感謝しています。ありがとう。

あなたはわたしの何倍も強い人。幸福に生きていける人。どんなところでどんなふうに生きても、底辺のようなところをさまよっていたとしても、決して自分自身に負けたりはしない人。いろいろなことを乗り越えていける人。どれだけわたしはあなたの強さに救われてきたことか。奈月と友達になれなかったら、わたしはもっと早くからだめな人間になっていたかもしれない。

でも、少し休みます。休みたい。お願いだから休ませて。

冬の明け方の空に三日月が出ています。さっきまで雪が舞っていたのに、もうすっかりやんでしまったみたいです。

今日(正確に言うと昨日)、最後に奈月と会えてよかった。これから朝の列車に乗って東京を離れます。雪が見たい。雪に包まれて静かに眠りたい。

ごめんね、奈月。でもあやまったりしないほうがいいのかもしれない。奈月はきっと呆《あき》れるだけ呆れて、すぐにわたしのことを大馬鹿呼ばわりしてくれるんだと思います。

……そうしてくれたほうが嬉《うれ》しい。お願いだから、そうして。

さよなら、奈月。舞ちゃんを亡くした時の奈月のことを思い出すと……あの悲しみを乗り越えようとしていた奈月の、血のにじむような努力とエネルギーを思い出すと

『……つくづく、わたしなんかクズみたいな人間だと思います。

生まれ変わったら、奈月、わたしはあなたのような人間になりたい』

『マダム・アナイス』のソシアル・マネージャーと称する男から、わたしの携帯に電話がかかってきたのは、麻木子の死後ひと月ほどたってからだった。

おかしな話だ。わたしはもうその時、『マダム・アナイス』のことは半ば以上、忘れていた。麻木子の死をあの娼館《しょうかん》の経営者がどのように受け止めたのか、考えてみたことは何度もあったが、娼館で麻木子のように働きたいと思っていた強い気持ちは時と共に薄れていった。

多分、麻木子の突然の死が、わたし自身を自分が思う以上に深く混乱させていたのだろうと思う。ボールペン男のことも、オペラを聴きに行った後で、薔薇《ばら》の花びらを浮かせたバスタブの中にドレス姿の女を沈ませ、それを見ながらオナニーをする男のことも、愛してると言いなさい、と言ってくる男や、べとべとして糸をひくようなキスをしてくる男、若い男、老醜をさらした男、赤ん坊のふりをしたがる男、排泄《はいせつ》するように射精する男……それらすべての男に関して、考えるのがいやになった。どうでもいいと思うようになった。

舞を失って、誰でもいい、恋愛感情など持ちたくもない、ただ男たちと肌を触れ合わせていたい、と思っていた気持ちが、麻木子の死によって乱され、分断されつつあった。自らの肉体を利用して生きていくことに対して抱いていた、いとも不健康な情熱は鎮静化しつつあった。

そんな中、忘れた頃になっていきなり『マダム・アナイス』からの連絡を受けたわけである。

「話はマダムから伺っています」とその男は言った。「ご連絡が遅れて申し訳なかったと思っています。面接日程などを決めたいので、先に履歴書を送っていただきたいのですが。できれば早急に」

澄んだ声だった。高飛車《たかびしゃ》な調子はみじんもなく、といって、自分たちがやっていることを卑下しながらの、相手に迎合するような話し方でもなく、その口調はなめらかに落ちついていた。得意客に電話をしている、老舗《しにせ》洋装店の若い店主のようでもあった。

わかりました、すぐにお送りします、とわたしは言った。

男は「野崎《のざき》」と名乗った。声の印象だけでは、年齢も風貌《ふうぼう》もわからなかったが、わたしと同年代か、少し上だろう、と想像した。

野崎は麻木子の死について何も触れなかった。触れようとする気配すら見えなかった。

履歴書を送ってから四日ほどたって、マダム・アナイス本人がわたしに電話をかけてきた。面接日の日程に関しては、野崎という男がまた連絡してくれるものとばかり思っていたので、わたしは少なからず驚いた。

「『マダム・アナイス』の漆原です」とマダムは言った。「送っていただいた履歴書を拝見しました。早速、面接に来ていただきたいと思っているのですけれど、よろしいかしら」

少し低い、澄んだ美しい声だった。言葉の一つ一つが、きちんと明瞭《めいりょう》に発音されるのだが、かといってそれは、訓練を受けたアナウンサーのような喋《しゃべ》り方ではなかった。マダム本人の、長年にわたって培われてきた気品を感じさせる喋り方だった。

もっとも気品とは縁遠い仕事についているはずの女が、これほどの気品を感じさせるのは妙だ、とわたしは思った。多分、この人は気品という名の演技をし続けてきて、その嘘がいつのまにか板についてしまっただけなのだろう、とも考えた。

「面接、していただけるんですか」とわたしは訊《たず》ねた。

面接など、もうどうでもいい、という気持ちは残っていたが、いざ、マダム本人からの連絡を受けてみると、麻木子のことも含め、自分が『マダム・アナイス』という娼館とは無縁ではいられない、という思いが再び頭をもたげてきた。

わたしは新しい世界を欲しがっていたのかもしれない。とにかく何か、何でもいい、新しい場所、新しい世界、息づまる現実に背を向けて飛翔《ひしよう》できる場所を求めていたのかもしれない。たとえそれが、男に春を売る仕事であったのだとしても。

マダムは「面接はさせていただきます」と答えた。「で、いつにするかということなのですが、急な話で申し訳ないけれど、明後日の午後三時、というのはご都合、いかが？」

ヘアメイクの仕事が入っていない日だった。わたしは即座に「かまいません」と言った。「明後日の午後三時に、どこに伺えばいいんですか」

「青山にある『マダム・アナイス』にいらしていただけるかしら。場所はご存じ？」

「知ってます」

「三時ちょうどに来ていただいて、表の入口のインタホンを押してください。入口まで迎えに行かせます」

「わかりました。そうします」

「ではそういうことで。ごめんください」

わたしは慌てて「ちょっと待って」と言った。「もしもし？　聞こえてますか」

マダムは抑揚をつけずに、「聞こえています」と落ちついた口調で答えた。「何でしょう」

「麻木子……山村麻木子のことで少しお話ししたいんです。わたし、麻木子とは高校時代からの友人でした。今回のことも彼女を通してマダムにお願いしてもらってたものですから……」

「存じています」とマダムは言った。「もちろん、山村さんが亡くなられたことも。……お気の毒に」

「ショックでした。自殺の原因、わたし、想像がつくんです。こんなこと、まだお目にかかってもいない方に話すのは気がひけるんですけど……でも……あの……それに関して少しお話しがしたいんです。何か心当たりがおありかどうか」

受話器の奥に、甘やかな吐息の気配が拡がった。「原因はわたしにもわかりません。いろいろと推測することはできるし、そうに違いない、と思えることもないわけではないのですが……この場合、そうすることはわたしの役目ではないわ。どう？　違うかしら」

そうですね、とわたしは言った。不思議とその通りだと思った。冷たい言い方とは思わなかった。決められた方向にさらさらと流れていく水のごとく、そこには単純な真実だけが覗《のぞ》き見えた。

「すみません、こんな話、してしまって」

「いいえ、ちっともかまわないのよ」とマダムは言った。「高校時代からのお友達が亡くなったんですもの。それも悲しい亡くなり方で。あなたの気持ちは理解できます」

わたしが黙っていると、マダムは「それじゃ」と言った。「明後日、お目にかかりましょう。お待ちしているわ」

はい、明後日、とわたしは言った。

7

わたしがマダムの面接を受けに行ったのは、よく晴れた三月の午後だった。

木々の梢《こずえ》から梢へと飛び渡っていくヒヨドリの、鳴き声がはっきりと聞き取れるほど閑静な住宅地。そこは、青山通りから少し奥まったところにある、入り組んだ一角だった。

とはいえ、青山界隈《かいわい》でよく見かけるような瀟洒《しょうしゃ》な造りの住宅やマンションが並んでいるわけではない。戦後まもなく建てられ、改築と増築を繰り返してきたような小住宅が数軒ひしめき合っているだけである。

それぞれの家の狭い庭先には、昔懐かしいような植木がこんもりと植わっている。窓辺の竹竿《ざお》に洗濯物が下げられていたりする。青山という街が孕《はら》んでいる喧騒《けんそう》は、遠く近く、蜂の唸《うな》り声のようになってわずかに聞こえてくるばかりである。

高級娼館『マダム・アナイス』は、そんな風情が漂う、青山らしからぬ路地の奥にあった。

旧《ふる》い洋館を思わせる、灰色の石造りの建物だった。建物の両脇には、客用とおぼしき広い駐車場が拡がっていた。路地を中心にした周辺全体が『マダム・アナイス』の敷地になっているらしく、駐車場には関係者以外は操作できないようなカード式の遮断機が据え付けられているのが見えた。

全体が箱型になった、城砦《じょうさい》のようなデザインの大きな建物で、正面に窓らしきものはひとつもない。入口の、石と同じ灰色をした扉の上に小さく、『マダム・アナイス』と刻印された美しい銀色のプレートが掛けられているばかりである。

あらかじめマダムの漆原塔子に言われていた通り、わたしは扉脇にあるインタホンのボタンを押した。

ややあって、男の声がした。「はい。どなた様でしょうか」

警戒するような口調ではなく、まして慇懃《いんぎん》無礼な印象も受けない。それは、大切な客人を相手にする執事のように落ちついた口ぶりだった。

わたしが名乗ると、「少々お待ちください」と男の声が返ってきて、やがて鈴のようなチャイムの音と共に入口の扉が開けられた。

誰かが奥で解錠操作をしているらしい。開けられた扉の向こうには誰もおらず、しかも、明るい陽光にあふれた外から中に入ると、そこには仄暗いスペースが拡がっていて、目が慣れるまでに時間がかかった。

わたしの背後で扉が自動的に閉まり、外界の音が閉ざされた。静寂が耳に痛かった。わたしは面食らいながらその場に立ち尽くした。

明らかに高級なものとわかる大型チェストが置かれた玄関スペースには、白檀《びゃくだん》を思わせる香りが立ちこめている。うすぼんやりとしたフロアライトは、微熱を誘うようなのっぺりとした黄色い光を壁に投げかけ、そこに掛けられた何点かの絵画に、淡い陰影を落としている。あたりに低く小さく流れているのは、耳にしただけでそれとわかる、ショパンのピアノ曲だった。

前方から靴音がし、白檀の香りがいっそう強まった。その人影はかすかな衣《きぬ》ずれの音をさせながらわたしに近づいて来た。

「ようこそ。ソシアル・マネージャーの野崎と申します」

電話で話した男だった。わたしと同世代か、少し上だろうと想像していたのだが、目の前の彼は年齢がわからなかった。もしかすると、わたしよりも若いのかもしれなかった。

ほっそりとした体形。体臭がないのではないか、と思われるほどの人工的な清潔感。

黒のジャケットスーツにノーネクタイで、中の純白のシャツは第一ボタンまでしっかりと留められている。オールバックに撫《な》でつけられた髪の毛には光沢があり、しかもやわらかそうでとても美しい。

野崎はわたしに向かって、明らかに業務用とわかる、晴れやかな笑みを浮かべてみせてから、「マダム・アナイスがお待ちかねです」と言った。「ご案内致しましょう」娼館《しょうかん》の娼婦になりたくて面接を受けに来ただけの女に向けた対応にしては、気味が悪いほど丁寧だった。わたしは戸惑いながらも「よろしくお願いします」と小声で言った。

野崎の後ろに従うようにして、細長い廊下を歩いた。午後三時。その時間帯、館《やかた》はまだオープンしておらず、会員は一人もいない、と野崎は聞かれもしないのに、わたしに教えた。「客」ではなく「会員」と言ったのが、わたしには可笑《おか》しかった。

「後日、あなたの採用が決定されたら、その折、改めて全館をご案内することになります。採用されるかどうか未定のままの状態では、まだちょっと館内すべてをお見せするわけにはいかないので、それは了解してください」

はい、とわたしは言った。何か他に聞いてみたいことがあるような気がしたが、何を聞けばいいのか、わからなかった。

白檀の香りに、白粉《おしろい》や香水の香りがかすかに混ざっている。ここで働く女たちがつけているのか。それにしても、女たちの姿が全く見えないのは奇妙だった。

真紅の絨毯《じゅうたん》が敷きつめられた階段を上がると、すぐ右手にオーク材の重厚な扉が現れた。

「こちらでマダムが面接させていただきます」と野崎は言い、中の気配を窺《うかが》うように耳を傾けながら、軽くドアをノックした。

「お入り」と奥で女の声がした。電話で聞いたよりもさらに澄んだ、聞き取りやすい低い声だった。

野崎はわたしのために扉を開け、中に入るよう、軽く目くばせした。わたしはうなずき、どうもありがとう、と言った。

エッセンシャルオイルのオレンジとシナモンの香りが鼻腔《びこう》をくすぐった。わたしはその香りの向こう、葡萄《ぶどう》色の壁紙に囲まれた部屋の奥に、笑顔でこちらを向いているマダム・アナイスの姿をみとめた。

あの瞬間は、今も忘れることができない。どういうわけか、わたしはマダムの眼鏡の奥に光る美しい目を見た瞬間、救われた、と思ったのだ。まだ採用されるかどうかもわからないという時に、失うものが何もなくなったような自分の人生を最後に救ってくれるのは、ここにいるこの女であり、この場所以外、あり得ない、とわたしにはあらかじめわかっていたような気がする。

わたしが中に入って行くと、マダムはにっこりと微笑み、「お坐《すわ》りになって」と言った。患者を診察室に迎えた女医のような、淡々とした落ちついた口調だった。面接に来た女を値踏みしているような様子は見えなかった。

白いシルクのブラウスに黒のシルクのロングスカート。ブラウスの胸元にはカメオのブローチが光り、そのいささか古めかしい装いは、肩のあたりで内巻きにしている髪形と相まって、マダムを古い日本映画のポスターに写っている女優のように見せていた。

痩《や》せすぎてもおらず、太ってもいない。ちょうどいい具合に贅肉《ぜいにく》のついた上半身のわりには、腰のあたりがほっそりしているのが見てとれる。

年齢はわからなかった。皺《しわ》はほとんど見えず、白い肌はつややかだが、大人びた造作に或《あ》る程度の年齢は表れていて、それでいながらどこかに少女めいた華やぎが隠されている。

マダムは笑顔のままわたしを見るともなく眺め、美術館で好きな絵画を鑑賞している画家のような目をしてわずかにうなずくと、「よくいらしてくださったわ」と言った。「迷わずに来られました？」

「はい」とわたしは言った。「だいたいの場所は麻木子……山村麻木子さんから聞いて知っていましたので」

死んだばかりの麻木子の名をわたしが口にしても、マダムは一切、顔つきを変えなかった。「それはよかったわ」と言ってうなずいただけだった。

面接に来ただけなのに、麻木子の死についての話を続けるのは憚《はばか》られた。わたしは黙っていた。

「面接を受けに来た方、ということで、まず最初に、あらかじめわたしから申し上げておきたいことがあるの」とマダムは言った。重々しい口調ではなく、あっさりと簡潔に。しかも、どこかにいたずらっぽさを残したまま、マダムはわたしにやわらかな視線を投げ、言ったのだった。

「ここでの恋は御法度よ」……と。

恋は御法度、恋は御法度……その後、わたしは幾度、その言葉を繰り返し、思い出したことだろう。

マダムはずっと後になってから、わたしに言ったものだ。

「どんな場合でも、感情や感傷に溺《おぼ》れてはだめ」と。「男の人の前で身体を開く時、どんな形であっても精神に乱れがあっては、あなた自身が苦しい思いをすることになるわ。男の人に肌のぬくもりと悦《よろこ》びを与えて、あなたもその人からぬくもりとそれ以上の悦びをいただく。そのバランスが完成されて初めて、あなたの身体と、それをお金で買おうとする相手の男の人の身体とが等価になるの。わかるかしら。それは或る意味でとても幸福な対の関係よ。いったいこの世のどこに、完璧《かんぺき》な等価=毛筋ほども乱れることのない、男と女の揺るぎのない対の関係が存在する？　そんなものがあったとしたら、奇跡だわ」

「お金で買われていても、ですか」とわたしはその時、マダムに聞いた。「それでも対の関係、って言えるんですか」

「お金で買われている、ということを意識せずにいられればいられるほど、対の関係になれるのよ。でもね、だからこそわたしは言うの。恋は御法度よ、って。誰かに恋をして、そのたびに気持ちを乱していたら、それができなくなる。ここで働く以上、常になんにもない、凪《な》いだ大海原のような気分でいること。それが大切。自分のためにね。わかるかしら」

「なんとなくですが、わかります」とわたしが言うと、マダムはいつものマダムらしい、とびきりの笑顔を作った。そして言った。

「あなたは頭がいいわ」と。

マダムの面接を受けてから、わずか四日後。ソシアル・マネージャーの野崎がわたしに、正式採用を知らせる電話をかけてきた。

野崎は淡々とした口調で、わたしが『マダム・アナイス』で働く〝権利〟を得たこと、一週間以内に、仕事に関するオリエンテーリングを集中的に行いたいので、『マダム・アナイス』まで再度、足を運んでほしい、ということを伝えた。

採用が決まって嬉《うれ》しいのか、そうでないのか、わからなかった。もともとわたしが、嬉しい、などという感情とほとんど無縁で生きてきたせいもあるのかもしれない。

ともあれ、わたしがその時、真っ先に感じたのは、安堵《あんど》感だけだった。

舞を失った時に感じた、あの絶望感。麻木子に自殺されて味わうことになった深い悲しみ。わたし自身が生きる途上で味わってきた幾多の虚《むな》しさ。その何もかもに薄いヴェールがかけられて、淡く揺らぐ煙のようになっていくのが感じられた。

野崎との電話での会話を終えてから、わたしは自宅のバスルームに入り、鏡の中に映る自分の顔をじっと見つめた。次いで、着ていたセーターとゆったりしたカーゴパンツを脱ぎ、下着を外した。そして自分自身の裸体を鏡の向こうに検証した。

均斉は取れている。やや撫《な》で肩のライン。幸運にも太くならずにすんでいる二の腕。なめらかな首すじから乳房にかけてのふくらみはなだらかで、乳房それ自体は小さめだが、乳首の部分だけがぴんと張り切ったように上を向いている。淡い桜色にかすかに薄茶色が混じっている乳輪。腹部には少し贅肉がついているが、前かがみになっても、かろうじて醜い段はできない。

一歩下がって全身を映してみる。合格点を与えられる程度にくびれた腰つき。奥まった小さな臍《へそ》。やわらかな草のように密生している陰毛。太ももは肉付きがよく、若さを保ったまま引きしまっている。

この身体を売るのだ、とわたしは思った。身体だけではない、時には演技者となって、客に合わせた演技もこなせる力も同時に売るのだ。感情に流されない精神力を売り、笑顔やため息や艶《なま》めかしい視線を売り、そしてその返礼として自分は、相応の金銭と、見知らぬ男の肌のぬくもりを得る。そんな毎日が始まるのだ、と。

再び安堵感が自分の中に拡がっていくのを感じた。よかった、とわたしは思った。居場所を見つけたような気分だった。さもなかったら巣穴……。

獣になりたかった。性的な意味合いでの獣ではなく、巣穴の中で雄を相手に毛づくろいをするような一匹の雌でありたかった。

百万遍「愛してる」と言われるよりも、たった一度の抱擁や接吻《せっぷん》があれば事足りるように、わたしはわたしの中の空洞を埋めてもらうための抱擁を必要としていた。抱擁してくれるなら、相手は誰でもかまわなかった。そのために恋愛ごっこをやれ、と言われれば、いくらでもできる自信もあった。

記憶している限り、母はもちろんのこと、舞の父親でもある塚本哲夫も、その他、わたしの身体を通り過ぎていった男たちも、誰一人として「愛してる」とは言ってくれなかった。しかも彼らの抱擁は抱擁ではなく、わたし相手に性交におよぶためのプロセスの一つでしかなかった。

好きだよ……と言ってもらったことはあるような気がするが、愛してると言われたことはない。だからわたしは舞を相手に飽きずに囁《ささや》き続けたのだ。愛してる、愛してる、愛してる、と。

舞はわたしの吐息が耳元にあたるのをくすぐったがり、可愛い笑い声をあげながら身をよじって、わたしから離れようとする。それでもわたしは舞を追いかけ、ぎゅっと抱きしめる。その耳元に唇を押しつけ、囁き続ける。愛してる、愛してるのよ、舞……と。

舞はいない、とまたしてもわたしは思い返した。あのだらしのない母が、わたしから舞を奪った。

そしてわたしは、舞だけではなく、麻木子までも奪われたのだ。あの滑稽《こっけい》でくだらないボールペン男が、わたしから麻木子を奪ってしまった。

わたしは鏡の中の自分の裸体を見つめたまま、唇を嚙《か》んだ。

最愛の子供に死なれ、子供を死に追いやった実の母親にありったけの憎しみをぶつけて縁を切り、この世でたった一人だと思っていた大切な友人に自殺され、あげく、娼館で娼婦になろうとしている女ほど、孤独な女はいないのだろう、とふと思った。

だが、孤独など、今に始まったことではなかった。生まれてこのかた、孤独感から解放されたひとときがあっただろうか。

その代わりに、わたしの中には常に怒りが同居していた。瑣末《さまつ》な感情としての怒りではなく、それは世界に対する怒りでもあり、宇宙に対する怒りでもあった。

わたしは怒ることによって、生き永らえてきた。同時に、その怒りこそが、孤独感を増長させることにもなった。

その悲しい連鎖の中で、それでもわたしは生きてきたし、これからも生きていくのだろう、と思った。何をしてでも、生きていける自信はあった。孤独に喘《あえ》いだら、怒ればいいのだった。怒って怒って、全世界を敵にまわし、歯を剝《む》き、命をかけて抗《あらが》っていけばいいのだった。

わたしは下着を身につけ、セーターを頭からかぶった。カーゴパンツをはき、バスルームを出て、舞の位牌《いはい》を安置してあるリビングルームの一角に佇《たたず》んだ。

民芸調のチェストの上。舞の写真と位牌と、花瓶に活《い》けた黄色いフリージアの花。舞が好きだったビスケット。舞が手放さなかったぬいぐるみの茶色いウサギ……。

線香を手向け、わたしは舞の写真の唇の部分に人さし指を軽く押しあてた。いつものことながら、鼻の奥が少し熱くなったが、泣きはしなかった。

生前の麻木子の声が甦《よみがえ》った。わたしが『マダム・アナイス』で働きたい、と言いだした時のことだ。麻木子は「しかし、奈月も物好きだね」と言った。

その時、わたしは答えたのだ。「物好きなんじゃない。必死なんだよ」と。

必死……本当にその通りだ、とわたしは改めて思った。

その数日後、『マダム・アナイス』でオリエンテーションを受けるため、わたしは再び娼館《しょうかん》に出向いた。

わたしの相手をしてくれたのはマダム自身だった。館内を案内される前に、わたしは面接の時に使われた部屋で、あらかじめマダムから『マダム・アナイス』という館《やかた》のあらましや、仕事内容についての講義を受けた。

「ここは完全会員制の館なのよ、とっくにご存じでしょうけれど」とマダムは言った。

「まずうちに入会するために、会員の方々から支払っていただく入会金の額から教えておくわ。こういうことははっきり知っておいてもらわなくてはいけませんからね。入会金は一千万円。その他に年会費として毎年三百万円をいただいているの」

そのことは麻木子から聞いて知っていたが、ここで働く女性たちには守秘義務があると麻木子が言っていたことを思い出した。わたしは初めて聞いたような顔をしてみせた。

「後で案内させるけれど、館内には会員の方々が自由に使えるお部屋が幾つかあります。そこを使う場合にはお部屋代は無料。もちろん、飲食代は別途にいただきますけど。でも、館内のお部屋を利用しないで、外のホテルをお使いになりたがる会員の方のほうが多いようね。数回、館内の部屋を使えば、慣れてしまうでしょうし、たまには夜景が見たいとか、雰囲気の違った部屋を使いたいとか、そういった気持ちになるからだと思うわ」

そうですね、とわたしはうなずいた。

「会員以外の同伴者は、たとえ会員の血縁関係者であっても絶対にお断り。入口では会員本人であるかどうか、の厳重なチェックもさせていただいてます」

「チェック……って、どんな？」

指紋照合、とマダムは言った。シモンショウゴウ、という硬い言葉はマダムの柔和な笑顔に似合わず、違和感があった。

「会員の方には、会員になった時点で指紋を採らせていただきます。運転免許証じゃあるまいし、顔写真入りの会員証なんていうものを作って、持参していただくわけにはいかないでしょう？　うちはあくまでも会員の秘密を守ることが優先のサロンなのだから」

「指紋を読み取る機械か何かがあるんですか」

そうよ、とマダムは美しいカーブを描いたアーモンド形の目を細め、白く形のいい前歯を見せながら微笑した。「でも、そういうことはすべて、専属の係の者がやるのだから、あなたは何も気にしなくていいわ。会員以外の人間が館内に入りこむことは決してあり得ない、ということを教えておきたかっただけ」

わかりました、とわたしは言った。マダムはにっこりとうなずいた。

「館をオープンするのは夜九時。クローズドにするのは深夜一時。たった四時間なんて、短いように思われるかもしれないけれど、それはあくまでもサロン内での話であって、会員がその晩の女性を選ぶことができる時間帯、ということよ。女性が決まったら、館内の部屋を利用して、朝までいてくださっても、翌日の夜までいてくださってもいい。もちろん、外に出て行ってもかまわない。あ、この場合は、使ったホテル代や食事代、映画代などはすべて会員の方の自己負担になりますけどね」

「会員の方に旅行に誘われることもあるんですか」

「もちろんよ。国内の一泊旅行だけじゃなくて、海外旅行、というケースもたくさん」

「海外？」

「そうよ。イタリア、フランス、スペイン、ギリシア。ハワイ、オーストラリア。バリ島やモルジブなんかも。二週間や三週間の旅ではなくて、中には一か月も二か月もお気に召した女性と共に滞在したいとおっしゃる方もいますし。そういう時のあなたがた女性にかかる旅費、ホテル代、滞在費の一切合切も、もちろん会員の方に支払っていただきます」

わたしは小さくため息をついた。「世の中には信じられないくらいのお金持ちがいるんですね。お金で買っているだけの女の人に、そんなにまでして」

「いい？　これだけは覚えておいて」とマダムは眼鏡の奥の目を光らせながらも、柔和な口調を変えずに言った。「あなたがたには、会員の方々の恋人になったつもりになっていただきたいの。たとえそれが、数時間のことであっても、長期の海外旅行におつきあいするにしても。お金で買ったり買われたりしている関係、ということを考えずに、あくまでも恋人でいてほしいの」

「妻やガールフレンド、っていうのではなく？」

ほほ、とマダムは口に軽く手を押しあて、優雅な笑い声を返した。「中には妻としてふるまってほしい、とか、愛人、という呼び方をさせてほしい、と言ってくる方もおられるわ。妹になってほしい、と言う方もいれば、文字通りの高級コールガールとして傍に置いておきたい、とおっしゃる方もいる。それは臨機応変、あなたが受け入れていくことね。でも、どんな場合でも、基本は恋人。それさえ心がけていれば、まず会員の方の御機嫌を損ねることはありません」

わたしは大きくうなずいた。

マダムは、結構、と言いたげに、微笑と共にうなずき返した。「何か他に質問があれば、伺うわ」

「制服のようなものがあるんでしょうか」とわたしは聞いた。「こちらで会員の方々と会う時に、何を着ていればいいのか、ということなんですけど」

「自由よ」

「自由？」

「そう。何を着ていてもかまいません。例えばショートパンツにブラだけでもいいし、水着が着たければ、ずっと水着でいてもいいのよ。もちろん、カチッとしたテーラードスーツを着てくださっても結構。ロングスカート、ミニスカート、ワンピース、パンツスーツ、なんでも。ブランド品でももちろんいいし、そうでなくても全くかまわないし……。つまりこういうこと。あなたがいつも着ている服、あなたらしい服を着ていてもらえればそれでいいの」

「本当に？　本当にそれでいいんですか」

「あなたは多分、勝手にイメージして、スリップドレスみたいに肌を露出するものばかりを着なくてはいけないのだろう、と思い描いているのでしょうけど、それは大きな間違いよ」とマダムはさも可笑《おか》しそうに肩を揺すって笑った。「さっきも言ったでしょう？　会員の方々には、あなたがたを恋人のように思っていただくことにしているの。初対面で、さもこういう場所を連想させるような、胸もあらわなスリップドレスを着ている女性を、男性が恋人にしたいと思うかしら」

マダムの言うことはもっともだった。わたしが感心してうなずくと、マダムは「ただし、衣服代に関しては心配しないで」と言った。「あなたがたにお支払いするお給料とは別に、毎月、一定額の衣服代をお渡しするし、必要とあれば、その都度、ということもできるのだから」

「その都度、ですか？」

「例えば、あなたをお気に召してくださった会員の方が和服を着ている女性が好みであれば、和服を購入するための費用をお給料とは別にお支払いできる、ということよ。もちろん、その会員の方が買ってくださる、というのであれば別ですけど」

わたしが目を瞬《しばた》かせながら黙っていると、マダムはつややかな淡いオレンジ色の口紅を塗った唇を形よく伸ばして微笑み、「初めてなのだから、驚くことばかりね、きっと」と言った。「無理もないわ。でもすぐに慣れますよ。ここは特別な館ですけど、ここにいらっしゃる会員の方々も、厳しい審査をくぐり抜けてきた特別の方ばかりなのだから。もちろん、ここで言う〝特別〟というのは、経済的に余裕のある方、という意味ばかりではないのよ。単なるお金持ちに、わたしは興味はないのだし」

「会員になるための審査、っていうのは」とわたしは訊《たず》ねた。「そんなに厳しいんですか」

マダムは目をきらりと光らせて、わたしを見つめた。「厳しいわ、とても」

っしゃるのかしら」

「何ってもいいでしょうか。マダムはどんな方に会員になってもらいたいと思ってら

「わたしの関心をひいてくれるような人よ」とマダムは言った。「基準はないわ。わたしが興味をもつ人。ただそれだけ」

わたしが黙っていると、マダムは鈴の音を思わせるような軽やかな笑い声をあげた。

「答えになっていないわね。でもいいの。その答えはあなたがここでお仕事を始めるようになれば、じきにわかるわ。あなたなら、きっとすぐにわかるでしょう」

そんなふうにしてひと通りの説明を終えると、マダムはデスクの上に載せてあった、マダム専用とおぼしき淡い桜色の携帯電話を手にして野崎を呼び出した。「そろそろ、サロンにご案内して」

携帯を元に戻し、マダムは「じゃあ、わたしはこれで」と言った。「この先はソシアル・マネージャーの野崎に任せます。そしてまず、サロンを見ていただかないと」

「サロン？」

「あなたがたと会員の方々とが、出会うための場所よ。わたしの自慢のサロン。いい？　あなたはお仕事でこの館に来たら、女性専用のお化粧室でお化粧をきれいに直して、着替える必要があればそこで着替えて、そのサロンに行くの。飲み物や食べ物

は豊富にあるわ。昔、パリの三つ星レストランで働いていたことのあるシェフの作る料理は、会員の方々にも好評をいただいてるし。いつも音楽が流れていて、ゆったりできる、そんなサロンの中にあなたがたはいてくれるだけでいいのよ。トランプをしていてもいいし、本を読んだりしていてもかまわない。サロン備えつけのスクリーンで、好きな映画をビデオで観ていてくれてもいい。あとは、サロンで飲食されている会員の方々がご指名してくださるのだから」

わたしは、ほうっ、とため息をついた。「わたし、大丈夫でしょうか」

「大丈夫、って何が？」

「誰にも指名してもらえなかったら、ここで働く意味がなくなります」

きれいにマスカラを塗った目をひときわ細め、マダムは「心配無用よ」と言った。「誰にも指名されないような女性は、初めから採用しません」

マダムは再びにっこりとわたしに笑いかけた。「まだ何か他に質問がある？」

ええと、とわたしは言葉を濁しながら言った。「ちょっとお聞きしにくいんですけど」

「わかったわ。生理のことね」

マダムが「生理」と言うと、それは何か、無機質なものを連想させた。わたしは黙ったまま、こくりとうなずいた。

「生理中はお仕事、できなくなりますよね。どうすればいいんですか」

「場合によりけりよ」とマダムは言った。「例えば、外でお食事をして、映画を観るだけでいい、と言ってくださる会員の方のご指名を受ければ、生理中でも問題はないのだし、突然、生理になったのだとしたら、その時は正直にそう言ってくれれば、わたしがなんとか対処しますし。女性に生理は当たり前なのだから、そんなことはいちいち気にしないでもいいわ。気にしていたら、このようなお仕事はできなくなります。もちろん、生理休暇という制度も設けてありますしね」

マダムはそう言い、「他には？」と聞いた。「質問があれば、なんでも」

いえ、とわたしは首を横に振った。「今のところは何も……」

「そう。何かあったらいつでも聞いてちょうだい。わたしでもいいし、野崎でもいいし。野崎は男性なので、聞きにくいこともあるでしょうけれど、この館《やかた》ではスタッフ同士の変な気遣いは無用よ。野崎はあなたがた女性たちの相談ごとには、何にでも耳を貸すわ」

マダムは椅子から立ち上がると、優雅な足取りでドアのほうに向かった。自分の役割は済んだので、そろそろ部屋から出て行ってほしい、という合図のように感じられた。

わたしは「よろしくお願いします」と言い、椅子から立って、マダムに向かい頭を下げた。マダムは「こちらこそ」と言いながら、わたしのためにドアを開けてくれた。

ドアの外に、その時すでに野崎が立っていた。マダムの傍を通りすぎようとした時、わたしの鼻はマダムのつけているオーデコロンの香りを嗅《か》ぎあてた。白檀《びゃくだん》でも麝香《じゃこう》でもない、それは甘く優雅な、秘密めいた香りだった。どういうわけか、その香りを嗅ぎ、マダムと野崎が互いに至近距離にいるのを見た瞬間、わたしはこの二人は恋人同士なのではないか、と思った。

どう見てもマダムのほうが、かなり年上に見えるが、二人は確かに似合いだった。

8

マダム・アナイス＝漆原塔子《うるしばらとうこ》と野崎との間に、何か妖《あや》しい空気が流れている、とわたしが感じたのはその時が最初だった。

マダムとも野崎とも、会うのは二度目。彼らのことはまだ何も知らなかったというのに、何故そんなふうに感じたのか、うまく説明できない。二人は別に目と目を見交わし合っていたわけではなく、まして身体のどこかに触れ合っていたわけでもない。ただ、並んで立っていただけであり、しかも二人の間には相応の距離があった。

それなのに、わたしの目には、二人はあきらかに特別の間柄として映った。互いが選び、選ばれている……そんな男女の間でしか漂わせることのできない、あの秘密めいた淫《みだ》らな空気が、マダムと野崎の間には靄《もや》のように立ちこめていたのだった。

「じゃあ、お願いね」とマダムは野崎に言った。不自然なほど事務的な口調だった。

「わたしはここで失礼するわ」

野崎は「わかりました」と低く澄んだ声で言い、マダムに向かって笑みを放った。マダムがその笑みをどんな表情で受け取ったのかはわからない。すぐに踵《きびす》を返して部屋の奥に戻ってしまったせいだ。

わたしと野崎だけが残された。野崎はわたしを見て「それではサロンのほうに」と言った。

一秒の四分の一ほどのわずかな時間、わたしは目の前にいるほっそりとした体形の、セルロイドでできているかのような、なめらかな肌をもつ美しい男が、ひしとマダムをかき抱き、その細い腰を弓なりに反らせるようにしながら、烈《はげ》しいくちづけをしている様を思い描いた。それは不思議なほど、現実感を伴う映像としてわたしの中に拡がっていった。

だが、もちろん、それは一瞬のことでしかなかった。マダムと野崎の間柄がどうであれ、わたしには無関係だった。娼館《しょうかん》で、自分の身体を売って生きる人生を選んだ女に、他人の色恋に関心を抱いていられるほどの余裕はなかった。

野崎に案内され、わたしは館内の静かな廊下を歩いた。途中、二人の女とすれ違った。一人は、麻木子が以前、よく着ていたようなありふれたダークグレーのツインニットセーターに細身のジーンズ姿。もう一人は、ノースリーブの黒いタートルネックセーターに白のショート丈スカート、といういでたち。共に二十代半ば過ぎ、といった面差しだった。

整った顔だちで背も高く、美しい身体つきをしていたが、特別に華やいでいる、という印象はなかった。群衆に紛れたら、瞬時にして見分けがつかなくなりそうな感じもした。そこが青山にある『マダム・アナイス』という高級娼館でなければ、昼休み、丸の内あたりのオフィス街を笑いさざめき合いながら歩く、二人連れのOLか、もしくは渋谷でショッピングを楽しむ女子大生に見えていたかもしれない。

すれ違いざま、二人の女はわたしに向かって軽く会釈をした。わたしも慌てて会釈を返した。軽く風が起こり、シャンプーの甘いフルーツの香りがいつまでもわたしの鼻の奥に残された。

「あの方たちは、『マダム・アナイス』のスタッフなんですか」と、わたしは少し後になって小声で野崎に聞いた。

いいえ、と彼は言った。「うちの女性たちです」

「そうですか」

「それが何か」

わたしは首を横に振った。「なんだかすごく普通に見えたものだから」

ははは、と野崎は軽やかな笑い声をあげた。そして言った。「それは何より」と。その言い方はマダムのそれに似ていた。いや、似ているどころではない、瓜《うり》二つだった。

廊下は迷路のように曲がりくねっていて、しかも狭かった。廊下の両側には幾つかのドアがあった。どれも表示が何もされていないドアで、その奥に何があるのか、見当もつかなかった。

ぼんやりとした黄色い明かりが灯《とも》され、窓はひとつもなかった。相変わらず白檀の妖しい香りだけがあたりを充《み》たしていた。

野崎はその廊下のほぼ突き当たりにある、両開きのドアの手前で立ち止まった。それは見上げるばかりの巨大な焦げ茶色のドアだった。

「サロンにはこちらから入ります。もっともここは、主に会員の方々が使うドアで、あなたたちには別の出入口が用意されてはいますが、別にここから出入りしたとしても問題はありません。自由です」

わたしがうなずくと、野崎はわたしの見ている前で、その大きなドアを開いた。力をこめて開けたわけでもなさそうなのに、彼が着ていた黒いジャケットの肩のあたりに、筋肉を思わせるような皺《しわ》が寄るのが見えた。

前に進むように促された。わたしはうなずき、一歩を踏み出した。

さあ、もっと前へ、と言われた。野崎はいたずらっぽい微笑を浮かべていた。言われた通り、わたしはさらに前に進んだ。そして息をのんだ。

目に映ったのは、眼下に拡がる広々とした空間だった。焦げ茶色……真っ先にわたしが感じたのはそれだった。そこにある何もかもが、焦げ茶色で統一されていた。

わたしと野崎が立っている場所は中二階にあたり、見下ろすサロンは地下一階。天井は吹き抜けになっていた。床から天井までの高さは尋常ではなく、ふつうの建物の三フロア分くらいはありそうだった。そのうえ、サロンの広さと言ったら、そこが青山の一角にある洋館の地下とは思えないほどだった。体育館を改装した、と聞かされても驚かなかったかもしれない。

壁も床も柱も天井も、置かれている家具にいたるまで、本当にすべてが焦げ茶色だった。ダウンライトの金色の明かりが、まっすぐに床に落ちている他に、色彩と呼べるものはなかった。絵画やステンドグラスや、ひと目で高価なものとわかる調度品や置き物、掛け時計や生花のたぐいも見当たらなかった。

音楽が低く流れていた。ジャズピアノの音色だったが、何の曲なのかはわからなかった。

中二階とサロンとは、優美なカーブを描く階段でつながっていた。階段には、焦げ茶色の地にエキゾチックなペルシア模様のついたカーペットが敷きつめられていた。

中二階には、サロンを両端から挟むような形でバー・コーナーが二か所。わたしから見る右側のバーはカウンター式で、左側のバーはボックス席専用だった。カウンター式のバーの壁には、びっしりと幾種類ものスコッチやリキュール類や、ぴかぴかに磨かれたグラスが整然と並べられているのが見えた。今にもそこに品のいい初老のバーテンダーがやって来て、慎ましやかにシェイカーを振り始めそうでもあった。

サロンには、坐《すわ》り心地のよさそうなソファーや丸テーブル、椅子が適度な間隔を開けて無造作に置かれていた。高い天井には、現代的な意匠をこらしたシャンデリアタイプの明かりが下がっていた。その黄色い光はダウンライトの光と溶け合い、空気を鬱金色《うこんいろ》に染めあげていた。

あたりに人影はなかった。そこにいるのはわたしと野崎だけだった。

「すごい」とわたしは嘆息した。それしか言えなかった。「信じられない。すごいですね」

「そうですか」

「こんなに広いだなんて、想像していませんでした」

「外からは、これほどの広さのあるサロンをもつ建物だとは誰にも想像がつかないでしょう。会員になられた方ですら、ここを見た瞬間、全員、驚かれます」

「なんだか夢を見ているみたい。昔、フランス映画で観た娼婦の館《やかた》のイメージが強かったんです。だからわたし、ずっと、馬鹿みたいに凝り固まったイメージをもっていました」

ほう、と野崎は年寄りじみたうなずき方をした。「因《ちな》みに、それは何という映画だったんですか」

「何だったかしら。よく覚えてません」とわたしは言った。「でも、映画の中の娼館は、狭苦しいバーみたいな、どうってことのない店のような感じになってるんです。天井が低くて、窓もなくて、女の人たちがたくさん、裸みたいな恰好《かっこう》でひしめき合ってて、たばこの煙が充満してて、エロティックなのに、どこか下品でがさつで。もう、観ているだけで、香水の匂いと白粉《おしろい》の匂いとたばこの匂いがしてきそうな、そんな感じ。で、奥の階段のあたりに娼館を取りしきってる太った初老の女の人がいて、ロッキングチェアに坐りながら、のんびり刺繍《ししゅう》なんかしてて。お客が来て気にいった女性の肩を抱きながら、一緒に階段を上がろうとすると、その太った人はまるで関所の番人みたいに通せんぼするんです。そして、にっこり笑って手を差し出してお金を要求するの。その上、高額のチップも。チップはそのまんま、彼女のものになるわけですよね。お客はいやな顔をしながらも、払わないと二階に上がらせてもらえないものだから、仕方なくチップを払う。で、受け取った彼女は、メルシー、って嗄《しやが》れた猫撫《ねこな》で声を出して、鼻唄《はなうた》まじりにスカートをたくし上げるなり、もらったお札を黒いガーターベルトの下にはさむんです。あ、違った。ガーターベルトの色は黒じゃなくて、赤でした」

野崎は無表情に聞いていたが、最後まで聞き終えると、ふいに肩を揺すって笑い出した。その笑い声があまりに大きく、しかも笑っている表情そのものが豊かだったので、わたしは面食らった。

「すみません、笑い過ぎですね」と野崎は笑い声を喉《のど》の奥にこもらせながら言った。「気を悪くしないでください。つい、可笑《おか》しかったものだから」

「そんなに可笑しい話ですか」

野崎はうなずき、とっても、と言った。「でも誤解しないように。あなたのそういう想像を笑ったんじゃありません。あなたが観た映画の娼館は、実在する娼館に近いものなのでしょうし、実際にそういう館は今でもヨーロッパにたくさんあるのだろうと思います。あなたがその種の想像を抱きながらここにいらしたとしても、それは全く間違っていないし、可笑しいことでも何でもない」

わたしは、力なく微笑しながら聞いた。「じゃあ、何が可笑しかったんでしょう」

野崎は再び笑いをこらえる仕草をし、「いや、これは失礼」と言った。「あなたの話し方が可笑しかった。いいえ、楽しかった。それだけです」

未《いま》だに消えない笑い声を喉の奥に残したまま、野崎は気を取り直すかのようにして「さあ」と言った。「ここで長々と立ち話をしている必要はありません。サロンに降りてみましょう。あなたの職場です」

先に立ち、ゆっくりとした足取りで歩き始めた野崎に従いながら、わたしは焦げ茶色の空間を見渡した。あなたの職場……野崎の言葉が胸に響いた。

束《つか》の間《ま》のことではあったが、わたしは自分が身体を売るためにここに来たことが信じられなくなった。それどころか、自分自身が『マダム・アナイス』の会員で、めぼしい女を探すために館に足を踏み入れ、これから起きることに胸を高鳴らせてでもいるかのような、そんな錯覚に陥った。

野崎は歌うように言った。「ここにおいでになる会員の方々は、様々な形で寛《くつろ》いでいかれます。会員同士、バーでカクテルやスコッチを飲まれる方、席についてフルコースのディナーをとる方、ソファーで葉巻を吸ったり、のんびりと雑誌や新聞を読んだりされる方……様々です。そしてその間に、会員の方々は自分にふさわしいと思われる女性を選び、指名してくるのです。つまりここは、会員と女性の交流の場所、出会いの場所、文字通りのサロン、ということですね」

「質問してもいいですか」とわたしは野崎の背に向かって聞いた。「会員同士、このサロンで顔を合わせることになるんでしょうけど、そういうことに問題はないんですか。例えば、知り合いと鉢合わせしちゃうとか。絶対に顔を知られたくない人だっているでしょうし」

「そうならないよう、思い思いの仮面をつけてここに来る？　カーニバルの夜のように？　まさか」

野崎はそう言いながらわたしを振り返り、微笑を浮かべてみせた。冷笑とも受け取れる笑みだった。

「マダムから、あらかじめ説明があったと思いますが、この館は特別に選ばれた方のためだけにあるのです。そのため、入会の際の審査は、それはそれは厳しいものになっています。審査の基準として、もちろん会員の方の素性や経済力、社会的立場など、一般的な条件は問われますが、決してそれだけではない。この種のサロンに出入りすることに対する、男性としてのスタンスの取り方を、勝手ではありますが審査の対象にさせていただいてます。マダムはとりわけ、その点に関して厳しい方ですから」

「男性としてのスタンス?」

「一言で言えば、大人の男性としての覚悟、ということでしょうか。ただし、開き直り、という意味ではありません、あくまでも、覚悟、です。この館に大らかに出入りして、大らかに楽しむ。たとえサロンや館内で知り合いと遭遇しても、この場がどこなのか、忘れてでもいるかのように、紳士的に挨拶《あいさつ》を交わすことができるかどうか、という、その種の覚悟です」

「仕事上の知り合いか誰かと、このサロンでばったり会って、やあやあ、って言って、その後でその知り合いが自分の妻や恋人やフィアンセに電話をかけて、誰それさんは青山にある娼館《しょうかん》に出入りしてますよ、ってバラしちゃったとしても平気、ってことですか。それだけの覚悟があるのかどうか、ってこと?」

野崎は唇に非のうちどころのない笑みを湛《たた》えながら、静かにうなずいた。「それほど品のない会員は存在していないはずですが、確かにそのように言うこともできますね。世俗的なトラブルや面倒ごとに対しての精神的な構えが、どれだけできているか、ということです。世間では、有形無形の財産に恵まれている人ほど、トラブルに強い、と言われていますが、それは嘘ですから。トラブルを避けようとして、つまらない嘘や技巧を重ねたり、何もかもお金で済ませようとしたりして、結局は人柄の卑しさを露呈してしまうという方が多い。マダムはその種の男性をもっとも嫌います」

はあ、とわたしは言った。間の抜けた言い方になっていた。

野崎はそんなわたしをじっと見つめたまま、抑揚をつけずに言った。「当然、おわかりでしょうが、ここで行われていることはすべて非合法なのです。青山にある『マダム・アナイス』は、表向きは高級会員制レストラン・バーということになっている。現実にレストラン・バーとしての営業許可も取っていますので、その点は何の問題も起こりません。会員同士が互いを詮索《せんさく》さえしなければ、気持ちのいい空間を共有できる仕組みになっています。しかし、もちろん、そうだとしても絶対に顔を知られたくない、という立場の方もいらっしゃることは事実です。皇室関係者、その縁戚《えんせき》関係者、もしくはあまねく国民に顔を知られている政財界の重鎮たち……」

「もっと顔を知られている人もいるんじゃないですか。俳優とか歌手とか」

「芸能関係の会員はきわめて少ない」

「どうして？」

野崎は軽く肩をすくめた。「ひとつには、あの方たちは、何もわざわざ、うちのようなシステムの館に出入りしなくても、他にもっと楽しめる場所がたくさんある、ということです。そのせいで会員になろうとする方が少ないのです。もうひとつは、マダムがあまり、お好みにならないので」

「超美男の俳優さんでも？」

わたしのふざけた口調が気にいらなかったのか、野崎は露骨にいやな顔を返してきた。

「容貌《ようぼう》はマダムの審査の基準にはありません」

ごめんなさい、とわたしはあやまった。

野崎は皮肉をこめた目でわたしを一瞥《いちべつ》すると、軽く息を吸いこんで、着ていた黒いジャケットの裾《すそ》を直した。「話を元に戻します。その種の、他の会員たちに絶対に顔を知られてはならない方々のために、うちでは特別室を用意しています。個室です。その方たちがおいでになると個室に案内させていただき、彼らはその個室にあるモニターを使って、サロンの様子をつぶさに眺めることができます」

「個室で飲食もできるんですか」

「もちろん。お気に召した女性をその個室に呼ぶこともできます。専用リムジンでしかるべき場所に女性共々、お送りすることも随時、引き受けています」

わたしが黙っていると、野崎は「理解できましたね？」と言わんばかりに、軽くうなずき、再び前を向いて歩き出した。

なんという奇妙な館《やかた》で働くことになったのだろう、とわたしはその時、震えるような思いを抱いた。

娼館といっても、『マダム・アナイス』がただ単に女たちを雇って高額で男たちに身体を売らせ、金を儲《もう》けようとしているだけではないことは、麻木子から聞いていた話から或《あ》る程度の察しがついていた。実際、館に来てみると、そこには一種の、マダム独自の哲学に似たものが感じられた。入会金として一千万円、年会費三百万円も支払わせるのも金儲けのためでは決してなく、入会金や会費の額でしか、館の特殊性を表現できないからなのかもしれなかった。

インターネットでも絶対に検索不可能な秘密倶楽部《クラブ》である。会員もここで働く女たちも、外に出てこの館に関する秘密を口にすることは禁じられている。その特殊性こそを売り物とし、会員資格から、館で働く女たちの諸条件に至るまでマダム個人の好みを最優先させているのだった。世界のどこにでもある娼婦小屋と一線を画しているどころか、そこには天と地ほどの差があった。

だが、その時はまだ、半信半疑だった。会員になるのに、どれほど風変わりな条件を必要とする館であろうと、『マダム・アナイス』は、所詮、どこにでもある売春組織の一つでしかない、と考えることもできた。

シルクのブラウスにカメオのブローチをつけ、まじりけのない美しい微笑を浮かべつつ、売春における男女の等価性について淀《よど》みなく語ることのできる、教養と気品にあふれたマダムとて、売春宿の因業《いんごう》ばばあには違いなかった。

いくらなんでも、『マダム・アナイス』という館をこれ以上、美化して考えてはならない、とわたしは自分に言い聞かせた。娼館は娼館だった。それ以外の何物でもなく、中で行われていることは、売春でしかないのだった。同じ売春に高級も低級もなく、たとえこの館が性の取り引きに娼婦の肉体のみならず、精神性を提供する、と謳《うた》っていたところで、それもまた、形を変えた売春でしかないのだった。

「会員でさえあれば、このサロンを利用する会員に規則は何ひとつありません」野崎はそう言いながら、落ちついた優雅な足取りで階段を降り始めた。

「それと同様、このサロンを仕事場にしているあなたがたにも、サロンにおける規則というものはない。つまり、あなたがたもここで好きな本や雑誌を読んでいていいのだし、会員に話しかけられてお喋《しゃべ》りに興じてもいいし、もちろん、一人で食事をしていてもお酒を飲んでいてもいいのです。テレビやビデオを観ていてもかまわないし、もの思いに耽《ふけ》っていても、女性同士、ファッションやメイクの話題に興じていてもかまわない。服装も自由です。ともかくこのサロンで時間を過ごしていてくれさえすれば、それでいいのです」

「夜の九時から深夜一時まで、ですね？」

「そうです」

「その間に、もし、指名されなかったら？　深夜一時までいて、あとは帰ってしまってもいいんですか」

「結構です。好きになさってかまいません」

野崎の後に続き、サロンに降り立ち、わたしは改めてその広々とした焦げ茶色の空間を見渡した。

相変わらず白檀《びゃくだん》の香りがたちこめていた。中二階の見える天井をふり仰いでみた。烈《はげ》しいめまいを覚えた。

そのめまいは、自分がこの先、この場所で客に指名され、金で買われてペニスをくわえたり、尿道にヘアピンの先をちょっと突っ込んでくれと言われてその通りにしたり、かと思えばひと晩に幾度も幾度も数えきれないほどよがり声をあげさせられたり、ひりひりするまで乳首を吸われたり、素っ裸の上にトレンチコートだけを着て、銀座で腕を組みながら歩いてほしい、と言われたりするのかもしれない、という、うんざりするような連想の果てに襲ってきためまいではなかった。

わたしが感じためまいは、もっと別の種類のめまいだった。わたしは思ったのだ。見知らぬ男たちから与えられる肌のぬくもりを味わいながら、自分はこの先、どこに行こうとしているのだろう、と。行き着く先は全く見えなかった。一年後ばかりか、半年先の自分すら想像することは不可能だった。

ここで働き始めた途端、目の前にある時間と空間だけがすべてであるような、そんな日々が流れていくに違いなかった。舞を失い、麻木子を失い、気持ちを分かち合いたいと思える相手など一人もいなくなったわたしの人生は、この館の中に埋もれていくのだった。優雅で美しい、それでいて淫靡《いんび》なこの館ほど、自分の人生を埋めるにふさわしい場所はどこを探してもないだろう、と思った。

そう思うと、再び強いめまいを感じた。ぐらりと身体が傾いた。わたしは思わず、そばにあった椅子の肘《ひじ》掛けの部分に両手をついて身体を支えねばならなくなった。

「大丈夫ですか」と野崎が案じ顔で聞いた。「気分でも？」

いえ、別に、とわたしは言った。「なんともありません」

「何か飲みますか。ブランデーか何か」

ブランデーと聞き、飲みたい、と思ったが、我慢した。今飲んだら、勢いこむあまり、ボトル一本、飲みほしてしまいそうな気がした。

結構です、とわたしが断ると、野崎はうなずき、ちらりとわたしの全身に視線を走らせてから、改まったように聞いた。

「マダムはまだ、あなたの報酬についての話はしていません。そうでしたね？」

「はい」

「僕のほうからお伝えするよう、言われています。あなたに限らず、女性たちの報酬に関してはマダムではなく、僕が責任者になっていますので」

わたしが黙っていると、野崎は「率直に申し上げましょう」と言った。「こういうことはあらかじめ、含みのない形でお伝えしておかねばなりません。『マダム・アナイス』では日給制を取っています。日給といっても、そこには固定給の意味合いも含まれていまして、例えばあなたがここにいらして、サロンで過ごしたとしたら、会員からの指名の有る無しにかかわらず、一回につき八万円が支払われます。これは保証されます。加えて指名された場合は、その会員の方のお望みによって、日給の他にあなたがたに手渡される額は千差万別ということになります。そして、いかなる場合でも、会員からいただく額の半分は『マダム・アナイス』の収入になります。ただし、その月のうち五回以上の指名がなく、さらにそういった状態が続くようであれば、その保証額は半減、もしくは最悪の場合、ゼロに戻されます。これがうちの規定です」

はい、とわたしは言った。声になっていなかった。

日給八万ということは、月に二十日間、就労したとして、百六十万円の収入が保証される、ということだった。それはにわかには信じがたいことだった。しかもそれに、最低五回の指名による収入が加わるのである。わたしの頭の中には凄《すさ》まじい勢いで数字が並び、それは形を成さないまま、消えていった。

ヘアメイクの仕事をして、朝から晩まで拘束され、女優やモデルの不機嫌にも笑顔で応じ、帰りに急いでスーパーに寄って、鶏の唐揚げやコロッケやマカロニサラダなど、すぐに食べられる安いものばかりを買い集め、やっと家に帰ったと思ったら、母親は化粧に夢中で、舞がおしっこおしっこ、とわめいている……そんな毎日を送っていた時のわたしの収入は、毎月平均、二十五万円ほど。多い時もあったが、それより少ない月もあり、そんな時は母の店で舞と共に何か食べさせてもらって、食費を浮かせたりしていたものだった。

「いかがです」と野崎は聞いた。「何かご質問は」

何も、とわたしは応《こた》えた。

「遠慮なさらずに」

「遠慮なんかしていません」

「不安なこと、心配なこと、知っておきたいと思うこと、なんでもおっしゃってください。できる限り、お答えします」

あの、とわたしはおずおずと言った。

野崎は軽く瞬《まばた》きを繰り返すと、わたしの次の言葉を待った。

わたしは口を開いた。「ひとつ、つまらないことを聞きます」

「どうぞ」

「素朴な疑問、と言ってもいいかもしれません。どうしてわたしが……ここで雇われることになったんですか」

野崎は鳩のように目を丸くし、大仰な表情を作るなり、呆《あき》れてみせた。「不思議なことを質問されるのですね。マダムがあなたを採用したからですよ。それ以外、何の理由もないのだし、あなたもそれをご存じでしょう」

「だから、何故、マダムがわたしを採用してくれたのか、知りたいの。わたしは決して育ちがいいとは言えない、しかも、不運な女です。父親を早く亡くして、男遊びの好きな母親に育てられて、母親のいやな面をいっぱい見て、愛された記憶なんかなくて、私生児を産んで、貧しい暮らしをして、その子に死なれて……それでもずっと、ヘアメイクの仕事をしながらなんとか生きのびてきました。いいことなんか、何もなかった。本当です。そんな人生を送ってきたわたしのような女が、こうした特別のサロンを経営するマダムの目に留まったことがわたしには今ひとつ、理解できないんです。マダムがここで働く女性に求めるのは、容貌《ようぼう》と教養と感受性だと思うけど、わたしにはそのどれもが当てはまらない。それなのに、毎月百六十万円の収入が保証される。これには不思議を通り越して、違和感を覚えてしまいます」

野崎はしばらくの間、わたしをじっと見つめていた。その顔に表情はなかった。ややあって彼は、ふうっ、と軽く息を吐いた。「コルティジャーナ、という言葉を聞いたことがありますか」

「コルティジャーナ?」

「昔、イタリアのヴェネツィアは快楽都市と呼ばれていました。そのヴェネツィアに実際に存在していた高級遊女がコルティジャーナです。彼女たちに求められたのは、教養と美しさと気品で、まさにあなたが今、口にしたことと似ているのですが、その場合の教養というのは、何も大学院を優秀な成績で卒業したとか、海外の著名な大学に留学経験があるとか、五か国語が喋《しゃべ》れるとか、そういったこととは無関係です。本当の教養というのは、それを感知する能力のある人間にしかわからない。ヴェネツィアの貴族たちには教養があって、遊女遊びをする際にも、女性に教養を求める傾向が強かった。コルティジャーナは、そうした紳士に連れられてオペラに行き、オペラの内容を正確に理解し、観劇の後の食事の際に交わされる会話のリズムまでも、すぐにつかめるような女性でなければならなかったのです。美貌《びぼう》だけで遊女は務まりません。通俗的な美貌と性だけを売り物にする店なら、日本にも数えきれないほどあるでしょう。それでいいと思える方は、そっちの店に行けばいいのです。『マダム・アナイス』に来られる会員の方々は、女性に全く別のものを求めておられる。いいですか、奈月さん、教養が気品を作り、気品がその女性をさらに美しく見せるのですよ。そしてあなたは、美貌はもちろんのこと、マダムにあなた自身の教養を感知され、認められた。だから今、ここにいる」

わたしは魅せられたようになって、野崎の言葉を聞いていた。洗脳されている、と思われるほど、野崎の話し方には淀《よど》みがなく、同時に説得力があった。

あのう、とわたしは言った。「最後にもうひとつ、聞いてもいいですか」

「何なりと」

「野崎さん、年はお幾つ？」

野崎は苦笑いしながらわたしから視線を外し、「どうしてそんなことを」と言った。

「僕の年齢なんか聞いてどうするんです」

「聞いたらいけませんか」

「いや、別に。あなたよりも少し上。三十五歳です」

わかりました、とわたしは言った。「ありがとう」

どういたしまして、と野崎は言い、採用記念にバー・カウンターでよく冷えた白ワインでもいかがです、と聞いてきた。

是非、とわたしが言うと、野崎はポケットから携帯電話を取り出し、どこかに電話をした。

「すぐにバーテンダーが来ます。中二階に上がりましょう」

わたしは野崎に従って、ふかふかのカーペットが敷きつめられた階段を上がった。自分が裸のまま階段を上がっていて、サロンにいる大勢の会員から品定めを受けているような気分になった。

早く仕事がしたい、とわたしは思った。ここまできたのなら。もう、余計なことは考えずにいたかった。

男たちに選ばせ、肉体を開き、与え、男たちの風変わりな要求を受け入れて、ただそれだけのことを考えながら生きるのだ、とわたしは思った。麻木子は死んだが、わたしは生きるつもりだった。生きて生きて、怒って怒って、初めて会った男に濃厚なフェラチオをしたり、取ってつけたようにルネサンス絵画やロシア文学の話を始める男に、最上級の相槌《あいづち》を打ちつつ、しょぼくれた睾丸《こうがん》を愛撫《あいぶ》してやったりしながら、それでも負けずに生きていくつもりだった。

9

〝ツキ〟というものについて考えるたびに、わたしはいつも真っ先に、初めて客をとった時のことを思い出す。

ツイていることなど、ほとんど無きに等しいような人生を送ってきた。それが当たり前だと思っていた。だが、あの晩のわたしはツイていた。そうとしか言えなかった。『マダム・アナイス』で初めて自分の身体を売った相手が、例えば、女の全身をしつこく舐《な》めまわすことだけが趣味のじじいだったり、生理時の経血の匂いを嗅《か》がないと勃起《ぼっき》しないという男だったり、卑猥《ひわい》な言葉をお経でも読むように耳元で繰り返す以外、何ひとつ会話もなく、ひと晩で三度も射精した上、三度目の射精を顔で受けろ、と命じてくるようなやつだったりしたら、わたしはひょっとすると、ただでさえ緊張していたというのに、その上にぐったりと疲れ果て、途方に暮れるあまり、口をきくことすらできなくなっていたかもしれない。

さらに言えば、何もかもが間違っていた、と思い、あれほど覚悟を決めて臨んだ仕事だったというのに、自分が選んだ道を早くも後悔し始めていたかもしれない。

だが、もしそうだったとしても、わたしはそれが自分の弱さのせいだとは思わなかっただろう。

麻木子が生前言っていた通り、身体を売る仕事＝売春、というのは文字通り、大変な仕事だ。路上で客をつかまえて行う売春だろうが、客の待つホテルに出向いて行う売春だろうが、『マダム・アナイス』のような優雅な高級娼館《しょうかん》における売春だろうが、バイシュン、という意味においては、どれも寸分の違いもない。違いがあるとしたら、こちら側の手に入る金の額と相手にする客の信用度の問題くらいのもので、あとはおしなべて、やることは同じであるはずだった。

恋愛感情どころか、情愛も友情すらも抱いていない相手である。どれほどくまなく全身を愛撫されようと、性欲のかけらすらわかない。

そんな男を前にして、裸になり、性的に相手を高ぶらせるようなことをし、つまるところ、自らの身体を提供して、相手を射精に導く……。

それは、恋愛、愛、という物語から徹底して永遠に遠い。そればかりか、通常、人間が思い描く人生の物語とも、無縁の世界だ。

にもかかわらず、エロティックな表情や仕草や行為が求められる。微笑みたくもないのに微笑まねばならず、よがり声などあげる状態ではないのに、感じているふりをしなければならない。馬鹿なことを要求されても笑顔で応じなければならない。それでも男たちから侮辱を受けている、と考えたり、苛立《いらだ》ったり、絶望したりしてはならないのである。

何故なら、それが仕事なのだから。それこそが身体を売る、ということなのだから。その意味で、大変な仕事、というのは確かに麻木子が言っていた通りなのだ。

だからこそ、初めての相手がどんな男になるか、というのはわたしの場合にも、最重要課題だったと言える。

とはいえ、わたしが具体的な不安にかられていたわけではなかった。初めての相手がどんな男であろうが、所詮《しょせん》、やることは同じなのだから、とわたしは考えていた。

自分自身が癒《いや》されたくて娼婦になる覚悟を決めたのである。舞を失った絶望感を、男たちの肌のぬくもりの中に忘れようとして、『マダム・アナイス』で働こうと決心したのである。

好きでもない、見知らぬ男に身体を開く、その瞬間の不安や恐怖心や嫌悪感について、あらかじめくよくよと思い悩むのは馬鹿げたことだった。まさに「好きでもない見知らぬ男」と性を交わすことこそが、わたしの選んだ生き方だったのだから。

あの晩、初仕事を終え、しばらくたってから……明け方の四時過ぎだったか、わたしはマンションに戻った。バスタブに湯を張り、長々と浸《つ》かってから全身を洗い、髪の毛も二度洗いした。

いつも着ている、パジャマ代わりの古びた黒い長袖《ながそで》Tシャツを頭からかぶった。そして、下はショーツ一枚だけの姿になって、キッチンの冷蔵庫を開け、缶ビールを取り出した。その場に立ったまま、缶に口をつけ、ごくごくと飲み始めた、まさにその時だった。はたとわたしは思ったのだ。

もしかすると、自分はとてもツイているのではないか……と。

あの晩、わたしが初めて相手にした会員は、六十代後半とおぼしき男だった。

緊張したままサロンに続く階段を降りた瞬間に、すでにわたしはその男の姿をみとめていた。モスグリーンの、いかにも高価そうな薄いカシミヤの丸首セーターに、淡いグレーが交じったツイードのズボン。首のあたりから、ペイズリー模様のネッカチーフを覗《のぞ》かせている男だった。男は革張りの肘《ひじ》掛け椅子にゆったりと身を沈ませながら、太い葉巻をくゆらせていた。

白髪まじりの髪の毛は七・三に撫《な》でつけられていた。顔の皮膚はブルドッグのそれのように至るところ、たるんでいて、決して美しい容貌《ようぼう》とは言いがたい。それなのに、細めた目で微笑を浮かべながらわたしを見つめてきた男の、いかにも優しげな雰囲気が、妙にわたしの印象に残った。

平静を装いながら、それでも内心の緊張感を隠すのに必死で、その時、サロンにいた他の男たちのことなど、まるで覚えていない。サロンに七、八人、中二階のバーに数人の会員がいたはずだが、彼らがいつどんなふうに女たちの中の一人を選び、外に消えていったのか、それすらも記憶にない。

覚えているのは、何をしていればいいのかわからず、所在ない感覚に襲われて、サロンのソファーに坐《すわ》り、雑誌をめくり始めたことだけである。

建築関係のビジュアル誌だった。知名度の高い設計士数人のインタビューと共に、彼らが設計したビルや住宅の写真がふんだんに盛りこまれていた。だが、目でページを追いながらも、わたしの頭の中には何も入ってこなかった。

その時、わたしの他に、十人ほどの女たちがサロンにいた。女たちは銘々、たばこをふかしながら週刊誌を読んだり、冗談を言い合ったり、何か飲み物を飲んだり、好き勝手なことをしていた。

誰もわたしには話しかけてこなかった。新入りを冷やかに見ていたからではなく、おそらくそれは、同じ生業《なりわい》についている者同士の、暗黙の遠慮があったからだと思う。会員の中には娼館にやって来ても、サロンで寛《くつろ》いで、女たちと話をしたり、食事をしたり、あるいはバーで飲んだりするだけで帰って行く者もいる。文字通りの会員制レストラン・バーとして利用するわけだが、あの晩は珍しくその種の会員が多く来ていたようで、早々と指名されてサロンから出て行く女は少なかった。

初めての日、ということで、野崎がそれとなくわたしをケアしてくれていたことには気づいていた。初仕事の時、緊張のあまりサロンで貧血を起こして倒れた女の子もいた、と野崎からは聞いている。その娘は体調不良を理由に、一度も仕事をすることなく、辞めていったそうだ。

『マダム・アナイス』で働く決意をしたというのに、優雅なサロンで貧血を起こすような、精神の虚弱な女にはなりたくなかった。決心した以上、身体を売る、ということに対して、過剰な反応をするのは馬鹿げていたし、それはあまりにも幼稚なことだった。

わたしは野崎に見守られている、ということを意識しつつ、できる限り堂々としていよう、と心に決めた。決めた途端、少し楽になった。目だけで追っていた雑誌のページが、少しずつ意味を伴って頭の中に入ってきた。

モスグリーンのセーターの男がわたしに話しかけてきたのは、ちょうどそんな時だった。

男は葉巻をくわえたまま、ゆったりとした動作でわたしの前に立ち、にこにこ笑って「こんばんは」と言った。その声は嗄《しゃが》れている、というよりも、聞き取りにくいほど掠《かす》れていた。

「こんばんは」とわたしも返した。笑顔を作ろうとしたのだが、うまくいったかどうかわからない。

腹が突き出ている男だった。上半身の薄い肉付きに反して、腹だけが出ているものだから、妊婦のように後ろに身体を反らせて立っている。

「隣に坐ってもいいかな」と男はソファーを指さした。

掠れるあまり、声のところどころが、それとわからないほどかすかに途切れてしまう。声帯のどこかに異常があるのではなさそうで、生まれつき、そういう声の持ち主らしかった。

どうぞ、とわたしが言うと、男はわたしの隣に斜め向きになるように腰をおろし、足を組み、葉巻をくわえ、わたしに向かってやわらかく微笑んだ。

「初めて見る顔だね。新しく入ったの?」

はい、とわたしはうなずいた。「今日デビューしたばっかりなんです」

デビュー、と男は鸚鵡《おうむ》返しに言い、微笑ましそうに肩を揺すって笑った。「マダム・アナイス・デビュー、っていうわけか。おもしろい言い方だね」

わたしは目を瞬《しばた》き、軽い笑みを浮かべて男を見た。

男は、その日わたしが着ていた黒いレースのカットソーと白いフレアースカートをなかなか趣味がいい、と言ってほめてくれた。よく似合う、とも言ってくれた。

それは性的ないやらしいほめ方ではなかった。父親や祖父からほめられてでもいるような、家庭的な親密さを伴っていた。そのことが、わたしをリラックスさせた。

男は葉巻を吸いながら、にこにこと笑みを絶やさずにわたしを見た。「あなたはシャンペン、飲める?」

「飲めます」

「好き?」

「はい、とても」

「よかった。わたしはね、新宿にあるホテルを定宿にしている。これからそこに行って、一緒にシャンペンを飲むことにしたいんだが、どうだろう」

初めての仕事で、館《やかた》を離れる、とわかった途端、わたしは少し怖くなった。と言っても、それはまったく無意味な恐怖心に過ぎなかった。館の外で会員と過ごすからといって、危険なことが起こるはずもないことは充分、承知していた。

だが、男は瞬時にしてわたしの表情の変化を読み取ったらしい。さりげなく咳払《せきばら》いをし、「そうか、初めてだったんだな」と言った。独り言のように聞こえた。「なら、ここを出て別の場所に行くのは気が進まないかもしれないね。うん、わかった。定宿にしているホテルのほうが夜景がきれいだし、あなたにも見せたいけど、今回は特別だ。アナイス・デビューしたばかりのあなたのために、わたしは今夜、この館の一室を借りるとしよう」

どう応《こた》えるべきか、と迷っていると、男はパチンと指を鳴らして野崎を呼びつけ、耳元で何事か囁《ささや》いた。野崎は業務用の涼やかな笑顔を作りながら深くうなずき、わたしに向かって静かに目配せした。わたしはソファーから立ち上がった。

「聞き忘れていた。あなたの名前は？」

男に聞かれ、わたしは野崎をちらりと見てから、吐き出す息の中で言った。「レイラ、です」

『マダム・アナイス』で働く女たちの本名は、会員に決して明かされない。それぞれが源氏名をもっていて、わたしにあてがわれた名は「レイラ」だった。苗字《みようじ》はなかった。名前というよりも、記号のようなものだ。

「レイラか……」と男は繰り返した。「いい名だ」

そして満面に笑みを浮かべると、男はダンスの相手をする時のような仕草で、わたしに向かって腕を差し出してきた。

何を求められているのか、すぐにわかった。わたしは男の右腕に自分の腕をからませた。男はいとおしげに左手で、わたしの手の甲を軽く撫でた。男の手は乾いていた。

会員のために用意されているホテル仕様の特別室は、館の中に三室あった。野崎の案内で、わたしと男とはそのうちの一室に入った。

広すぎず、狭すぎない部屋だった。部屋の四隅に、神殿の柱を思わせる装飾用の、彫刻が施された太いポールが立っている。天蓋《てんがい》付きのキングサイズのベッドが中央にあり、やわらかなドレープをとった白いレース地が、ふわりと形よくベッドの半分を被《おお》っている。それはまるで、美しい巨大な揺りかごのように見える。

壁には、淡いタッチの印象派とおぼしき絵画が数点。ベッドサイドの丸テーブルには、三十本ほどの、ベルベットのような真紅の薔薇《ばら》の花が活《い》けられたガラス製の花器が一つ。

男は、二人掛け用の黒い革張りソファーに腰をおろし、こっちにおいで、と言った。言われた通りにわたしが男の隣に坐《すわ》ると、男はふいに、両手でやわらかくわたしの顔をはさみ、「小さな顔だね」と言った。「ごらん。わたしの手の中に、すっぽりおさまってしまう」

わたしは微笑を返した。これから自分は、この男と性を交わすのだ、と思った。悲壮感は何もなかった。かといって、特別な仕事に向かう時の雄々しいような気持ちもなかった。わたしは自分が案山子《かかし》のように空っぽになりながら、それでいて、乱れなく、落ちついた意識の中にいるのを感じた。

館で働く女たちの本名が明かされないのと同様、女のほうから積極的に会員の本名や職業を聞き出そうとすることは禁じられていた。だが、会員自らが名を名乗り、身の上話を始めるのだとしたら、当然、その限りではない。

「いろいろな事業をやっているんだよ」と男は言った。「都内に、ビルを三つ四つ持っている。その他にも壊したり建てたり、売ったり買ったり、まあ、忙しい。大金が出ていったり、大金が入ってきたり、一刻も同じところにとどまっていない。ここに来る時だけが至福のひとときでね。真人間になった感じがする」

部屋のドアにノックの音があった。わたしが立ち上がり、扉のほうに向かおうとすると、男はそれを制した。

「いいよ、わたしが行こう」

　館のウェイターが、銀のトレイに載せたシャンペンを運んで来た。男はトレイごとシャンペンを受け取り、ゆっくりした足取りでテーブルまで持って来た。そして、手際よく栓を抜き、二つの美しいシャンペングラスに注ぎ入れた。グラスはバカラのものだった。

「ほう、さすがに『マダム・アナイス』だね。これは実にいいシャンペンだよ。ドメーヌ・シャンパーニュ。フランスの北のほうにある葡萄《ぶどう》の栽培地でつくられていてね、使ってる葡萄はシャルドネだけ。だからエレガントで洗練された味わいのものができるんだ」

　シャンペンはよく冷えていた。わたしは男に合わせて乾杯の仕草をし、口をつけた。

「どうかな。レイラの好みに合うかな」

「とってもおいしい」

「それはよかった」

　男は目を細めてわたしを見た。そして言った。「わたしの名前は菅原《すがわら》。栄えあるアナイス・デビューのその日に、こうして相手になれたのも何かの縁だ。今日これから、あなたは何がしたい」

「何、って……？」

「したいことを言ってごらん。黙ってシャンペンだけ飲んでいたい、とか、わたしのような男を相手に喋《しゃべ》り続けていたい、とか、観たいテレビがある、とか、裸だけは見せられるけど、あとは何もしたくないし、触られたくない、とか……まあ、いろいろあるだろう」

「そちらが……いえ、菅原さんがわたしを指名してくださったんです。菅原さんの好きなようになさるべきです」

「レイラは今日が初めてなんだ。当然、やりたくないこともあるはずだよ。そうじゃないかね。よし、わかった。したいことを言うのではなく、したくないことを言ってみなさい。そのほうがわかりやすい」

奇妙な男だ、とわたしは思った。時間はたっぷりあって、菅原は好きなだけわたしを自由にできる。そんなことをぐずぐずといつまでも話してなどいないで、さっさと天蓋付きのベッドにわたしを誘えばいいじゃないか、と思った。わたしの着ているものを脱がせ、乳房をもみ、全身を弄《もてあそ》び、ああしろこうしろ、と嗄《しゃが》れた声で命じて、最後にさも気持ちよさそうに咆哮《ほうこう》しながら、勢いを失った精液を避妊具の中にまきちらせていればいい、と。

いくら娼館《しょうかん》デビューしたばかりだとはいえ、高額の入会金や年会費を払いながらわたしのような立場の女に気遣いをするのは無用だし、そんなことをされるのはかえって迷惑だ、と思った。だが、その実、菅原という男のその種の優しさはわたしの琴線に強く触れていた。

「したくないことも、したいことも別にありません」とわたしは抑揚をつけずに言った。「でも、どっちにしても、ここでわたしを抱いてお金を払ってください。そうしていただかないと困ります」

菅原はシャンペンをひと口飲んでから、「それはまたどうして」と聞いた。細めた優しげな目はそのままだが、そこにかすかに、からかうような光が宿った。

わたしは言った。「一日も早く慣れたいんです。慣れなければいけないんです。そうじゃないと、この後が続きませんから。優しいお気遣いをしてくださるのはとても嬉《うれ》しいですけど……つまり、そういうことです」

なるほど、と菅原は深くうなずいた。火が消えかけた葉巻に、新たに火をつけ、彼はそれを吸いこんで、またうなずいた。「レイラ……だったね。レイラが言いたいことはとてもよくわかるよ。うん、わかる。それはとても聡明《そうめい》な考え方だ」

聡明、という言葉が、すうっ、とわたしの中に入ってきた。そういう言葉を使ってほめられるのは嬉《うれ》しかった。

「わかった。あなたの言う通りにしてあげよう」

わたしは菅原を見た。「抱いてくださるんですね」

「そうするよ。だが、言っておく。わたしはもうこの年だ。あなたがこれまでつきあってきた若いボーイフレンドたちとは違って、身体の機能がいくらか衰えてしまっている。こんなはずじゃなかった、とは思わないでほしい」

そんなこと、とわたしは言った。「そんなこと、ちっともかまいません」

だが、実際には、菅原の身体の機能は、まったく衰えてなどいなかった。彼は天蓋付きのベッドの中で、あたかも二十代の若者のような力強さを見せながらわたしを抱いた。しかもそこには、いささかの乱暴さや冗談めかした卑猥《ひわい》さもなかった。彼は終始、紳士的で丁寧だった。

顔同様に全身の皮膚がたるみ、お尻《しり》のあたりは筋肉が失われて、アコーディオンのようにたるんだ皮膚が波打っていたが、それでももともと骨が太いのか、彼の身体はがっしりしていた。どちらかというと大きめのペニスはすぐに勃起《ぼっき》した。そのため、避妊具もつけやすかった。

あそこを触れ、ここを舐《な》めろ、ということは一切、言われなかった。彼はわたしをまさに、〝恋人〟のようにして優しく扱い、愛撫《あいぶ》し、抱いた。

それでもわたしには、性的な快感はほとんどなかった。ないにもかかわらず、誰に教わったわけでもないのに、わたしは間断なく喘《あえ》ぎ声をあげ続けた。眉間《みけん》に軽く皺《しわ》を寄せ、快感に身を委《ゆだ》ねているようなふりをすることもできた。

おかしな話だが、快感がないというのに、わたしの膣《ちつ》は充分に潤っていた。これは自分の仕事なのだ、という強い意志の力が大脳から指令を下し、ホルモンの分泌を促して、勝手に肉体が反応しているとしか思えなかった。

射精までには少し長い時間を要した。菅原は途中、わたしから離れ、ベッドから降りてシャンペングラスを持って来た。わたしの首を抱き、グラスをわたしの口もとに近づけて飲ませてくれた。

シャンペンが滴り落ちたわたしの唇に、菅原は軽く接吻《せっぷん》をした。そしてまた、挑んできた。彼はほとんど表情を変えず、何ら声も発しないまま射精した。射精した瞬間も、彼の顔には柔和な笑みが浮かんでいるように見えた。

終えてから菅原と共にバスルームに行き、ジャグジーバスに浸《つ》かった。菅原はにこにこしながら、時々、わたしの乳首を軽くつまんだ。レイラはいい女だ、と言った。

「一つ聞かせてもらいたいことがある」

彼は部屋に戻り、バスローブ姿になってソファーに坐《すわ》りながら、そう言った。「言いたくなければ言わないでもかまわないよ。無理にとは言わない」

「何ですか」

「どうして『マダム・アナイス』で働くことになったの」

嘘ならいくらでもつくことはできた。お金を貯めて、将来、外国移住を計画しているから、とか、友達と始めたばかりの事業に失敗して、借金を背負ってしまったから、とか、難病の母親に金がかかるから、とか、ただ単にお金が欲しいから、とか……。

どこまでが本当でどこまでが作り話なのか、わからなくなるような面白おかしい話をしてみせることだってできた。だが、わたしはそんなことは何ひとつ、口にしなかった。

「子供が死んだからです」とわたしは言った。「まだ二歳でした」

そうか、と菅原は言い、わたしを見た。そしてうなずいた。「そうだったのか、気の毒に。……息子さん？」

「いえ、娘です」

「ご亭主は？」

「私生児ですから」

うん、と彼は言い、そうか、と繰り返した。

「いろいろ大変だったようだね」

ええ、とわたしはうなずき、薄い微笑を浮かべて彼を見た。娘に死なれて、人肌が恋しくなって、男たちに癒《いや》されたいと思って娼婦になった、という話はしなかった。そんな話をしても、誰にも理解されないに決まっていた。

私生児で産んだ二歳の娘に死なれたことと、『マダム・アナイス』で働き始めることが、どのようにつながるのか、わからなかったに違いないのだが、菅原はそれ以上、何も聞いてこなかった。何を聞いても詮索《せんさく》にしかならない、と思ったのかもしれないし、あるいはまた、本当のところ、そんなことには何の興味もなかったのかもしれなかった。

「今夜は帰りなさい」とややあって菅原は言った。「ここにあなたと泊まって、一緒に朝食をとりたいのは山々だが、なにしろ、あなたにとっては初仕事の後だ。疲れたでしょう。今日のところは帰ってゆっくり休みなさい」

最後まで気遣いを見せようとする菅原に、わたしは感謝した。ありがとうございます、と言い、頭を下げた。鼻の奥が熱くなった。泣いてしまいそうになった。

菅原は落ちついた動作で下着をつけ、服を着て、部屋にあった鏡の前に立ち、ペイズリー柄のネッカチーフを首に巻いた。身支度を整えると、携帯電話を取り出して、どこかに電話をした。運転手付きの車を館《やかた》の駐車場に待たせている様子だった。送ってあげよう、と言うのをわたしは丁重に断った。彼はそれ以上、しつこく誘ってはこなかった。

「またレイラと会いたい」と、別れ際、菅原は言った。「来るたびにあなたを指名させてもらうことにするよ」

わたしは笑顔でうなずいた。菅原はわたしを軽く抱き寄せてから、わたしの額にキスをした。

「おやすみ。あなたのアナイス・デビューの相手になれて光栄だった」

わたしもです、とわたしは言った。

……それがわたしの初仕事だった。

『マダム・アナイス』での仕事を始めてしばらくの間、どういうわけか、マダムとは個人的に話をする機会に恵まれなかった。

館の中で顔を合わせることは多かったが、二言三言、挨拶《あいさつ》めいた言葉を交わすだけ。

わたしの部屋においでなさい、と特別な誘いを受け、不思議な緊張感を抱きながらマダムの部屋を訪ねたのは、三か月ほどたってからのことになる。

「あなたはこの仕事に向いていたようね」とマダムはその時、笑みを含ませながらわたしに言った。

ほめられているのか、けなされているのか、わからなかった。娼館の仕事に向いている、というのは、どう考えてもほめ言葉には聞こえない。

わたしが黙っていると、マダムはわたしの気持ちを察したかのように、いつものあの、輝くような笑顔を作ってわたしを見た。

「あなたを指名してくる会員はとても多いわ。予想していた以上に。あなたがいろいろな意味で女性として魅力的で、会員たちの目を引きつけるからよ。うちの会員たちの目は特別に肥えてるわ。この仕事に向いている、というのは、そういう意味で言ったの」

「ほっとしています。誰も指名してくれなかったらどうしよう、と不安だったので」

「どう？　少しは慣れた？」

「はい。おかげさまで」

「見たところ、元気そうね、とても。疲れたりはしない？」

「丈夫ですから」

「何よりだわ」とマダムは言い、眼鏡の奥の目を細めてわたしを見つめた。「前にも言ったわね。覚えている？　こういう仕事をしながら恋をするのはやめておいたほうがいい、って」

「覚えています」

「あなたは多分、わたしが言ったその言葉の意味をよく理解できているんだと思うわ。あなたの仕事ぶりを見ていると、そんな気がするの。わたしの言っていること、わかるかしら」

わたしは曖昧《あいまい》にうなずいた。マダムのその種の抽象的な話し方には慣れ始めていたが、時としてマダムは、なんともこちらが応《こた》えようのない聞き方をしてくる。

ほほ、とマダムは口に軽く手をあてて笑った。「わからない顔をしているわね。男と女が本当の意味で揺るぎのない対等の関係でいられるのは、性をお金で売ったり買ったりする時だけ、という話もしたこと、あるわね？」

「はい」

「男と女はね、どんなに深い恋愛関係に陥ったところで、必ずしも対の関係、対等の関係にはなれるわけではないの。悲しいことだけれど、これは事実よ」

「情熱や愛情の量が、二人とも同じではない、ってことですか。どちらかがより多くて、どちらかがより少ない……」

「あなたは頭の回転が速い人ね。まったくその通りよ。情熱の量を秤《はかり》で量るわけにはいかないけれど、実際、互いが何の誤差もなく同じ量の情熱を相手に抱いている、ということは稀《まれ》ね。あったとしても、一時のこと。情熱は本来、流動的なものよ。仕方のないことだわ。だからこそ、恋をすると人の気持ちは千々に乱れてしまう。一糸乱れずの恋なんて、あり得ないの」

わたしはうなずき、「よくわかります」と言った。「でも、マダム、ご安心ください。わたし、ここにいる間は、恋はしませんから」

「あなたならできるわね」とマダムは笑顔で言った。「恋などしないことによって、あなたは救われるはずよ。その上、性を介して本当の意味での対等の関係を男性と結ぶことができる。気持ちが乱れなくなるわ。揺るがなくなる。わかるかしら。それはとても幸せなこと」

マダムは男に身体を売ったことなどなかったに違いなかった。その代わり、何か途方もなく大きなもの、重たいものを通りすぎてきて、今のマダムがいる……わたしはその時、そんなことを思った。

ちらりと野崎のことが頭をよぎったが、その段階でマダムに野崎との関係を聞くことは到底、できそうになかった。

あのう、とわたしは野崎のことを聞く代わりに言った。「つまらないことなんですけど、伺ってもいいでしょうか」

「何かしら」

「麻木子……わたしの友達だった山村麻木子は、こちらでどんな源氏名を使っていたんでしょう」

マダムは少し呆《あき》れたように「そんなことを聞いてどうするの」と言った。

「ちょっと知りたいだけです。麻木子からわたしは、館での具体的なことをほとんど聞いていなかったので」

「ミチルよ」とマダムは淡々と言った。「亡くなってしまって残念ね。とてもいい仕事をしてくれたのに」

「いい仕事、って？」

それについてあなたにいちいち説明をする必要はない、と言いたげに、マダムはわたしを見、次いでブレスレット式の粒ダイヤがはまった小さな腕時計を覗《のぞ》くと、「もうこんな時間」と言った。「楽しいお喋《しゃべ》りだったわ。また近いうちにお誘いするから、ここにいらっしゃい」

わたしは「はい」と言い、椅子から立ち上がった。

麻木子の源氏名がミチルだった、ということを頭の中で静かに反復した。わたしの初仕事の相手だった菅原という男も、麻木子を抱いたことがあったのだろうか。麻木子を抱いた会員がわたしを抱くことも、これから多くなるに違いなかった。男たちの肌や粘膜や性器を通して、わたしはまた麻木子と再会できるような気がした。

わたしが「それでは失礼します」と言うと、マダムはにっこりと微笑んでうなずいた。

館内に漂う白檀《びゃくだん》の香りがいつもより強く感じられたのは、あの日が雨だったからかもしれない。

雨は舞を思い出させる。舞が甦《よみがえ》るたびに、わたしはいっそう『マダム・アナイス』での仕事にのめりこんだ。そして、男たちの肌に触れ、抱かれながら、二度と触れることのできなくなった舞や、世界でただ一人の友達だった麻木子を彼らのぬくもりの中に探し続けた。

10

わたしは、偶然、ということを信じない。強く意識したことはないが、もともと、そういう考え方をしてきたような気がする。

例えばこうだ。

別に嫌いではないが、性的には何の興味もない男友達と飲みに行き、店の外に出て、偶然、その店に入ろうとしていたステディな恋人と鉢合わせしてしまった。その時、酔った気安さで、男友達とたまたまふざけて肩を組み、キスのまねごとをし、いかにも親しげにからだをぶつけ合いながら、大きな笑い声をあげていたとしたら？

あるいはまた、こうだ。

金策に走らねばならない状態に追いこまれて、何の手だても考えられなくなり、しかも今日、食べるものすらなくなって、これはもう首を括《くく》るしかない、と悲嘆にくれていた矢先、偶然、大金の入った財布を拾ったとしたら？

交通量の多い目抜き通りを横断しようとして、偶然、背後から知り合いに呼び止められた。思わず踵《きびす》を返して後戻りしようとして、暴走してきた車にはねられたとしたら？……その種の、人がよく口に出しがちな「偶然」という言葉には、どこかに馬鹿馬鹿しさを感じる。まやかしを覚える。

「男友達とふざけていた時、ばったり恋人と遭遇してしまった」のも、「金に困っていた時、大金が入った財布を拾った」のも、「背後から呼びとめられて、車にはねられた」のも、偶然ではなく必然だったのだ。そうなるべくして、その人の人生がプログラムされていた、というだけのことではないのか。

さらに言ってしまえば、「運命」ということもわたしは信じない。事が起こってしまってから、人が後からこじつけで作り上げてみせるストーリーを称して、「運命」などと言ってみせるのはあまりにも幼稚だ。

「運命の出会い」「運命の別れ」「運命の瞬間」……エトセトラ・エトセトラ。

偶然、も、運命、もない。あるのは必然だけである。

そう。ものごとはすべて、必然の中にある。人は目に見えない必然の中に誕生し、生き、死んでいく。わたしたちの人生の途上、起きるできごとの数々は、微細な無数の法則が絡まり合い、機能し合った結果、引き出される当然の帰結なのだ。

自分の人生を自由に操作できるもの……あらかじめ在るものではなくて、自分の好きにできるものにしたいと考え、緻密《ちみつ》な図面を引き、計算し、一分の誤差もなくその通りに行動したとしても、そんなものは、結局何の役にも立たない。そうに決まっている。

昔、国語のテストでよく出てきた。「偶然」の反対語を書きなさい……と。そのたびにわたしは、解答欄に「必然」と書いた。書きながら、偶然、必然……その違いについて考えた。「必然」ということの本当の意味、本質について思いをめぐらせた。テストに出てきた問題について、あんなに思いをめぐらせる生徒は、世界中さがしてもわたしだけだったかもしれない。

出会いも、別れも、誕生も、死も、すべては必然である。それはひとつの考え方にすぎず、正しいも間違っているもないのだが、その考え方は、今もわたしを深く魅了する。

だからわたしは、あの男との出会いについても、必然だったと考えることにしている。あの男がわたしと会いたい、と願ったことも、わたしと会い、わたしから何かを引き出そうと試みたことも、それによって、謎を解こうとしたのも、すべて必然だった。あの男とわたしとの出会いは、必然以外の何ものでもなかった。

少なくともこれだけは言える。わたしたちの出会いは、偶然ではなかったのだ、と。

男はわたしに、「原田」と名乗った。

わたしがサロンにいると、野崎がやって来て、わたしに指名があったことを伝え、その男を連れて来た。見慣れない顔だった。一度もサロンで見かけたことはない。一見したところ、四十代前半……わたしよりもひとまわりほど年上に見えた。

からだの大きな男だった。背も高い。横幅もある。

ごわごわとした黒く硬そうな髪の毛、黒い大きな瞳《ひとみ》、厚い唇、面長だが、少しえらの張った顔……全体にがっしりと、牛のような安定感と生命力を漂わせているわりには、男にはどこかしら、落ちつきがなかった。楽しそうではなかった。自分が娼館《しょうかん》に来たこと自体が間違っていた、と烈《はげ》しく後悔しているかのようでもあった。

「原田」は、外には出て行きたくない、この館《やかた》の中の部屋を使わせてほしい、と言った。低くて野太い、男らしい声だった。わたしは「原田」を、娼館《しょうかん》の一室に案内した。

そこは、わたしが初めての客、菅原と使った、思い出深い部屋でもあった。あれから菅原に幾度も幾度も、数えきれないほど指名されたが、その部屋は使っていなかった。菅原と会うのはたいてい、彼が定宿にしている新宿の高層ホテルだった。

部屋に入ると、「原田」はわたしに、椅子に坐《すわ》りなさい、と言った。わたしは丸テーブルをはさんで、「原田」と差し向かいに坐った。

彼は、内線電話を使って館の厨房《ちゅうぼう》にシャトー・ラトゥールを注文した。ふつうに買っても十五、六万円はする極上品だった。

だが、そんな高級ワインを前にしていても、男との会話ははずまなかった。娼館に来て、わたしのような女を前にし、抱こうとしないばかりか、触れようともせず、縁先で日向《ひなた》ぼっこでもするかのように、会話を楽しんで帰って行く会員は少なくなかったが、「原田」の場合はそれすらなかった。

時折、ちらちらとわたしを盗み見ては、彼はぽつりと「今日はあったかいね」と言ったり、「桜がきれいだ」と言ったりした。

そのたびにわたしは、本当に、と言ってうなずいた。会話はすぐにとぎれた。

ジャグジーバス、使いますか、と聞いた。男は「いや、いい」と言って、またわたしの顔をちらりと見た。

『マダム・アナイス』で働き始めて、ちょうど一年。確かに暖かな春の夜だった。都内の桜は満開で、どこを歩いていても、しんと静かに爛漫《らんまん》に、花を咲かせている桜の木を見ることができた。

「お花見、行かないんですか」

男があまりに長い間、黙りこんでいたので、わたしは業を煮やし、口を開いた。

「どうして」

「どうして、って……今日あたり見頃だ、ってニュースで言ってましたから」

ふっ、と男は笑い、わたしを見た。「気詰まりなんだろうな」

「え？」

「僕のこと、この男、いったい何者なんだろう、と思ってる。そうだろう」

「別にそんなこと……」

「いいんだよ。当たり前だ。高い金払ってこういうところの会員になって、サロンとやらにやって来て、さっさと迷うことなく目についた女を指名して、いかにも物慣れているようでいて、かといって、金だけ払ってさもしく女を抱きに来ただけとも思えない。しかも部屋に入れば、くそ高い高級ワインを注文して、女を前に、ただ黙って飲んでるだけ。うす気味悪く思われて当然さ」

わたしたちの前にある丸テーブルには、白い高級レースをあしらったクロスがかけられていた。クロスの上には、銀のコースターがついたワイングラスとシャトー・ラトゥールのボトル、それに何種類かのトロピカルフルーツが盛られた籐《とう》のバスケットがあった。

「マンゴーでも剝《む》きますか」わたしは笑顔を作って聞いた。

気分を変えたかった。この客には何かある、と初めから直感してはいたし、実際に何かあるに違いなかったが、考えてみれば、そんなものはどうだっていいことなのだった。

娼館に来るための理由づけなど、来るほうも受け入れるほうも、親身になって考えたり打ち明け合ったりしたところで意味はなかった。性の交歓は、それ自体がビジネスだった。

マダムが言っていたように、いかに恋人らしくふるまったとしても、そこに金が介在している限り、問題になるのは双方が等価になっているかどうか、という点だけだった。それが充《み》たされていさえすれば、それですべての辻褄《つじつま》は合うのだった。

客のリクエストを聞き、できる限り応《こた》えて、相応の報酬を受け取る。詰まるところ、それがわたしの仕事だった。何にせよ、客が抱えこんでいる、うっとうしい心もようなど、わたしには関係のないことだった。それは、わたしが抱えこんでいる心もようが、客に何の関係もないことであるのと同じだった。

「本物の恋人同士のようにふるまってほしい」と言われたら、わたしは喜んで本物の恋人のようにふるまう。愛してる、大好きよ、ずっとずっと離れないでいて、と臆面《おくめん》もなく言ってみせる。「本物の妹、本物の姉、本物の人妻のようにふるまってほしい」と言われても、もちろん、即座にそうする。

飼っている愛玩犬《あいがん》のように、あるいは猫のように、と言われたって、そうする。動物になりきって、交わっている間、絶対に言葉を使わないでほしい、と言われても、だ。

何だってやる。仕事だからやる。四つん這《ば》いになって、メス犬みたいに痛がって、きゃんきゃんきゃん鳴いてほしい、と言われても、わたしは鼻白んだ顔も見せずに、「きゃんきゃん」鳴いてみせる。

覚悟はできていた。娼館の仕事を始めて一年。麻木子《まきこ》が言っていた通り、実に様々な性癖や趣味をもつ客が、わたしの前に現れては消えていった。

何を要求されても驚かなくなりつつあった。彼らとの間に、常識やモラルや一般通念、などといったものは初めからないのだった。ないとわかっていれば、気楽だった。余計なことを考えずにいられる。

だが、その晩、他の女など一切、目に入らない、といった様子で、ひと目見るなり、わたしを指名し、館の一室に入って、目の前でシャトー・ラトゥールを水のようにごくごくと飲み、いささかも酔った表情を見せず、あまり喋《しゃべ》らず、ひんやりとした眼差《まなざ》しでわたしをちらちらと見ている「原田」と名乗る男は、わたしがその一年の間にかろうじて慣れてきた幾種類もの客とは、明らかに異なっていた。

「ここには長いの？」

グラスの中のワインを飲みほすと、男は聞いた。黒目がちの大きな瞳がわたしを見据えた。睫毛《まつげ》が長く、そのせいか、瞳が濡《ぬ》れたような光を放った。美男ではないが、不思議な魅力を漂わせている男だった。

「まだ一年くらいです」

そうか、と男は言い、着ていた白いシャツの前ボタンをひとつ外した。「窓、開けてもかまわないかな」

「暑いですか」

「暖房がね、少し効きすぎている。外は暖かいのに」

わたしは立ち上がって、部屋の窓を開けに行った。観音開きになっている窓だった。少し開けると、外のひんやりとした空気が室内に流れこんできた。

「桜の花には香りがないね」

「そう言えばそうですね」

「だからいい。マロニエみたいに、匂いばかりを発散する木は、なんだかうんざりする」

「どうして？」

「匂いにしろ、風景にしろ、インパクトの強すぎるものは苦手なんだ。自己主張の強いやつ、と言ってもいいけど」

「昔から？」

「まあね」

わたしは窓辺に立ったまま、男を見た。「こうやってお話、続けていてもいいですか。なさりたいことがあれば、おっしゃっていただければ……」

「余計な気をまわさないでもいいよ。少し喋っていたい気分なんだ。それとも何かい？　こういうところに来て、服もパンツも脱がずに喋ってるだけの男、っていうのは、異常だと見なされて、追い出されるのかな」

そんなことありません、とわたしは笑ってみせた。「話していたい、と思われるんだったら、いくらでもそうしててください。ご自由に。今夜、わたしは原田様の恋人なんですから」

「じゃあ、タメ口で話してほしいよ」

わたしが目を瞬《まばた》かせると、彼は軽く眉《まゆ》を吊《つ》り上げ、おどけたような表情をした。

「丁寧語で喋られると、調子が出ない。いつもの感じで喋ってくれ。恋人同士なら、デスマス調で話すやつはいないだろう」

そうですね、とわたしは言い、すぐに言い換えた。「そうね。じゃあ、そうする」

娼館の女からタメ口をきかれるのがいやだ、という客もいる。だから、初めは丁寧語を使い、相手の様子をみて少しずつ変えていくのが常だったが、「原田」のように初めから、口のきき方について指図してくる客は少なかった。

「原田」は少しずつ饒舌《じょうぜつ》になり始めた。彼はたばこを吸いながら、ワインを飲みながら、いろいろな話をした。自分のことは話さなかったし、わたしのことも聞かなかった。注意深く、そのあたりの話題を避けながら、その周辺にとどまるようにして、彼は話し続けた。

「きみはどう思う?」と彼は聞いた。「例えば男友達と夕食をとって、どこかに飲みに行って、送ってもらって、その男を自分の部屋に入れて、セックスしたとする。し終わったのが午前三時。酔ってもいるし、疲れてもいる。そのまま眠ってしまいたい。男も明らかにそういう感じになっていて、泊まってもいい？　と聞かれる。その時、きみはどう答える？」

わたしは唇を舐《な》め、少し考えてから答えた。「朝までに帰って、と言うでしょうね」

「はっきり?」

「もちろん」

いいね、と彼は言った。「きみは正直だよ」

「目を覚ました時に、隣に、たいして好きでもない男が寝てる、っていうのはいや。ふとんの中にその男の精液の匂いがこもってたりして、ああいやだ、なんでこの男がここにいるんだろう、なんて思う。不潔な感じがしてしまうのね。それで、どちらからともなくごそごそ起き出して、交代でシャワー浴びるのに、シャワーの出し方、教えてやらなくちゃいけないし、使い捨てハブラシ、ある? なんて、おもねったみたいな声で聞かれるのもいやだし、かといって、すぐ帰れ、っていうわけにもいかないから、コーヒー飲む? なんて聞いて、トーストの一枚でも焼いて……その間中、お互いに寝起きのむくんだ顔をつきあわせてなくちゃいけないし。話したいことも何もないし……」

彼は楽しげに相槌《あいづち》を打った。「そういうことが、何度も?」

わたしは笑った。「大昔の話よ。今はもうない」

「全然?」

「全然ね」

「こういう仕事、しているから？」

「関係ないわ」

「恋人は？」

わたしは首を横に振った。彼はうなずき、たばこに火をつけて、深々と吸いこんだ。自分の身の上話をする気はなかった。「原田」と名乗る男が、本気でわたしの身の上話を聞きたがっているようにも見えなかった。

「女の部屋に行って、やることをやり終えたら、男はさっさと帰るべきなんだ」

ややあって、彼はふいに思い出したかのように言った。「夜が明けて、雀がチュンチュンさえずり始める前にね」

「あなたはいつも、そうしている？」

「もちろん」

「泊まっていくこと、ないの？」

「たとえ泥酔して、トイレでげえげえやっても、女に、泊まっていって、と言われても、女のところに泊まることはない」

「じゃあ、ホテルで女の人と会った時は？」

「帰るね。きみは？　ホテルでだったら、男と朝まで過ごすの？」

わたしは軽く肩をそびやかした。「できればそれも勘弁してほしいわね。キングサイズのダブルベッドで、手足伸ばして、ひとりでゆっくり寝たいから」

彼は微笑した。「当然だろうな。でかい図体《ずうたい》の男が、隣でガーガーいびきかいて、寝返りをうつたんびにベッドのスプリングが揺れて、目を覚まして……っていう中で寝ることができるんだったら、わざわざホテルで会うこともないさ。さっさと結婚して、ちっちゃな部屋に暮らして、ガキでも作ってればいい」

わたしはじっと彼の顔を見ていた。そういうことを話していても、彼には少しも勢いこんだところがなかった。内面に隠している感情は読み取れなかった。あくまでもすべてがあっさりと、淡々としていた。

「あなたが女の人と泊まらないのは、結婚してるから、ってこともあるんでしょう」

それは関係ない、と彼は言った。

「どうして？」

男は軽く肩をすくめた。それだけだった。

どうしてわたし相手にこんな話をしているの、とわたしは聞いた。「男を泊めるか泊めないか、なんていう話。面白いけど、何か意味があるの？」

別に何も、と彼は言った。「とりとめもなく、きみと何か話をしていたい。それだけだよ」

わたしはうなずいた。会話はそこで途切れた。

今日、この男がわたしを抱くことはないだろう、とふと思った。だが、だからといって、どうということはなかった。

仕事に慣れていなかった頃は、菅原の時と同様、抱いてもらえないとわかると、自尊心を傷つけられたような、いわゆる「等価」の関係になれずに宙ぶらりんの状態で置きざりにされたような、妙な気分になったものだが、この頃はもう違っていた。

性の関係がなくても、ただぼんやりと話をし、ワインを飲み、ほろ酔い気分のままのひとときを過ごしたい、と思っている会員も少なからずいる。それはそれで納得することができるようになっていた。

「ついこの間、ここの会員になった」と彼は言った。「しかし、ここは高いな」

「驚いたでしょう?」

「驚いた、なんてもんじゃない。目の玉が飛び出たよ。人を馬鹿にしている」

「馬鹿にされてるとわかっていて、入会したのね」

「まあね」

おかしな人、と言い、わたしは笑ってみせた。「変わってるのね、原田さんて」

「きみこそ、変わってる」

「どうして？　どうしてわたしが？」

彼はまじまじとわたしを見つめ、次いで目をそらし、開け放したままにしておいた窓のほうに顔を向けた。

「こういうところで働くような女には見えない」

「どういう女に見える？」

「安いギャラで、馬車馬のように働いて、男に頼らず、私生児を育てて、愚痴も言わず、気の強いしっかり者で、それでも腹の底に怒りとか憎しみとか諦《あきら》めとか、いろいろなものをためこんで生きてるみたいな……そんな女に見えるよ」

わたしの中をかすかな電流のようなものが走り抜けていった。

まさか、と思った。私生児、という言葉を彼が使ったのは、ただの偶然にすぎない、と。

わたしは冷静さを装って、テーブルの上のバスケットからマンゴーを取り出し、銀のナイフで皮を剝《む》き始めた。マンゴーの果汁がわたしの手を濡《ぬ》らした。あたりに芳香が漂った。

「わたしは私生児を育ててるように見える?」

彼はわたしをちらりと見た。窓の向こうの遠いどこかから、風に乗って、救急車が走り去るサイレンの音が聞こえてきた。

「……そうなんだろう?」

マンゴーを剝いている手が止まった。わたしは彼を見つめた。「何の話?」

「正確に言えば、育てていた……。過去形だ」

「舞のこと?」

「名前か? そこまでは知らない」

「舞は死んだのよ。どうしてあなたがそれを知ってるの。……あなた、誰?」

手にしていた銀のナイフが皿の上に落ちた。その音が妙に大きくあたりに響いた。

「原田」はわたしから目をそらし、天井を仰ぎ、椅子の上で足を組み替え、次いで再びわたしを正面から見据えた。

「麻木子とつきあっていた」と彼は言った。低く、ふりしぼるような声だった。「原田、と言ったのは嘘だよ。本当の苗字《みょうじ》は川端だ」

カワバタ、カワバタ、カワバタ……わたしの頭の中に、その名が警報音のように鳴り響いた。麻木子から聞いた話が、ジグソーパズルのような小さなピースになって、わたしの中を飛び交い始めた。

ちょっとした車の接触事故で知り合った、と言っていた。妻子のある男だ、ということも聞いていた。自営業……確か、そんなことも耳にした。

だが、知っていたのはその程度のことでしかなかった。写真も見なかった。川端何、というのか、下の名前もわからない。

ふたりは麻木子の部屋で、よく会っていた様子だった。麻木子は彼に自分の本当の職業を知られたくなくて、嘘をつき続けていた。若い頃からの役者志望で、昼間は演技の勉強のための学校に通い、夜は夜でスナックでアルバイトをしている……そんなふうに教え、ゆっくり会えるのは日曜日だけ、という習慣を作っていた。

麻木子の恋人の川端……わたしは目の前にいる男を改めて見つめた。何故、川端がここに来たのか。何故、『マダム・アナイス』の会員になったのか……。そして、何よりも、何故、わたしを指名したのか……。

質問したいことがふくれ上がり、それらが喉《のど》もとで渦を巻き過ぎたため、何も聞けなくなった。わたしは黙って白いナプキンで、手についたマンゴーの果汁を拭《ぬぐ》った。

「麻木子からきみのことはよく聞いてたよ」と川端は言った。「といっても、自分の友達のことを微に入り細を穿《うが》って話したがる性格の女じゃなかったから、アウトラインくらいしか知らないけどね」

どうして、とわたしは言った。くぐもった声になっていた。「どうしてここに？」

彼は椅子から立ち上がり、はいていた黒いパンツのポケットに手を入れて、窓辺まで歩いた。

麻木子の恋人……とわたしは思った。その男が、『マダム・アナイス』の会員になり、今こうやって、わたしと一つ部屋の中にいることが信じられなかった。

「きみに会いに来た」と川端はわたしに背を向けたまま言った。

「わたしに？」

「きみと会って、しかも麻木子が働いていた場所で会って、麻木子がどんなところでどんなふうに働いていたのか、こういう仕事をしていたのは何故だったのか、何故、僕に一言もなく死んでしまったのか、何故、死を選ばなくちゃいけなかったのか……そういったことを全部、残さず知りたいと思ってね」

「そのために、ここの会員に？」

「そうだよ」

じっとしていられなくなり、わたしも椅子から立ち上がった。わけがわからなくなった。しばらく部屋の中をうろうろと歩きまわり、ベッドの端に腰をおろした。川端はまだ、わたしに背を向けたままの姿勢で、窓の外を見ていた。その背中のあたりに、表情は読み取れなかった。

「わたしに連絡してくれれば、わたしと会うことはいくらでもできたわ。何も、こんなところで会わなくたって……」

「きみの連絡先は知ってたよ。麻木子の妹から聞いた」

「わたしがここで働いてる、ってこと、どうしてわかったの。麻木子の妹さんは知らなかったはずよ。それにだいたい、『マダム・アナイス』のこと、どうやって知ったの。麻木子はあなたにずっと……」

「嘘をつき通してたからね」そう言って、川端はわたしを振り返り、無表情のまま、かすかな、それとはわからない程度の笑みを浮かべた。「でも、僕は知っていたんだ」

「知ってた？」

「誰よりも好きな女が」と言い、彼は軽く息を吸った。「この世で誰よりも愛してる女が、自分に何か隠していることがある、と直感して、そのまま見て見ぬふりをしていられる男なんか、いないだろう」

「調べたの？」

「調べた。徹底的に」

いつ、とわたしは聞いた。詰問口調になっていた。

川端は、ふっ、と吐息をつき、「彼女が死ぬ直前」と言った。「タッチの差で間に合わなかった」

「間に合ったとしたら、何かができたの？　彼女が死ぬとは、わたしは思っていなかった。神経が繊細で……わたしなんかより、ずっとずっと傷つきやすくて、優しい人だったけど、それでいながら、いろんな苦労を重ねてきて、性根がすわってたみたいなところがあったようにも見えてた。だから……まさか死ぬなんて……」

「彼女がここで働いてたことを僕に隠していたことや、隠さなくちゃいけなかった理由や、この世から消えたいと思ってたその原因を知ることができたとしたら、その時点で僕は彼女を救ったよ。何があろうが、救うことができた。……彼女は死なずにすんだ。間に合わなかった、っていうのは、そういう意味だ」

わたしは小さくうなずいた。頭の中が混乱していた。口の中が渇き始めていた。

「聞かせて」とわたしは言った。「さっきも聞いたけど、わたしがここにいる、ってこと、どうして知ったの」

「麻木子から聞いたことがあった。奈月《なつき》という、幼い娘を亡くしたばかりの友達が新しい仕事を探していて、自分が紹介することになるかもしれない、って」

「でもそれが、『マダム・アナイス』の仕事だってことは、わからなかったわけでしょう?」

「直感だよ」と彼は言った。「麻木子がここで働いてたことがわかった時、彼女がきみに紹介したのも、ここの仕事だったんじゃないか、ってね」

わたしはベッドの端に坐《すわ》ったまま、自分の手を眺めた。自分の手でありながら、それは別人の手……見たこともない手のように見えた。

「で、会員になった。くそ高い金を払って」

「わざわざ?」

「きみとは、この館《やかた》で会いたかった。外に呼び出して会って、麻木子のことを詳しく聞くつもりはなかった」

わたしは蓮《はす》っ葉《ぱ》な笑い声をたててみせた。

「お金を払ってわたしを抱くつもり? 抱きながら、麻木子のこと、どうだった、あだった、って質問するつもり?」

川端はそれには応《こた》えず、ぴくりとも表情を変えなかった。

ごめんなさい、とわたしは言った。「ほんの冗談よ。気にしないで。お金を払ってもらえれば、何でもするけど、でも多分、あなたはそんなつもりでわたしを指名したんじゃないと思う。わたしも、麻木子が愛してた男の人にお金で買われるのはいやよ。そんなことをするくらいなら、父親と寝たほうがまだましだわ」

彼は目を丸くした。「すごいことを言うんだね。父親と？　寝る？」

「いないのよ、わたし、父親が」とわたしは言った。「だから、みんなが考えるみたいな父親っていうのが、よくわからない。だからこんなこと、言えるんだと思う。……言い過ぎ？」

いや、別に、と川端は言った。後に続く言葉を待ったのだが、彼は何も言わなかった。

彼はテーブルのところまで戻って来て、わたしが剝《む》きかけていたマンゴーをつかみ、そのままかぶりついた。

黄色い果汁が、彼の唇と指の間から滴《したた》り落ちた。

「これからしょっちゅう、来るよ」と彼は言った。「で、きみを指名する。いいだろう？」

「そのたびにこの部屋に来るの？」

「ここがいい。外はいやだ。麻木子がいた、と思うと、この館から離れがたい」

わかった、とわたしは言った。

今日はこれで、と川端は言った。

「もう?」

彼は薄い笑みを浮かべてうなずき、「充分だ」と言った。「また来るよ」

開け放したままの窓の外から、春の香りをはらんだ風が入ってきた。大都会の遠い喧騒《けんそう》が聞こえたように思った。

11

川端は二週に一度の割合で、定期的に館《やかた》を訪れるようになった。

来るたびにサロンに顔を出すには出すが、飲み物や料理をオーダーすることは、一切、なかった。ソファーで寛《くつろ》ごうともしなかった。彼は真っ先にわたしを指名し、そのためにだけここに来たのだ、と言わんばかりに、わたしが応じるのを立ったままの姿勢で待ち続けていた。

野崎は万事、心得ていて、川端がやって来るとすぐにわたしに目くばせした。たとえ他の会員と話をしていても、飲食中でも、わたしは急いで中座し、川端のもとに走った。そうせざるを得ないような、静かな無言の迫力が川端には感じられた。

不思議なことに、川端と他の会員の指名が重なることはなかった。まるで示し合わせでもしていたかのように、川端が来る日、他の会員は誰ひとりとして、わたしを指名してはこなかった。

川端が来るのは、土曜の夜と決まっていた。そのため、娼館《しょうかん》の同僚の女の子たちは、川端が姿を見せるなり、「ほら、ミスター・サタデーのご入館よ」と囁《ささや》いてわたしをからかってきた。

川端はたいてい、ジーンズやコットンパンツにジャケット、といったシンプルな、年齢のわからない、二十代の若者のようなくだけた装いをしていた。『マダム・アナイス』に足しげくやって来る会員の中に、四十代の有名舞台俳優がいる。金はかけていないが、いつもセンスのいい着こなし方をして目立っていたものだが、川端の容姿と陰影のある雰囲気は、その俳優よりも人目をひいた。

大柄で、顔の造作も派手なのに、どこかしら内面の繊細さが感じられる。大胆不敵といった自信の裏に、翳《かげ》りを帯びた表情が隠されている。

彼はすぐに女の子たちの注目の的になった。そのうち、自分のことも指名してもらいたい、と蔭《かげ》で言いだす女の子まで現れる始末だった。

娼館で働く女の子たちにも好みというものがある。資産家や経済界での成功者が漂わせがちな、いかにもわかりやすい単細胞的な自信や自意識が、川端には少しも感じられなかった。彼には透明感があった。女に手慣れているようでいて、色事《いろごと》にはことごとく無関心であるようにも見えた。

彼の目は、娼館に来ていても、明らかに別のものを見ていた。別の世界、別の風景、別の宇宙が彼の瞳《ひとみ》には映っていた。

ニヒル、とまではいかないまでも、彼は確かに魅力的だった。とはいえ、彼の魅力が他の女の子たちのようにわかるまでに、わたしには少し時間がかかったような気がする。初めのうち、わたしにとって川端は、あくまでも死んだ麻木子《まきこ》の恋人であり、死んだ恋人のことを知りたくて館に通って来ている、風変わりな男にすぎなかったのだ。

指名されてみたい、と無邪気に口にする女の子がいたにもかかわらず、川端はわたし以外の女の子に興味を示さなかった。

娼館に通ってくる目的が異なっていたのだから無理もないが、そうだとしても、彼のサロンにおける態度はあまりにも極端だった。

まっすぐサロンに入って来て、他に目もくれず、わたしを探し出そうとする。わたしの姿を見つけ、わたしをサロンから連れ出すまでの所要時間は、わずか三分ほど。わたいていの会員のように、サロンで飲み物を味わったり、他の女の子たちも交えて会話を楽しんだりすることは一切しない。

バーでスコッチやカクテルを飲むこともなく、居合わせた女の子にお愛想を言うでもなく、まして野崎やバーテンダーや館のスタッフたちと気軽に口をきこうとすることもなかった。彼はわたししか見ておらず、わたしと会うことだけを目的にしていた。

そのくせ、彼はちっとも性的な印象を与えなかった。『マダム・アナイス』で男たちに与えられることが約束されている快楽の、その片鱗《へんりん》すら見せなかった。そのことがかえって、女の子たちの関心をひいた。

「ミスター・サタデーはあなたに夢中なのね」と同僚から言われたことがある。「ここだけの話、マジで愛の告白、されたことがあるんじゃない？」

川端が死んだ麻木子の恋人で、麻木子の死の背景にどんなものがあるのか、知りたくて通って来ている、ということを伏せておくために、わたしは明るい嘘をついた。

「あの人、変わってるの。小学校時代に憧《あこが》れてた、保健室の女の先生にわたしがそっくりなんですって。彼は、その先生と話がしたくて、わざと体育の授業の時に転んで膝《ひざ》をすりむいたり、貧血をおこしたふりをしたりして、保健室に通いつめてたんだって。それだけよ。そのうち、わたしに保健室の先生の恰好《かっこう》をしてくれ、って言いだすかもしれないけどね」

あはは、とその同僚は笑い声をあげた。「白衣を着せられて？　保健室ごっこ、ってやつね。そういえば、わたしも高校の時、日本史の先生に恋をしてたわ。もう、夢中だったのよ。日本史のテストだけ、百点をとってたもの。数学は四十点だったたってのにね」

「素敵な先生だったの?」

「もちろん。ちょっと小柄だったけど、ものすごくハンサム。俳優みたい。ぱっちりした目が濡《ぬ》れてるみたいに見えて、その目でじっと見つめられただけで、もうダメ」

「ダメ、って?」

「恋愛感情が爆発して、めろめろになっちゃうの。この人のためなら、人殺しでも何でもできる、なんて思っちゃって」

館《やかた》の女の子たちは皆、マダムが恋愛を快く思っていないことを知っている。館での仕事についている限り、恋愛は御法度《ごはっと》である、という教育も受けている。だから、めったなことでは胸のうちを明かさない。

それでも、男たちとの私的な交際……金銭を介在させない、文字通りのロマンティックな恋愛は、常に彼女たちの究極の見果てぬ夢であり、希望でもあったに違いないのだ。

彼女たちは、男たちに何を要求されようとも、涼しい顔をして相手をする。そして、信じられない額の金を短期間のうちに稼ぎ出す。

これは長く続けられる仕事ではない、と誰もがわかっている。容貌《ようぼう》や肉体や年齢の問題ではない。気持ちの問題である。

対象が何であれ、本当の意味で元気に、威勢よく、ものごとに立ち向かっていける時期は誰にとってもきわめて短い。その人生の短いひとときを彼女たちは性を売って過ごす。そういう人生を選んだのである。

そんな中にあって、彼女たちは内心密《ひそ》かに、白馬に乗った王子様が現れるのを真剣に夢見ているのだ。

王子は、愛しているよ、きみを探していたんだよ、とうっとりするような愛の言葉を囁きかける。そして、力強く抱き上げてくれる。王子の馬は、天翔《あまか》ける白馬だ。白馬は王子と彼女たちを背に乗せて、天空に向かい、なめらかに飛翔《ひしょう》する……。

……それがいかに馬鹿げた、凡庸な、少女趣味にすぎる夢だったとしてもかまわない、そうした無邪気な夢を、一度も思い描かなかった女の子が、『マダム・アナイス』にいただろうか。

わたしだけが例外だった。

わたしは恋など、求めていなかった。白馬に乗った王子などと、出会いたいとも思わなかったし、そんなものに興味もなかった。愛の告白など、笑止千万だと思っていた。

もしも川端がわたしに向かい、「きみを愛してしまった」などと言ったとしたら、わたしは多分、その場で、噴き出していただろう。頭が変なんじゃないの、と小馬鹿にしていたことだろう。

麻木子が何故、死を選んだのか、知りたいと思ってここに来たんじゃなかったの？　そのために娼婦を買って、つまらない会話を交わして、あげくにその娼婦相手に愛の告白をするなんて、あなた、相当の低能としか思えないわよ……そんなふうに言っていたことだろう。

だが、川端はわたしに、たとえ冗談めかしてでも、愛の言葉など、一切口にしなかった。それどころか、彼はわたしを抱きもせず、わたしにキスもしようとはしなかった。友人として好きだ、気にいっている、という感情すら見せなかった。

川端はわたしを相手に、ただ、ただ、ひたすら話し続けていただけだ。彼が話すのは徹底して麻木子に関することだけだった。麻木子以外の話は、ほとんどしなかった。

わたしは彼の言葉を通して、あれだけ知ったつもりになっていた麻木子の別の一面を知った。そして、そんなわたしを通して、川端は、彼が知らなかった麻木子の一面を知ったはずだった。

わたしと川端の間には、常に麻木子がいた。麻木子を介してわたしたちは、谷間に連鎖し続ける遠い谺《こだま》のように、とめどなく〝愛〟ということについて、語り合っていただけなのである。

川端の名前は、丈志《たけし》という。

川端丈志。その名をわたしが知ったのも後になってからだし、自分のことはあまり話そうとしなかった彼が、私生活について詳しく打ち明けてくれたのも、ずっと後……五月も半ばを過ぎてからだった。

「工場を全国にいくつかもってる」と彼は言った。「おやじの代からの工場を全部、俺が受け継いだんだ。といっても、おやじは別に、そこらによくいるたたき上げの男じゃなかったし、かといって経営に向いていたとも思えない。おやじは福島の田舎の山持ちの家に長男坊として生まれて、乳母日傘《おんばひがさ》で育てられた。乳母日傘って、わかるか？」

わからない、とわたしは正直に言った。

「乳母がいて、日傘をさしかけられるようにして、過保護に大事に育てられることだよ。実際に乳母がいたわけじゃないけどね。じゃあ、山持ち、ってのはわかる?」

「山を持ってる、ってことよね」

「うん。土地とか畑なんかじゃなくて、まるごとの山。しかも一つだけじゃなくて、二つも三つもさ。田舎じゃ、資産家の筆頭にあげられる。でもおやじは、身体も弱けりゃ、気も弱くて、石橋をたたいて渡るような性分だった。山を売って資金を作って、町に出て工場を始めてからも手堅い経営をやってたよ。まあ、かえってそれが幸いしたんだろうね。不況を難なく勝ちぬいて、なかなかどうして、経営手腕は見事なものだった。そのおやじが、五年前、ぽっくり逝《い》ったんだ。朝、なかなか起きてこない、っていうんで、おふくろが見に行ったら、ふとんの中で冷たくなってた。死に方も見事だった。前の晩まで元気で、寝酒にいつものように焼酎《しょうちゅう》のお湯割りを一杯だけ飲んで、眠ってる間に、どういうわけか、寿命が尽きたらしい。気が弱くて、いつも人の顔色うかがって、にこにこしてるわりには、人を信用しないようなところもあったんだけどさ、ああいう男っているんだね。最後まで安泰で、歪《ゆが》みがなくて、余計な苦しみを味わうこともなく、あっさりとこの世におさらばした。見事だった」

わたしはその話を聞き終えてうなずいた。

「わたしの周りには、そういう人、いなかったな。みんな歪んでた。ぎすぎすして、とんがって、余計なことばっかりを抱え込んで苦しんで……。ものごとがうまくいったためしのない人ばっかりだった。わたし自身がそうだったから、仕方がないんだけど」

「だからって、別にどうってことはないよ。微熱みたいな安らいだ人生が得られないから、って、そいつの人間的価値とはまったく関係のないことだから」

「微熱みたいな安らいだ人生、って何？」

川端は微笑み、軽く肩をすくめてみせた。

「昔、二十代の半ば頃だったな、ちょっとパリで暮らしてたことがある。今は違うのかもしれないけど、パリの建物の照明は総じて薄暗くてさ、とにかく間接照明ばかりなんだ。日本みたいに、クソ明るい蛍光灯が部屋の隅々に落っこちてる埃《ほこり》まで、煌々《こうこう》と照らし出す、なんていう暮らしぶりを嫌うやつが多いからかもしれない。やつらはうすぼんやりしてる、セクシーな明かりを好むんだ。俺は古いアパルトマンの、狭苦しい部屋を借りてたんだけど、その部屋の照明も薄暗かった。そんな中に閉じこもってると、決まって微熱が出てきたみたいな気分になるんだよ。目に映るものがみんな、どんよりしててさ、頭の芯《しん》がぼーっとしてきてさ、身体までだるくなってきて。窓の外には陽の光が燦々《さんさん》と射してる、っていうのに、部屋の中には微熱がこもってるみたいなね。でも、それがよかった。安らいだ感じがしてた。子供の頃、風邪をひいて微熱を出すと、なんだかぼーっとして、気分がいいんだか悪いんだか、世界がぼんやりして感じられることがあっただろ？　あの感覚に似てた。時々、思い出すよ。俺はさ、自分の子供が熱を出した時も、その話、よくしてやったんだ。熱が出てる、ってのは、考えようによっちゃ、気分のいいことなんだぜ、って」

「川端さん、子供は何人いるの？」

「一人。娘だよ。今年でもう、十六になるのかな。おっぱいは大きいし、尻《しり》もデカイ。そのくせ、腰のあたりがくびれていて、父親の欲目かもしれないが、見事な成長ぶりなんだ。目のやり場に困るけどね」

十六、とわたしは小声で繰り返した。

十六、十六、十六……舞が十六になったら、どんな娘になっていただろう、と考えた。

きっと間違いなく、美しくてチャーミングな子に成長していただろう。舞の父親を思い出すことはめったになかったが、大きくなった舞がどんな顔になっていたか、想像する時だけ、彼のことを思い返した。

舞の父親は彫りの深い、美しい顔立ちをしていた。背も高かった。父親に似れば、十六になった舞はわたしの自慢の娘になっていたはずだ。そして、その頃にはもう、舞の父親に感じていたつまらない対抗心や恨みつらみ、怒りに似た感情はきれいさっぱり消えていて、きっと舞もまじえて三人で、食事を楽しんだりすることもあったのかもしれない。

「女房は俺と出会って、俺に口説かれて、すぐに孕《はら》んだ。おかげで、恋愛期間は短かった」

川端の声で我に返った。わたしはうなずき、訊《たず》ねた。「奥さんは美人?」

「まあな。女はみんな、見ようによっちゃ美人だけど」

「そう?」

「美人だからって、いちいち特別な興味を持たないだけの話さ」

わたしは束の間《つかのま》、黙りこくり、テーブルの上に載せた自分の両手をしげしげと眺めた。ネイルサロンに行かなくちゃ、と思った。爪が中途半端に伸びていて、自分で塗った白いマニキュアは、女子中学生が化粧品売場の店頭でいたずらに塗ってみただけのもののように、まるで洗練されていなかった。

「奥さんに隠れて、麻木子とつきあって……よくある話だけど、麻木子のこと、そんなに好きだったのなら、川端さんも辛《つら》かっただろうな」とわたしは右手の親指の先で、左手の親指の爪をこすりながら言った。「しかも麻木子は死んじゃったんだもの。自殺とわかって、奥さんの手前、感情をとりつくろうのが、どんなにか大変だったろうと思う。想像するだけで、わたしまで気が変になる。そのうえ、高いお金払って、この会員になったりして……そういうこと、奥さんにバレなかったの？」

「彼女とは別れたよ」

わたしは眉《まゆ》を上げ、彼を見た。彼は無表情にわたしを見つめ返した。

「ただし、まだ離婚はしていない。娘が未成年なので、いろいろ問題も残ってるしね。でも、早晩、離婚は成立するだろうと思うよ」

「どうしてそこまで……」

「夫婦なんて、脆《もろ》いもんさ」と彼は言った。「親子の絆《きずな》に比べれば、夫婦の絆なんて、ちょっと強い風が吹いただけで崩れちまう」

「麻木子とのことがバレたの？　それともここの会員になったことが原因？」

「どっちでもない」

「じゃあ、何？」

川端は、ふっ、と力なく笑った。「麻木子のことも、ここのことも、何もバレてはいない。具体的なことはなんにも、彼女は知らないよ。でも、俺のことは知られてしまった」

「あなたの……何を？」

「俺が何か、絶対的な他のものに心奪われている、ってことをだよ。そういうことをいったん知られてしまったら、どんなに他のことを隠し通していたとしても……人と人との関係性は変わってしまう。そういうもんだ」

そう、とわたしは言った。「そうよね。わかるような気がする。あんな形で突然、麻木子の死を知ったら、わたしがあなたの立場でも、嘘をつかなくちゃいけない人間の前ですら、演技なんか、なんにもできなくなってたと思うわ」

「演技の問題じゃないんだ。俺の心の問題なんだよ。それが不思議なことに、口にしないのに、相手にも通じてしまう」

わたしたちはうなずき合い、ふと言葉をとぎらせた。わたしは黙ったまま、ワインを飲んだ。彼もそうした。

彼がグラスを手にし、白ワインを口にふくむ様子をわたしはずっと、目の端で観察していた。この男は、とわたしは思った。麻木子のことを本当に愛していたのだろう、と。

「川端さんのこと、初めていろいろ知ったような気がする」

「知った、って何を」

「離婚しようとしてる奥さんが美人だってこととか、十六になるお嬢さんのおっぱいが大きいこととか」

ははは、と彼は笑った。不精髭《ぶしょうひげ》が伸びた口のまわりに、豪快な男らしさが拡がった。

「もっともっと、いろんなこと、教えてやってもいいよ。俺の睾丸《こうがん》のつけ根のところには、ちっちゃなイボがある、とかさ」

「ほんと？」

「見るか」

わたしは曖昧《あいまい》に笑ってごまかした。性的な話題になっても、川端は性の匂いをみじんも感じさせなかった。彼はただ、密《ひそ》かに、人知れず、一つのことに苦悩し続けているだけのように見えた。

『マダム・アナイス』の館《やかた》の、いつもの一室だった。川端はジャグジーバスを使うこともなく、むろん、着ているジャケット以外のものを脱ぐこともなかった。立ち上がってトイレを使う時以外、椅子からも離れようとはしなかった。

深々と肘《ひじ》掛け椅子に腰をおろし、彼はわたし相手に話をし、時折、ふいに黙りこくって、遠い目をして窓の外を眺めた。わたしは彼の次の話を待った。彼が一番聞きたがっていることがわかっていたので、いつその質問をされるのか、と半ば、緊張しながら待ち続けた。

そしてついに、その質問が発せられたのだった。

「教えてくれないか」と川端は言った。

彼は空になった自分のワイングラスにシャルドネの白を注ぎ入れ、まだたっぷり残っていたわたしのグラスにも、同じものを少し注いだ。そしてわたしのほうをちらりと見た。その目は静かな夜の湖面のように、群青色《ぐんじょういろ》に沈んで見えた。

「……麻木子はどうして死んだんだ」

ついにきた、と思った。

わたしは口を開き、何か言いかけて、どう言えばいいのか、迷い、情けないほど深いため息をついて彼を見た。「……馬鹿げたことよ。すごく馬鹿げてて、あんまりくだらなくて……言ってみれば、吐きそうになっちゃうくらいのことよ」

「何を聞かされても、驚いたり、腹を立てたり、絶望したりしないでいられる自信はある。だから教えてほしい」

わたしは川端を見つめた。彼は先を促すように、わたしに向かって軽く顎《あご》をしゃくってみせた。

「言ってくれ」

「ほんとに何も知らないのね」

「知らない」

「麻木子の妹さんからも、何も聞いていないのね」

「聞いてない」

わたしはゆっくりと瞬《まばた》きをし、彼を見た。唇を舐《な》めた。唾液《だえき》を飲みこんだ。そして話し始めた。

「おととしの秋よ。麻木子は客から、肛門《こうもん》にボールペンを突っ込んでくれ、って頼まれたの」

川端は黙っていた。表情につゆほどの変化もなかった。

「別に珍しいことじゃないの。よくあることよ。わたしはまだ、ここでの仕事歴が浅いから、そういう経験はないんだけど。日常茶飯に起こることでもあるみたい。『マダム・アナイス』には、SM趣味の会員はお断り、っていう条項もないんだし」

「余計な説明はいらない。で、どうした」

「客から頼まれたら、どんなことであっても、わたしたちはいやとは言えないわ。おしっこを飲め、って言われてもね。だから麻木子は言われた通り、突っ込んでやった。

老舗《しにせ》の呉服屋の若旦那《わかだんな》だったの。まだ三十代の半ば。つまりはそういう趣味の男だったのよ。そいつは肛門の奥にボールペンを突っ込まれたまんま、帰って行ったわ。後で自分で取り出すつもりだったのね、きっと。ところが、時間がたちすぎたせいなのか、あんまり気持ちがよくて、そのままにしておきたくなったせいなのか、取ろうと思っても取り出せなくなっちゃったのよ。最低の馬鹿よね。そのうち猛烈にお腹が痛くなってきたらしいんだけど、家族の手前、恥ずかしくて何も言い出せない。言えるわけ、ないわよ。子供に向かって、今、パパのお尻《しり》の穴の奥にはボールペンが入ってて、それがお腹をちくちく突っついてきて、痛いんだ、なんて、言える？　女房に向かって、俺、尻の穴からボールペン、突っ込まれて気持ちよかったんだけど、どうやら奥に入りこんでしまったみたいなんだ、なんて、言える？　結局、激痛に耐えかねて、病院に運ばれて開腹手術を受けた時はね、もう手遅れだったわけ」

「死んだのか」

「ボールペンの先が、思いっきり腸壁を突き破ったのよ」

はっ、と川端は乾いた声をもらした。笑い声のようにも、ため息のようにも聞こえた。

彼は皮肉な目でわたしを見つめ、「それで？」と聞いた。「そのことと、麻木子の自殺と、どういう関係がある」

「麻木子はすごく悩んだの。彼女はその馬鹿な男を殺したのは自分だ、って、思いこんでた。ものが食べられなくなって、どんどん痩《や》せていって、立派なノイローゼ状態だった」

「彼女の自殺の原因は、ケツの穴にボールペンを突っ込んでやった、そいつのせいだった、って言うのか。え？　きみはそう言ってるのか」

そうよ、とわたしは彼を睨《にら》みつけ、きっぱりと言った。「引き金になったのはそれなのよ」

「そんな馬鹿なやつのせいで、彼女は死んだのか。漫画みたいな話じゃないか」

「漫画よ。ほんとに漫画の世界よ。違う、って言ってほしい気持ちはわかるけど、これはほんとなのよ」

「そんなことで彼女が死を……？　え？　そんなことで？」

「事実、そうなんだから仕方がないでしょう」

「麻木子のせいなんかじゃないだろうが。そいつが、てめえのケツの穴をかっぽじって、ボールペンを取り出そうとしなかったせいだろうが。あんまり気持ちよくてヨガって、取り出すのがいやになったせいだろうが」

「当たり前よ。誰が聞いてもそう言うわ。わたしもそう言った。何度も何度も、耳にタコができるほど、彼女にそう言ってやった。麻木子のせいなんかじゃないんだ、って。……でもだめだった」

ふいにわたしの中に、怒りがもうもうとした黄色い煙のようになってわき上がってきた。

くだらないボールペン男のことを思い出したせいではない。まだ生きていたら、間違いなくわたしは、そいつをぶっ殺していただろう。だが、ボールペン男は死んだ。麻木子も死んだ。目の前の川端の、何か漠然としたものに向けた烈《はげ》しい怒りが、わたしにも乗り移ったような気がした。

「くそったれ！」と川端は吐き捨てるように言った。そして唐突に肩を揺すって笑い始めた。今にも泣き出しそうな笑い方だった。

「そんな馬鹿なことで、麻木子は首を括《くく》ったのか。え？　ほんとにそうなのか」

「笑ってるの？　泣いてるの？　どっちなのよ。はっきりしてよ」

そんな馬鹿なことで、と彼は繰り返した。声が震えていた。

椅子から立ち上がり、彼は室内を歩き始めた。大きな身体が左右に揺れた。床を踏みしめる足音には怒りがこめられていた。

「麻木子はそのことを誰にも相談できなかったのよ。わたしだけだったのよ。胸の内を明かせたのは、わたしだけだった。だってそうでしょう？　あなたには相談できなかったのよ。できるはずもない。あなたは真っ先に、彼女の相談相手のリストから外されたのよ」

彼はつと立ち止まると、長い間、じっとしていた。

畜生、と小声で言うのが聞こえた。腹立ちまぎれに言うのではなく、泣きながら言っているように聞こえた。

彼は鈍重な牛のような動きでわたしのほうを見た。そしてのろのろと歩いて戻って来るなり、再びどかりと椅子に坐った。

グラスの中の白ワインをひと息に飲みほし、ふっ、とため息をついた。軽く唇を噛《か》み、少し天井を仰ぎ、そしてまた、ため息をもらした。

「彼女がどうして、俺にここで働いてることを黙ってたのか、って、何度も考えたよ」

長い沈黙の後で、彼はそう言った。口調も声の調子も、かろうじて元に戻っていた。

「娼館《しょうかん》に勤めていることを正直に告白したら、俺が去って行くと思っていたのか。それとも、何か他の理由があって、黙っていたのか、ってね。何度も何度も考えた。言ってほしかったよ。なんでそんなことを隠してたのか、俺にはわからない。嘘をつきながら俺と会って、俺に抱かれて、俺に隠しごとをして、いったい何が面白かったんだろう」

わたしは黙ったまま、彼の次の言葉を待った。

彼はゆっくりと首を動かしてわたしを見た。双眸《そうぼう》が、少年のそれのように透明に潤み出したのがわかった。

「彼女がこういうところで働いて、それを俺に隠し続けて、夜毎《よごと》、男たちと寝て、ケツの穴にボールペンだの鉛筆だの割り箸《ばし》だの突っ込んだりしながら金を稼いでいたことがわかっても……俺は彼女が好きだったと思うよ。何ひとつ、変わらない気持ちでいたと思うよ」

うん、とわたしはうなずいた。鼻の奥が少し熱くなった。「そうだと思う。あなたはきっと、そうだったと思う」

「どうしてわかる」

「そういう人じゃなかったら、麻木子が死んだ後、わざわざここの会員になって、こんなふうにわたしと話をしようだなんて、思わないはずよ。死んでしまった恋人が、こんなところで働いてたってことがわかったら、もうその時点で、あ、そうだったのか、そういうことだったのか、って、たいていの男はキツネにつままれたみたいになって、裏切られたみたいに思って、彼女との恋物語なんか、すぐに忘れてしまおうとするのがふつうよ。でも、あなたはそうはしなかった。それどころか、麻木子が生前、どんなところでどんなふうに働いて、生きていたのか、知ろうとしたし、今も、もっと知りたがってる」

「当たり前だ。愛した女に死なれて、彼女の生前が謎に包まれていて、それでも彼女がどんな人生を送っていたのか、知らずにすませようとするなんてことは、俺にはできない」

「彼女がしていたことを全部知ったら、やきもちをやいて、腹を立てて、死んでるってわかってるのに、死人に向かって罵声《ばせい》をあびせることになるかもしれない、って、思わなかったの？」

思わない、と彼は言った。決然とした言い方だった。「もしそういうことになるんだとしたら、それは俺に言わせれば、愛なんかじゃない」

「愛を信じてるのね」

「信じるも信じないもないさ」と川端は薄く笑いながら言った。「俺は俺なりのやり方で、麻木子を愛してた。意味はない。そこに何の価値もなかったかもしれない。愛なんか、何の役にも立たない犬のクソみたいなもんだ、と思ってる連中にとっては、笑い話だろう。でも俺は彼女を愛していた。それだけだ」

わたしが黙っていると、彼はわたしを見てかすかに微笑した。

「きみと話していると気持ちが落ちつく」と彼は言った。「たとえ、ボールペン男の話を聞かされてもね」

「死んでくれてよかったわ」とわたしは言った。「その馬鹿な男のことよ。生きてたら、ただじゃおかない」

わたしはグラスの中の白ワインをひと口飲んだ。飲んでから唇を舐《な》め、髪の毛をかき上げて、グラスをテーブルに戻した。

ねえ、とわたしは言った。喉《のど》が詰まったような感じになっていた。「本当はすごく幸せだったのにね」

「何の話だ」

「麻木子よ。あなたにこんなに愛されて」

彼はふと表情をやわらげ、ふっ、と喉の奥で静かに笑った。だが、それだけだった。

12

麻木子《まきこ》のことを考えるたびに、川端を想った。川端のことを考えるたびに、麻木子を思い出した。

麻木子と川端は、絡み合い、もつれ合いながら、いつだってわたしの頭の中をぐるぐると回っていた。それは不思議な光景だった。

死者と生者、絶望と絶対の愛、虚無と豊饒《ほうじょう》、後退と前進、不条理と条理……わたしの頭の中を回っている二人には、いつだって相反するものの匂いがまとわりついていた。そのくせ、そこにはわたしがこれまで、決して手に入れることができなかった何かがはっきり見えてくるのだった。

麻木子と川端の関係は、わたし自身が辿《たど》ってきた道を思い出させた。だが、それと同時に、わたしが心の底で密《ひそ》かに悲鳴をあげながら求め続けてきたものを明らかにしてもくれたのである。

川端と会っている時だけ、わたしは孤独感から解放されるようになった。孤独感など、格別意識しなくとも、わたし自身の肉体に貼りついたシールみたいに、生まれた時から自分と共にあったような気もするが、それでも川端を前にしていると、何か全く新しい感覚……友情とか信頼とか幅広い意味での愛とか、そういったものを感じるのだった。

共にワインを飲みつつ、麻木子の記憶を辿り、愛についての話をするのは楽しかった。夜が更けていく中、彼の質問に答え、自分自身のことを語るのも楽しかった。シニカルな言い方でものごとを表現したがる彼の、心の奥底を流れている透明な水を感じていられるのも嬉《うれ》しかった。

彼の男としての愛はひとえに麻木子にだけ向けられているのはわかっていたが、わたしはそこに、つまらない嫉妬《しっと》や羨望《せんぼう》は感じなかった。どうしてそんなものを感じる必要があっただろう。

わたしはいつだって、目を見張るような思いで川端の言葉を聞いていたのだ。川端がどんなに麻木子を愛していたか、聞けば聞くほど嬉しくなったのだ。

まるで自分が川端からの愛の言葉を受けているかのように、わたしは彼が麻木子に向けた愛を様々な角度から語り続けるのをうっとりしながら聞いていた。

自分はこんなに男から愛されたことはない、と痛感するのだが、そう思えば思うほど、淋《さび》しさよりも羨《うらや》ましさよりも、途方もない喜びがわたしの中に生まれてくるのだった。

世の中にはもしかすると、信じられることがあるのかもしれない、とわたしは思った。そして、わたしがそう思うようになっていったのと、わたし自身が川端に、奇妙な形で惹《ひ》かれていくようになったのは、ほぼ同時だった。

六月になり、梅雨に入った。

いつものように土曜の夜、館《やかた》を訪れた川端とわたしは、いつもの部屋で、いつも通りにワインを飲みながら対座していた。

クーラーが強すぎる、と川端が言うので、わたしは窓を開けた。クーラーをつけたまま、窓を開けておくと、冷気がちょうどいい具合に暖まる。そんな中、窓の外の、雨の音を聞いているのは心地よかった。

その日、川端はあまり喋《しゃべ》らなかった。少し疲れているようにも見えた。黙りがちにワインを飲み、いつも坐る肘掛《ひじか》け椅子の中、時折、凝りをほぐすように首をぐるりと回して、けだるそうに目を閉じたりしていた。

突然、わたしは、彼が今日限りで、この館に来るのをやめてしまうのではないか、という疑念に苛《さいな》まれた。何の根拠もなかった。だが、その晩の川端は明らかにいつもの川端ではなかった。ものごとに倦《う》み、疲れ、いろいろなことを諦《あきら》めようとしている人間のもつ、ぼんやりした無関心さのようなものが感じられた。

どんな一週間だった、と聞かれた。あまり興味はないが、話すことがないので仕方なく聞いている、といった感じだった。

わたしは「いつもと同じ」と答えた。川端の様子が気になっていて、半ば、うわの空だった。

「いつも、って？」

「なんにも変わらないわ。いろんな人に指名されて、セックスした。それだけ」

「どこで」

「セックスのこと？　この館ではしなかった。全部、外。高級ホテルのスイートルームとか、会員が秘密のセカンドルームとして使ってるマンションとか……」

「週に二日、休めるんだろう？　となると、五日間、仕事をした計算になる。五日で何回、セックスをした？」

「そんなこと聞いてどうするの」

「別に」

「今日の川端さん、少し変だわ」

川端は、ふふっ、と短く笑い、深いため息をついた。「金で買われているセックスのことを話すのはいやか」

「全然いやじゃないわよ。聞きたければ全部、正直に話してあげる」

彼はわたしを見つめた。雨の音が強くなった。窓の外は館の庭木立で囲まれている。雨に濡《ぬ》れた土と草の香りが、かすかに漂ってきて、その香りはわたしを切ない気持ちにさせた。

「今日は少し疲れている」と川端は言った。急にひとまわり、小さくなったように見えた。「不機嫌そうに見えるかもしれないが、許してほしい」

いいのよ、全然、とわたしは言った。そして軽く息を吸い、背筋を伸ばして微笑んでみせた。「今週はセックスを五回したわ」

そうか、と川端はうなずいた。その目に少し、輝きが戻った。

「平均して日に一回の計算ね。短いのもあったし、長いのもあった。特別なプレイを望む会員とか、年寄りの会員は長くなるの。プレイには興味がなくて、ただ単にわたしを抱いて射精したい、と思ってる三、四十代の会員は、短くてすむから楽。但し、短い代わりに、その前後のつきあいは必要になってくるけど」

「つきあい、って？」

「デートごっこよ」とわたしは言った。「ふつうの恋人同士みたいに食事に行って、洒落《しゃれ》たショットバーみたいなところにお酒、飲みに行って、それから、わざわざ路地裏の小汚いラブホテルみたいなところに入ったり、かと思えば、秘密めいたマンションの部屋に誘われて、セックスして、朝まで一緒にいてくれ、とか」

「そういうやつ、今週もいたのか」

「いた。麹町《こうじまち》のね、超高級マンションをセカンドルームに使ってる男。銀座でフランス料理食べて、うす暗いバーに飲みに行って、その後、マンションに連れて行かれた。年齢は三十代の終わりくらいね。何をしている人なのか、自分からは話さなかった。でも最初から最後まで、信じられないくらい普通だったわ。やることなすこと、普通の恋人同士みたいだった」

「教えてくれ。どんなふうに普通だった」

「マンションに着いて、何か飲む、って聞かれて、ビール、ってわたしが言うと、冷やしたビールをグラスと一緒に持って来てくれて、ソファーの隣に坐って、わたしの肩を抱いて、キスして、胸をもんで、スカートの下から手を入れて、わたしをソファーの上に寝かせて……って、そういう感じ。それから寝室に行って、セックスして、セックスもすごく普通で……」

「普通のセックスっていうのは、どういうセックスのことを言うんだ」

わたしは微笑した。「それなりの当たり前の前戯があって、挿入して、女が感じてくれているかどうか、観察しながら、自分も感じて、挿入してる時間も長すぎず、短すぎず。体位は正常位か、女性上位、せいぜいが、バックね。それで、射精し終わったら、ちょっと感謝のキスなんかしてくれて……っていう、そんな感じのセックスよ」

「それが普通？」

「あなたは違うの？」

いや、と彼は言い、「俺のことはどうでもいい」と言った。「それで？　普通のセックスをして、その後、どうした」

「自分の腕まくらで朝まで眠ってほしい、って言われたわ。言われるまんまにそうやって、朝になってわたしが目を覚ますと、コーヒーの匂いがしてる。で、その人は寝室に顔を覗《のぞ》かせて言うのよ。コーヒーをいれたから、こっちにおいで、って。って。わたしがシャワーを浴びて、バスローブを着て、お化粧もしないまんまに、あくびしながらその人のところに行くと、コーヒーと一緒に、トーストを出してくれて、トーストにはバターだけ？　ジャムをつける？　それともマーマレードにする？　って聞かれて、バターにマーマレード、ってわたしが答えるの。彼は、わたしが見ている前で、トーストにバターとマーマレード、塗ってくれたわ」

川端はゆっくりと目を瞬《まばた》かせながらわたしの話を聞き、うなずいた。「きみはそういう時、どんな気持ちになる」

「どんな、って？」

「つまり、感情的なことだよ。普通の恋人扱いされて嬉《うれ》しい、と思うのか、芝居をしてるみたいであほらしい、と思うのか、とっとと家に帰って、シャワー浴びてもう一度眠りたいと思うのか……」

なんにも、とわたしは言った。「なんにも感じないわ。ほんとよ。これは仕事だ、っていう意識があるせいね、きっと」

「トーストにバターやマーマレードを塗ってもらってる時も？」

「もちろん」

「ファックしてる時も？」

「変わらないわ。気持ちがね、どこか凍結してるの。フローズン・メモリー、って感じ。自分の想いとか、経験してきたことが氷の中に閉じこめられてる、っていうのかな。感覚がないの。麻痺《まひ》してるの。ペニスが膣《ちつ》をこする感覚はもちろんわかるし、愛撫《あいぶ》されれば、無理なく反応を返せるわ。おまけに、変な話だけど、ゼリーを使う必要がないくらい、わたし、ちゃんと濡れるの。ほんとよ。自分でも驚いちゃうくらい。でもね、それは快感じゃないの。もっと別のもの。うまく言えないんだけど」

マオカラーの黒い綿のシャツを着ていた川端は、暑苦しそうに一番上のボタンを外し、わたしをまっすぐに見た。その視線には、或《あ》る種の獰猛《どうもう》さがあった。

「麻木子はどうだったんだろう」

「彼女は少し違ったかもしれない」とわたしは正直に言った。「こんなこと言って、あなたは不愉快になるのかもしれないけど……彼女はね、もしかすると、少しは本当に快感を感じることがあったのかもしれない。自分がこの仕事に慣れるにつれて、わたし、そう思うようになった」

彼は表情を変えずにわたしを見ていた。わたしがいっとき、黙りこむと、軽く顎《あご》をしゃくり、「先を続けて」と聞きとれないほど低い声で彼は言った。

「つまり、わたしが思うに」とわたしは少し、落ちつかない気持ちになりながら言った。「こういう仕事を仕事だと割り切れないでいる人ほど、感じたいとも思っていない快感を感じちゃうのかもしれない。麻木子はね、ものすごくドライにふるまってたけど、実際は割り切れてなかったんじゃないか、って思うの。女の身体は、男が思ってる以上に敏感だし、敏感だからこそ、ちょっとしたその日の具合によって、精神とは何の関係もなく、快感を覚えちゃったりすることがある。この館で働いてる女の子たちのひとりから聞いたことがあるわ。その子、二十一の時に、義理の父親から強姦《ごうかん》されたんだけど、その時にね、感じた、って、言ってた。ものすごく腹を立ててたし、ものすごく恐怖心に襲われてはいたんだけど、はっきり感じたんだって。あのまんまいったら、母親に黙って義理の父親と関係を続けてたかもしれない、って」

「麻木子とその話と、どうつながるんだ」と川端は言った。少し怒ったような口調になっていた。

わたしは唇を舐《な》め、「だから」と言った。「仕事だと割り切れてなかった分だけ、時によっては会員にファックされて、ほんとに感じちゃって、感じちゃったからこそ、生真面目にそのことで苦しんで、悩んで、それでもまた、これは仕事だから、って自分に言い聞かせて、麻木子はまた、ファックされに出かけて行ったのよ。麻木子にはそういうところがあった。そうやって自分を痛めつけたんだわ」

「生真面目すぎた、ってことか」

「いい意味でも悪い意味でも」

「俺は彼女の生真面目なところが好きだった」と川端は言った。「ケツの穴にボールペンを突っ込んでやったやつが死んで、本気で悩んで、首を括《くく》るような馬鹿なところも。そういうのは、たまらなく好きだ」

川端は遠い目をしながらそう言うと、ワインをごくりと音をたてて飲んだ。沈黙が流れた。

わたしは丸テーブルの上で頰杖《ほおづえ》をつき、しばらくたってから、また姿勢を元に戻し、腕組みをし、また外し、それからおもむろに言った。「麻木子より、わたしのほうがずっと、この仕事に向いてたと思う。彼女は繊細すぎたもの。初めから無理だったのかもしれない」

「それでも麻木子はここを辞めようとしなかった。俺という男に愛されて必要とされている、とわかっていたはずなのに。何故だ。何故だと思う」

それは、とわたしは言った。「お金が欲しかったからでもないし、何かの大それた目的があったからでもないのよ、きっと。麻木子はね、他に行くところがなかったんだ、きっと。だからここにいた。ここにいるしかなかった」

「俺がいたんだぞ。俺が彼女を愛してることを彼女はわかってたはずだ。俺のところに来ればよかった。それだけで万事、解決がついたんだ」

「でもあなたに本当のことが言えなかったじゃない、麻木子は」

わたしがそう言うと、川端は少しひるんだように押し黙った。

「麻木子はこの世で一番愛してた人に向かって、本当のことが言えなかった。だから行き場を失ったんだわ。あなたにこのことが知られたら、あなたが去って行く、と思いこんで、でも、生きていかなくちゃいけなくて、今さら仕事を替えようだなんて、思えなくなっていて、半分以上、やけくそでここにいたのよ。きっとそう」

「それでいて、くそったれの助平《すけべ》野郎どもから身体中、いじくられて、きみの言うところの、感じたくもない快感を本気で感じて、それで悩んでた、っていうのか。やめてくれ。反吐《へど》が出る」

「怒らないで、って言ったでしょ」とわたしは彼を見据えて静かに言った。「それよりも、一つ質問させて」

「なんだ」

そんな質問はするつもりはなかった。してしまったら最後、最も聞きたくないことを聞いてしまうのではないか、という恐怖心があった。

だが、わたしは気がつくと、川端に向かって訊《たず》ねていた。

「毎週土曜日の夜」とわたしは言い、少し押し黙ってから、もう一度、繰り返した。

「これから先も毎週土曜の夜になると、ずっとこうやってここに通って、わたしとこの部屋でワイン飲んで、こんな話だけをし続けるつもりでいるの？」

川端はわたしから目をそらし、テーブルの上の白ワインの入ったグラスを片手で弄《もてあそ》んだ。わたしたちが黙りこむと、外の木の葉や叢《くさむら》を打つ雨の音しか聞こえなくなった。

「迷惑か」

「そういう意味で聞いてるんじゃない。誤解しないで」わたしは微笑すら浮かべながら、注意深く言った。「つまりこういうことよ。バカ高い入会金を払って、あなたがしてるのは、麻木子を偲《しの》ぶ話をして、わたしとワインを飲むことだけ。そうでしょ？だから時々ね、わたし、あなたという人とどうやって関わっていけばいいのか、わからなくなるの。これでいいのかな、って」

「俺にはきみが必要だ」と彼は言った。静かな口調だった。「できることなら、きみと永遠に、こうやって麻木子のことを話していたい。きみには迷惑な話かもしれないけど」

ちっとも、とわたしは小声で言い、首を横に振った。「迷惑でもなんでもないわ。

気にしないで」

ここに来るのを彼がやめるつもりはなさそうだ、とわかって、わたしは自分でも呆《あき》れるほどほっとした。

わたしだって、と言いたくなるのを我慢するには、途方もない努力が必要だった。わたしだって同じよ、できるなら、あなたと永遠に、こうやってこの部屋でワイン飲みながら、麻木子の話やファックの話や愛の話、自分や麻木子が辿《たど》ってきた道についての話をしていたい、こんな幸福を感じることは他にない、ずっとずっと、変わらずにこうしていたい……本当は、そう言いたかったのだ。

だが、そんなふうに言ってしまったら、川端に負担をかけることになるかもしれない、とわたしは思った。川端から負担をかけられるのはかまわない。喜んで受ける。受けたいと思う。

だが、亡き麻木子の隠された一面を知るために驚くほどの金を使いながら、ただ、わたしに会い、話をするためだけに通って来てくれる川端に、わたし個人の心情を押しつけるのはいやだった。おかしな話だ。わたしはその時点ですでに、娼館《しょうかん》で働く女としての職業倫理を身につけていたらしい。

「きみならわかると思う。きみなら確実にわかるだろうと思う」と川端は言った。声が少し嗄《しゃが》れていた。本当に疲れているように見えた。

「何のこと?」

「舞ちゃん……だっけ。きみの可愛い、この世でたった一つしかない宝物を亡くした時、きみはどうした」

「狂ったわ。あの頃、自分の中をどんな時間が流れていったのか、全然記憶にないくらい。ニュースも天気予報も見なかった。世間で何が起こってたのかも知らない。興味なんかもてるはずもない。暗闇。どん底。廃人同様だった。ううん、同様、だなんて嘘。わたしはあの頃、廃人そのものになってたわね」

「それでもきみは、生きてきた。もがきながらも、半分以上、狂いながらも、なんとか生きのびてきて、そして今、こうやって、くそいまいましい額の入会金を払って通ってくる馬鹿な男の相手をしながら、ワインを飲んでいる」

「その通りよ」と言い、わたしは笑った。「だけど、いったい何が言いたいの」

「俺も同じだ、ってことだよ」

彼はそう言い、ふっと、可笑《おか》しくなさそうに笑い返した。

「麻木子が首を括ったと知った時、俺がどんな状態になったか、わかるか。その後、どんなふうに時間をやり過ごしてきたか、わかるか」

わたしは黙っていた。わかり過ぎるほどわかるような気もしたし、何もわからないような気もした。舞を失った時のわたしの慟哭《どうこく》と、麻木子を失った時の彼の慟哭は、とてもよく似てはいるが、別種なのかもしれない、とも思った。

比べられるものではなさそうだった。わが子と恋人……限りなく愛情の質は似てはいるが、それはやっぱり、別ものに違いなかった。

「まず放心した」と彼は言った。「麻木子の死を知らされた時だよ。わめくとか、泣くとか、怒るとか、そういった感情は何もなかった。意識が一瞬にして凍りついたみたいな、そんな気持ちになった。体温がすうっと、いっぺんに二、三度下がったみたいなね。麻木子のやつ、俺宛てに残した遺書に何ひとつ、本当のことは書いてくれなかった。ただあやまってただけだ。そんなにあやまるな、と言いたかったよ。本気で申し訳ないと思うなら、俺を置いて勝手に首なんか括らなきゃよかったんだ、ってね。正直に言って、つまらない遺書だった。読み返すのもいやになるほど退屈で、つまらなくて、ありきたりだった。これが、俺に向かって書く遺書か、と思った。まがりなりにも愛し合ったことのある男に向かって書く遺書か、ってね。でもそんなことはどうだっていい。……いったん凍りついてしまった意識を、元に戻すのにどのくらいの時間がかかるか、きみにわかるかな」

わたしがそれでも黙っていると、彼は軽く肩をすくめ、「男と女では違うのかもしれない」と言った。「俺は……今でもまだ凍りついたままでいるよ。生涯、この凍りついたものが溶けるとは思えない。俺がくたばって、火葬場で骨にされた時初めて、ガチガチに凍ってた何かが溶けてくれるんだろうと思うよ。だけど、その時はもう遅い」

そうでしょうね、とわたしは言った。「よくわかる。そういう意味で言ったら、わたしだって同じよ。舞を亡くした時の狂ったみたいな気持ちは、まだそっくりそのまんま、わたしの中にあるもの。ただ、凍結してしまいこんであるだけ」

「放心したあとは、次は酒びたりになった」と彼は言った。「朝から晩まで、飲み続けた。仕事もほったらかしだ。幸い、任せられる人間がいるからまだよかった。そうじゃなければ、せっかくおやじが一代で築きあげた事業も、もののひと月で破産状態に追いこまれてたかもしれない」

「アル中になったの？」

「度を越していた。麻木子が死んで以来、救急車で二度も運ばれたよ。二度目の時は、心停止が起こりそうになった。尋常ではない量の酒が心臓を痛めつけていたらしい。女房とまだ、一緒に暮らしていた時だったんだ。麻木子が生きていてくれさえすれば、女房にはいつか打ち明けることになっていたと思うよ。でも、考えてもみろ。俺が女房相手に、首括《くく》った女の話を打ち明けることができると思うか。打ち明けてどうする。女房の前で男泣きに泣いて、この世で一番いとしい女が自殺してしまった、俺はどうすればいい、俺も死んでしまいたい、って訴えて、よしよし、かわいそうに、って頭を撫《な》でてもらうのか」

彼の小鼻がひくひくと動くのがわかった。わたしはあふれる思いをおし殺し、黙ったまま、彼を見つめていた。

「家にいると、女房や娘の手前、普段通りにふるまわなければならなくなる。地獄だ。だから家には戻らないようにした。家にいるのは何よりも苦痛だった。地獄の底にいる時に、それ以上の苦痛を強いられたら、どんなに精神が強靭《きょうじん》なやつでも発狂する。そういうことをあの頃、俺は初めて知ったような気がするよ。自分の生涯の宝だと思っていた女を失って……しかも、自殺という形で失って、そんな時に、女房や娘がぺちゃくちゃ喋《しゃべ》りまくる芸能人の噂話や、ディオールが新しく発表したとかいうハンドバッグの話や、近所の犬が子犬を三匹産んだ、なんていう話にニコニコ相槌《あいづち》を打ってられるやつがいたとしたら、お目にかかりたい」

彼はそこまで一気に話すと、グラスの中のワインをほとんどひと口で飲みほした。

わたしがボトルに手を伸ばそうとすると、いや、いい、と言って、自分で新たにワインを注ぎ入れた。

「だから」と彼は続けた。「俺は都内のホテルに部屋をとって、昼間は部屋で飲み、暗くなるのを待って外に出て、酒を飲みに行くようになった。女が何人も寄って来たよ。まったく、女ってやつは、時によってはハイエナみたいになりやがる。男が絶望の淵《ふち》に立たされているのをいいことに、その弱みを利用して甘い汁を吸おうってわけだ。相手が女じゃなければ、ぶん殴って、半殺しの目にあわせていただろうよ。ただでさえ何も目に入らなかったんだ。たとえ、女どもが百人、素っ裸になって、俺の目の前で股《また》を拡げたとしても、俺の目にはそれが、ただの不潔ったらしい黒い穴にしか見えなかったろう。俺が……俺が……飲みながら考えてたのは、麻木子のことだけだ。堂々巡りだった。何故死んだ、死にやがった、って、ずっと考えて、答えは出なかった。そのうち、どうして死んだのか、理由なんかどうでもよくなって、麻木子がもうこの世にいなくなった、ということだけが俺に被《おお》いかぶさってきた。正直なところ、そっちのほうが辛《つら》かった。……もう会えないどころのさわぎじゃないんだ。この世から姿を消してしまったんだ。俺が愛してやまなかった彼女の身体や顔や表情、声、彼女が発する言葉、彼女の俺を見る目、彼女の匂い、俺たちのセックス……そういうものが全部、失われた。俺自身の未来も一緒に失われた。二度と戻らない。その現実をありのままに受け入れることができるのなら、俺は何だってする、魂を売ってもいい、と思ったよ」

舞を失った時の自分自身が甦《よみがえ》った。いくら語っても語り尽くせない、逃れようのない、この苦痛。人生に一瞬にして黒い幕がおろされて茫然《ぼうぜん》とし、息をすることもできなくなるほどの、あの喪失感……。

まさしく、フローズン・メモリーだった。舞の記憶は凍結され、氷柱の中の一枚の絵のようになってわたしの胸の奥底に、ひっそりと横たわっている。

そこにはもう、怒りはない。苛立《いらだ》ちもない。絶望すらも干からびてしまった。あるのは、変わらずに残されている悲しみだけだ。

わたしはテーブル越しに手を伸ばし、そっと彼の腕に触れた。彼は目を閉じていた。閉じたまぶたが、わずかに震えていた。

立ち上がり、川端の傍に行った。そして椅子の下にしゃがみ、彼を見上げながら、その膝《ひざ》に手を載せた。

「すまない」と彼は低い小さな声で言った。「いい年をした男からこんな話を聞かされても、きみは応《こた》えようがないだろう。たんまり金を取ってくれ。あの毎週土曜の夜にやって来ては自分を指名してくる会員は筋金入りのSで、身体中、痛めつけられてかなわないから、って、法外なオプション料金を請求してくれ」

いいのよ、そんなこと、とわたしは言った。「馬鹿ね。お金なんか、どうだっていいのよ」

熱いものがこみ上げてきて、胸が痛くなった。自分がどうしたいのか、わからなかった。川端と抱き合いたいのか、それとも川端と一緒に泣いて、涙を分かち合いたいのか。舞のことを話したいのか。

あるいはもっともっと、麻木子に向けた彼の愛の話を聞き続けていたいのか。自分がこれほどまでに男から愛されたことはなかった、という事実を確認したいのか。

ねえ、とわたしはおもむろに言った。「初めてこの話をするわ。麻木子のここでの源氏名、あなたは知ってた？」

いいや、と川端は言った。

「知りたい？」

「きみの好きにすればいい」

ミチルよ、とわたしはまっすぐに彼の目を見据え、ためらわずに言った。「チルチルとミチルのミチル。結局、幸福の青い鳥は見つからなかったと思いこんで、悲観して首なんか括ったりして。世界一の馬鹿よね、麻木子も。……青い鳥はここにいたのに。ここにいて、ずっと麻木子のために歌を歌ってくれていたのに」

川端が黙っていたので、わたしは彼に向かって右手を伸ばした。優しく切ない気持ちがこみ上げてきた。

わたしは黒い綿シャツに包まれた彼の左の腕を軽くつかみ、撫《な》で、そして言った。

「あなたにキスしたくなった」

雨の音が聞こえた。風が出てきたのかもしれない。みずみずしい葉ずれの音がそれに混じった。

彼は身じろぎもしないでわたしを見ていた。怒ったのか、と思った。その顔に表情と呼べるものは何もなかった。

馬鹿なことを口にした、とわたしはすぐに後悔した。この人がキスしたいのは他の誰でもない、麻木子なのだ、と思った。わたしではない。麻木子以外の、どんな女も、この人の前では女という着ぐるみを着ただけのものになってしまう。

わたしがそっと視線を外し、彼から離れようとしたその時だった。彼の腕が一瞬、鋼《はがね》のように硬くなったと思ったら、直後、わたしの身体は彼の膝の上に抱き上げられた。軽々とした素早い動きだったので、わたしはされるままになっているしかなかった。

彼の首や肩につかまる間もなかった。彼はわたしを赤ん坊のように膝の上に載せると、即座にわたしの唇を塞《ふさ》ぎ、わたしの頬やうなじを掌《てのひら》で愛撫《あいぶ》し始めた。

だが、そこに性的な感覚は何も生まれなかった。塞がれた唇が、舌を使ってこじ開けられることもなかった。彼の尖《とが》った舌先が、わたしの上唇をわずかに舐《な》めるのを感じただけだった。

「俺はきみを抱いたほうがいいのか」ややあって、彼は聞いた。

「どうしてそんなことを聞くの」

「こんなふうに会い続けることは、きみやきみの選んだ職業を侮辱することになるのかもしれない。時々、そんなふうに思うよ」

わたしは彼の首に両手をまわし、ゆっくりと首を横に振った。「麻木子の代わりに誰かを抱きたくなったんだったら、わたしがその相手をするわ。麻木子の代わりはできないかもしれないけど、少なくともあなたを気持ちよくさせてあげることはできる。でも、あなたがそういう気持ちになれないんだとしたら、このままでいいのよ。ずっとずっと、このままでいい。なんにも気になんか、しないで」

「来週からドイツに行く」と川端は言った。「仕事だ。ドイツから北イタリアのほうも回る。少し長い旅になる」

そう、とわたしは言った。会えなくなると思うと寂しかった。「いつ帰るの」

「今月末には。帰って来たら、今度はきみと外でデートをしよう。きみが話していたように、普通の恋人同士として待ち合わせて食事して、映画でも観に行こう。どうだ」

いいわ、とわたしは言った。

ときめく気持ちにはなれなかったが、川端という男と、亡くしたものの大きさを分け合いながら、外で食事をし、街をそぞろ歩くのは素晴らしいことのように思えた。

「ねえ、約束して。その時、わたしを抱きたくなったら言ってちょうだい」

ああ、と川端はうなずいた。そして、もう一度、わたしの頬を両手で軽く支えると、わたしにキスをし、「そうしよう」と言った。

照れくさいような気分になり、わたしは彼の膝から降りた。

泣きたくなるほど彼に友情を感じた。それは本当に、あくまでも友情としか呼べないのに、絶対の絆《きずな》が感じられるものでもあるのが不思議だった。

だが、そのことをわたしはうまく彼に伝えることができなかった。わたしはそれまで坐《すわ》っていた椅子に戻り、わたしたちは黙って、ワインを飲み続けた。そして時折、目と目を見交わし合っては、長年にわたる幼なじみのように、あっさりと微笑み合った。

雨足が強まって、館は水の檻《おり》で包まれたようになった。

13

川端が、仕事で出かけた長い海外旅行から帰国し、わたしに連絡をくれたのは、七月も二週目に入ろうとしている頃だった。

教えておいたわたしの携帯に彼から電話がかかってきて、ディスプレイにその名を読みとった瞬間、わたしは軽いめまいを覚えた。こんなにまで自分は、この男からの連絡を待ち焦がれていたのか、と不思議に思うほどだった。

だが、なるべくそのことは意識しないようにした。意識したら最後、川端に向けた気持ちが、突然、恋に似たものに形を変えてしまいそうな気がして怖かったのだ。

恋ではないもの、限りなく友情に近い男女関係を初めから恋だと勘違いすることが、わたしは昔から何よりも嫌いだった。

たとえ百回の性交を繰り返したとしても、互いを結びつけているものが恋愛感情ではないケースは山ほどある。多くの場合、恋愛感情がなくても友情があれば、そこそこに満足できる性交はできるはずであり、それを恋だと勘違いさえしなければ、二人の関係は遠く近く穏やかに、優しく、半永久的に続くのだ。

それでも恋だと錯覚していたいのなら、そうすればいい。勝手に恋愛妄想を紡いで生きていきたいのなら、そうすればいい。誰にも迷惑はかからない。

だが、わたしは御免だった。

わたしの目にはたいてい、自分をからめた人と人との関係が、初めから見えてしまう。不幸な性分だと言われても仕方がないが、わたしの育ち、家庭環境が遠因となっているのかもしれない。幼い頃から、わたしは愛や恋の美しい夢まぼろしを追い続けることができずにいた。

恋ではないものを恋だと思いこみ、自分だけがうっとりできるシナリオの中に身を委《ゆだ》ねて生きている人間を見ると、その愚かさにうんざりした。シナリオはシナリオにすぎない。現実とは異なる。

男と女が真実の愛だと勘違いしているものを分かち合い、揺るぎのない信頼だと信じこんでいるものを後生大事に携えながら、手と手をつなぎ、未来に向かって歩いていく……そうした光景を思い描くたびに、その嘘くささばかりが鼻についた。

嫉妬《しっと》ではない、羨望《せんぼう》でもない。初めから嘘とわかってしまうものに対して無心に目を輝かせることが、わたしにはできなかった。それがわたしだったし、わたしが抱えていた根源的な不幸でもあった。

舞の父親である塚本に愛されたいと願っていた時だって、わたしは心のどこかで、それが叶《かな》わぬ夢であることを知っていたのだと思う。夢はあくまでも夢であり、決して叶うことがない……わたしは長い間、そう思って生きてきた。そんな生き方が板についてしまっていた。

本当は愛されたかったのに。誰よりも、自分が愛するものに愛してもらいたかったのに。欲しいものはそれだけだったのに。

そんなわたしの中に、いつのまにか、川端が棲《す》み始めていた。彼に向けた気持ちは、明らかに恋とは種類の異なるものだったが、彼のことが好きだ、大好きだ、と思う自分自身の気持ちをこそ、わたしは素直に正直に、愛することができた。それは恋とは形も意味も違う、何か途方もなく大きくて温かいもの、もっと深く安心し、信頼できるものでもあった。

川端がドイツからイタリアをまわっている間中、わたしはずっと彼のことを考えていた。彼と麻木子のことを考え、彼が麻木子に寄せていた思いや、その圧倒されるほど深い愛、麻木子の死を受けとめざるを得なかった時の彼自身の苦悩について考えていた。

考えれば考えるほど、彼が好きになった。

『マダム・アナイス』にやって来ては、わたし相手にワインを飲み、わたしを抱こうともせずに麻木子の話、自分自身の話、愛についての話をし続けていた彼のことを思い出した。これまで封印されていたはずの彼の中の扉が、わたしに向けて開かれてきた時の悦《よろこ》びや、わたし自身が彼に向かって、自分の胸の内に凍結させていたことを打ち明けた時の悦びを思い出した。そのたびに、わたしは深い幸福に包まれた。

「帰国が予定よりも遅れたんだ」

わたしの携帯に電話をかけてきた時、彼は挨拶《あいさつ》も何もなく、少し素っ気ない口調でそう言った。「ちょっとあっちでいろいろ、ビジネス上のトラブルが起こってね。通訳がえらく無能なやつだったせいで、言葉の行き違いがあった。とんだ災難だったけど、まあなんとか、事なきを得て無事に戻ったよ。……元気でいた？」

「たくさん男と寝たわ」とわたしは蓮《はす》っ葉《ぱ》な口調を装って言った。「あなたが日本にいない間、稼ぎまくってた。ねえ、もっと稼ぎたいから、わたしをまた指名してちょうだい」

「そういう言い方は大好きだな」と川端は心底、嬉《うれ》しそうに言った。「指名するよ。

外で会おう。この間、きみが言っていた、ふつうの恋人同士みたいに、食事して、夜の街を歩いて、それから……」

「それから？」

「もしかすると、俺はその晩、きみを抱くことになるかもしれない。いや、抱くと思う」

わたしは相手に見えないとわかっていて、携帯を握りしめながら職業上の軽い笑みを浮かべた。「そうしてちょうだい。恋人同士みたいにしてくれるんだったら、そうしてほしい」

彼は言った。「帰りの飛行機の中できみの夢を見たよ」

温かな水が、胸の中にひたひたと拡がっていくのを覚えた。わたしは「どんな夢？」と聞いた。

「『マダム・アナイス』の館《やかた》のいつもの部屋で、俺がきみを抱いてるんだ。全裸のきみは、きれいな身体をしていて、俺はとても興奮している。ベッドはやけにふかふかしてて、マットレスがやわらかすぎて、腰を使うたびにスプリングが水のように揺れて、軽く船酔いしたみたいな気分になって……それがかえって気持ちがよくて、俺は目を閉じる。でもね、次に目を開けた時、俺は自分が抱いているのがきみではない、麻木子だったことに気づくんだよ」

かすかな落胆があったが、大したことはなかった。自分の気持ちに必要以上に目を向けないように注意しながら、わたしは、くすっ、と笑った。「いくらでも麻木子の身代わりになってあげるわ。夢の中でも現実でも」

「身体をのけぞらせて快感に喘《あえ》いでいる彼女の首には、青黒い筋がいくつもついていた」と彼は淡々と言った。「筋というよりも、深い傷だね。皮膚にくいこんだ紐《ひも》がそのまんま、まだ張りついていたみたいだった。俺はその青黒い紐の痕《あと》を指で愛撫《あいぶ》してやった。そこにキスをしてやった。唇で傷痕をなぞってやった。舌先で舐《な》めてやった。泣きながら、そうしてやった。……そうしたら、麻木子の閉じたまんまの目から、涙がね、つつーっ、とこぼれてこめかみを伝って流れていくのが見えた。その瞬間、俺は目がさめて、ああ、夢だったんだ、と思った。でも、夢からさめた後も、俺の唇には、麻木子の首の傷痕にキスしてやった感触がそっくりそのまま、残っていた。怖いくらいに」

そう、とわたしはやっとの思いで言った。胸が詰まった。視界が少し滲《にじ》んだ。「それはあなたにとって、いやな夢だったの？　それともいい夢だったの？」

「わからない」と彼は言った。言ってからかすかに吐息をついた。「……会おう。き

み と会いたいよ」

わたしも、とわたしは言った。

言ったあとで、「すごく会いたかった」とつけ加えようとしたが、危ういところでその言葉は喉《のど》の奥に飲みこんだ。


およそひと月ぶりに会う川端と待ち合わせる場所は、わたしが決めた。かつて、麻木子が元気だった頃、よく一緒に食事に行っていた渋谷の裏通りにある小さな洋食店だ。

麻木子が死んでから行くことはなくなったが、しばらくぶりに入った店は、麻木子と通っていた頃と寸分の変わりもないままに、そこにあった。店内には古いシャンソンが流れ、梁《はり》も天井も柱も黒ずみ、客はわたしたちしかいなかった。

「ここ、麻木子とよく来たのよ」とわたしは川端に教えた。「そういう店で食事するのはいやかもしれない、と思ったけど、この店のね、ハンバーグが抜群においしいの。食べてみればわかるわ。麻木子はここのハンバーグが大好きだったんだ」

そうか、と川端はうなずいた。表情に変化はなかった。

「ここで麻木子と初めてハンバーグを食べた時は、まだわたしの娘の舞は生きてたの。

そう考えるとなんだか不思議」

わたしはそう言って、テーブルの上にあった赤いビニール製のメニューを開いた。開いてはみたものの、文字は何も頭の中に入ってこなかった。

「その晩は友達に会うからって、わたしの母親に、留守中、舞をみてくれるよう頼んだのよ。母親はその時、どうして孫を押しつけられるのか、わからない、っていう顔をして、わたしにはそれがすごく頭にきたの。だってそうでしょう？　わたしはたった三、四時間だけ、舞をみていてほしい、って頼んだだけなのよ。そりゃあね、昼間は舞の面倒をみてもらってたわ。母がいなかったら、わたし、働けなかったもの。でも、わかる？　古い友達と晩御飯を食べてくるだけのことだったのよ。しかもそんなことは年に何度もあることじゃなかったんだし。母はそういう人だったの。わたしや舞のことよりも、自分が男とお酒を飲んだり、男に抱かれたりすることのほうが大切だった。しかも全然、愛されてなんかいないのに、抱いてくれる男がいれば満足できたのよ。悲しい女、だなんて思ったこともない。ただの馬鹿な女だった。それでね、ともかくわたし、頭にきたまんま、麻木子と待ち合わせしてここに来たわけ。冬だったのよ。わたし、この店のこの席に坐《すわ》って、気がついたら、舞の父親の話をね、麻木子に打ち明けてたの。そんなことを打ち明けるつもりなんか、全然なかったのに……」

わたしがあまりにとめどなく喋《しゃべ》り続けていたせいだろう。注文を取りに来ようとしていた店の男は、テーブルから少し離れたところに立ったまま、わたしの話が一段落するのを待っていた。

わたしは軽く深呼吸し、川端に向かって笑いかけ、オーダーはわたしに任せてくれる？　と聞いた。いいよ、と彼はうなずいた。

店の男に向かって軽く手をあげ、わたしはキャンティの赤ワインとハンバーグ、温野菜サラダ、オニオングラタンスープをそれぞれ二つずつ注文した。あの晩、麻木子と共にオーダーしたものと同じだった。

すぐにワインが運ばれてきて、わたしたちは乾杯をした。店内にはエディット・ピアフの歌声が流れていた。片隅の窓が少し開けられていて、コンクリートの路面を叩《たた》く湿った雨の音がピアフの声に重なった。

「舞の父親はね、テレビ局に勤めてたの。塚本っていう名前で……」言いかけてわたしは川端を見た。「ごめん。こんな話、どうでもいいよね」

そんなことない、と彼は言った。「話したいんだったら聞くよ。続けて」

「ううん、いいの。舞も死んじゃったし、舞の父親のことなんか、どうだっていい。

麻木子の話をしたいわ。ねえ、麻木子から、初めてあなたの話を聞いたのも、この店だったのよ」とわたしは言った。「どんなふうに出会ったのか、とか、あなたという人には自分の仕事のことを一切教えないし、死ぬまで嘘をつき通す、っていうこととか……。あなたにすごく愛されてるとわかっているけど、自分が嘘をついてる限りは、その愛は本物じゃない、どうしてかっていうと、本当のことがわかったら、あなたは愛するどころか、逃げ出すに決まってるから、とも言ってた」

川端は悲しそうな目をしてわたしを見た。わたしはその悲しみに気づかなかったふりをした。

「店を出た帰りにね、雨の中を渋谷の駅まで一緒に歩いたわ。別れぎわに、わたし、甘栗を一袋、麻木子に買ってあげたの。川端さんと一緒に食べて、って」

「その晩、彼女は俺と？」

「そう言ってた。部屋で会うことになってる、って」

そうか、と彼は言った。次の言葉を待った。甘栗のことを思い出してくれるかと思った。だが、彼は何も言わなかった。

わたしたちは運ばれてきた温野菜サラダを食べ、オニオングラタンスープを飲み、ハンバーグを食べた。

うまいね、ここのは、と川端はほめた。でしょう？　とわたしは言った。

川端は旅の話をし、無能だったという通訳の話をし、イタリアのパドヴァにあるという聖アントニウスの墓を訪れた時の話をした。

聖アントニウスはポルトガルに生まれたが、パドヴァで死んだフランシスコ修道会士である。彼の墓所の壁面に、願い事を書いた紙やハンカチを押しあてると、思いが叶《かな》う、と信じられていて、各国から多くの人が集まって来るのだ、と彼はわたしに教えた。

「それは日本で言ったら、心願成就、ってこと？」

「というよりも、なくしたものが出てくる、っていう意味らしい」

「なくしたもの？　人の心も？」

「多分ね」

「人の命も？」

「どうだろう」

「じゃあ、麻木子のことをお願いしてきた？」

「もちろん。持ってたハンカチにボールペンで麻木子の名前を書いて、壁に押しあてた」

「やっぱり」とわたしは言い、微笑を投げた。「その聖アントニウスとか何とかいう人のお墓、御利益があったんだわ。飛行機の中で、夢に麻木子が出てきたんでしょ？」

川端はわたしを見つめ、曖昧《あいまい》にうなずき、「でも、俺はきみを抱いたつもりでいたんだ」と言った。「夢の中で」

「違うと思う」わたしはやんわりと言った。「生きてるわたしの身体を通して、死んだ麻木子を抱いたのよ」

どうかな、と彼は言った。

わたしたちはにっこり微笑み合い、皿の上のハンバーグをもくもくと食べ続けた。

「思い出した」とわたしは口の中のものを飲みこんでから言った。「この店を出て、渋谷の駅に向かって歩いてる時に、わたし、彼女に言ったのよ。川端さんに、いつかはほんとのこと、言ったほうがいいよ、って」

「ほんとのこと？」

「『マダム・アナイス』で働いてることとか……そういうことよ」

娼館《しょうかん》で働き始める直前まで、麻木子が男に養われていたことは口にしなかった。たとえ話したとしても、川端が必要以上に驚いたり、悲しんだりすることは考えられなかったが、それでもやっぱり、その種のことは口にすべきではない、とわたしは思った。

代わりにわたしは、麻木子の父親の話をした。自宅に若い愛人を連れこんでは泊まらせていた、という父親の一件を話した。その父が自室の洋服簞笥《だんす》の扉に紐《ひも》をかけ、縊《くび》れた、ということも教えた。

詳しい話はしなかった。ニュースでも読み上げるように、単に事実を事実として伝えただけだった。

川端はキャンティの入ったグラスを前にしたまま、じっとわたしを見た。その視線は強烈だったが、同時に奇妙に優しくもあった。

「その話は初めて聞いたよ」と彼は言った。

「その話、って?」

「彼女の父親が愛人を自宅に寝泊まりさせていた、っていう話は本人から聞いたことがある。でも、父親が首を吊《つ》った、っていうことは知らなかった。聞かなかった」

「わたしもその話を聞いたのは、後になってからだったわ。麻木子はね、あんまり家のことを話したがらない人だった。高校時代からそうだった」

「……それにしても、親と娘とで、同じことをしたんだな」

「そういうことになる」

「……切ないよ」

「ほんとに」

雨の音が強まった。窓の外の通りを行き交う若者たちの嬌声《きょうせい》が、水音の中に混じって聞こえてきた。遠くで車がクラクションを鳴らす音が響いた。

彼はひとり納得するかのように短くうなずき、グラスに口をつけて、ごくごくとワインを飲み、飲み終えると、わたしに向かって静かな、悲しげな笑みを浮かべてみせた。

「麻木子はきみにだけ秘密を打ち明けてたんだね」

わたしは肩を軽くすくめた。「古いつきあいだもの。それに、わたしは彼女から見れば、似た匂いがする人間だったんだと思う」

「違う。きみは……」と彼は言いかけ、口を閉ざした。テーブルの上に手が伸びてきて、彼の手がわたしの掌《てのひら》を包みこんだ。彼の手は湿っていた。「きみは似ているようで、全然、麻木子とは違う」

「何があっても、図々《ずうずう》しく生きのびることができるから？」

彼はゆっくりと首を横に振った。「そういう意味じゃない。誰かに支えられなくても生きていけるっていうのは、当たり前のことのようでいて、ひとつの素晴らしい才能なんだ」

「ありがとう。ものすごくほめてくれてるのね」

「今夜の俺は、きみの恋人なんだよ」

「わたしもそのつもりよ」とわたしは弾んだ声で言った。「ねえ、どこに行きたい?」

「きみの部屋」と彼は言った。「いい?」

「もちろん」とわたしは言った。

飲み物が冷蔵庫に入っていないことを思い出したので、わたしは帰りがけに自宅マンション近くの小さなコンビニに立ち寄り、川端と一緒に買い物かごを手にしながら、エビアン数本とウーロン茶、ペリエ、それに一つ百二十円のマンゴープリンを二つ買った。

ついでにケース入りの綿棒をひと箱とリステリン、それに「多い日の夜用」と書かれた生理ナプキンをひと袋。

川端は「生理なの?」と小声で聞いてきた。

ううん、違うけど、とわたしは言った。「気がついたら買っておくことにしてるの」

そうか、と彼は言い、なるほどね、と言った。

川端に何の気兼ねもしていないことが、自分でも嬉《うれ》しかった。もう何か月も前から一緒に暮らしている男と共に、コンビニで買い物をしているみたいだった。

レジで川端が代金を支払おうとしたが、わたしは断った。洋食屋では川端が支払った。次はわたしだ。たいていの恋人同士は、そんなふうにして互いの財布の中身を二人の時間のために、惜しみなく捧《ささ》げている。わたしもそうしたかった。

マンションに彼を案内し、玄関の鍵《かぎ》を開け、どうぞ入って、と言った。彼のためにスリッパを用意し、わたしは彼にかまわずにキッチンに行って、買ってきたものを袋から取り出した。冷蔵庫に納めるべきものはきちんと納め、そうでないものはひとまとめにして床に置いた。

何を飲む、と聞こうとして居間に戻ると、川端は居間の片隅に佇《たたず》んだまま、わたしが作った舞の祭壇の、位牌《いはい》と写真をぼんやりと眺めていた。

位牌の横のガラス花瓶には、黄色いアルストロメリアの花が活《い》けてある。写真の舞はわたしが一番愛した表情の舞だ。カメラに向かって、笑っているのか怒っているのか、わからない顔を見せている。

負けん気の強そうな、それでいて、芯《しん》の部分が幼いなりにひりひりとし、まるで母親であるわたし自身の何かをそっくりそのまま受け継いでいるような、幼いのに、どこか堅苦しさを感じさせる笑みなのだが、それがわたしにとっては、一番、舞らしい舞である。

「きみに似ている」と彼は言った。「そっくりだ。きみの子供の頃の写真だ、と言われれば、信じるかもしれない」

「こましゃくれた顔でしょ。そういうところが似てるのよ、きっと」

祭壇の上に載せてあった茶色いウサギを川端が手に取った。わたしは黙っていた。彼はそれをしばらくの間、手の中に置いてためつすがめつ眺めまわし、再びそっと祭壇に戻した。

「舞が大好きだったウサギよ」とややあってわたしは言った。「安物なんだけど、どういうわけかものすごく気にいってくれて、いつも肌身離さず、持ってたわ。手触りがよかったのかもね。涎《よだれ》をべろべろにくっつけて、舐《な》めたり、キスしたり、顔に押しつけたりして、寝る時も起きてる時も、いつも一緒だった。ベランダからおっこちて、短い人生を終えた日も、直前までこのウサギは舞の手の中にいたのよ。ねえ、何か飲まない？」

彼はそれに答えず、静かな足取りでソファーまで歩いて行くと、腰をおろした。

わたしは聞いた。「麻木子の写真、あるのよ。見る?」

「いつの?」

「最近撮ったのもあるわ。舞に死なれて、わたしが母と別れて、このマンションに引っ越して来た日に、麻木子が手伝いに来てくれたの。その時撮ったものとか、あとは高校時代の……」

川端はゆっくりと首を横に振った。「いや、やめとこう」

「どうして? 見たいでしょう?」

「いいんだ」と彼は言った。「恋人同士でこうやってきみのところに来て、昔の恋人の写真を見る必要はない」

「無理しないでいいのよ。見たいんだったら、見たい、って言って」

「いいんだ」と彼は繰り返した。そしてソファーの隣に坐《すわ》っているわたしの肩を抱き寄せた。

彼の唇を頰からうなじのあたりにかけて感じた。無理しないで、とわたしはまた同じことを言った。「所詮《しょせん》、ごっこじゃない。恋人ごっこしてるだけなんだから、あなたの好きにしていいのよ。わたしはね、あなたが麻木子のこと、愛してたことを知るのが嬉しいの。麻木子は死んだけど、あなたが今も、生涯通して愛せる女が麻木子しかいなかった、と思ってるのを感じるのが嬉しいのよ。めちゃくちゃ嬉しいのよ。わかる?」

川端はふっ、と笑った。「俺だって嬉しいよ。こういう話ができる相手が現れるなんて、夢にも思っていなかった。しかもきみは、俺以上に麻木子のことを知っている」

「でも、麻木子がどんなにあなたのことを愛していたか、一番よく知ってるのはあなた自身だと思う。本当のことは打ち明けることができなかったし、あなたの前で正直な自分をさらすことはできなかった人だけど、麻木子はあなたが好きだったし、誰よりもあなたを愛してた。大切にしてた。……麻木子とのセックス、最高だった?」

「俺は彼女を愛してた。最高のセックスができなくてどうする」

「たったひと言、言えればよかったのにね」とわたしは少し、乱れ始めた息の中で言った。川端はわたしの唇を塞《ふさ》いだ。わたしの舌と彼の舌とはとろけ合い、口の中は蜜《みつ》と化した。

「ひと言? それは何?」

「『マダム・アナイス』に勤めている、って言えればよかったのよ。娼館で働いて、男たちに抱かれて、お金を稼いでる、って言えればよかったのよ」

彼の手がわたしの乳房をもみしだき、着ていた青いキャミソールの裾《すそ》がたくし上げられた。

わたしは川端の股間《こかん》に手を伸ばした。麻の乾いた感触を通して、硬くなっているものが掌に触れた。

「それを麻木子の口から聞かされたら、あなたはどうしてた？」

息を弾ませながら、わたしは聞いた。キャミソールの下のブラが勢いよく外された。わたしの両方の乳首を、彼の掌が交互に転がしてきた。

「それを聞いた瞬間から、俺は麻木子を部屋に閉じこめて、外に出さなかっただろうね」

「監禁？」

「そういうことだ」

「娼館《しょうかん》での仕事を即刻、辞めさせる、ってこと？」

「辞めさせるも何もない。自分が愛している女を俺以外の男に提供できるか」

「怒らないでいられた？」

「怒る？」聞き返しながら、彼はわたしがはいていたジーンズの前ファスナーをおろし、力強い手つきでわたしの腰や脇腹を愛撫《あいぶ》した。「どうして俺が怒る。麻木子が俺と出会う前に選んだ生き方だ。それが気にいらないからといって、怒ることはできないよ。俺はただ……」

彼の指がわたしの下着を分けいって入ってきた。わたしはソファーの上で、彼に抱かれたまま、背中を弓なりに反らした。

職業上の本能だったのか。あるいは習慣だったのか。それともわたしが川端に向けた素直な気持ち、深い友情が、そうさせたのか。わたしは充分すぎるほど潤っていた。

「俺はただ……」と彼はわたしの乳房に唇を押しあてたまま、くぐもった声で繰り返した。

「彼女が好きだった。愛してた。他の女とは比べようがなかった。たとえ、彼女に秘密めいた匂いを感じても、その秘密のせいで、彼女に向けた思いが失われるかもしれない、と思ったこともなかった。理由なんかない。それだけだ」

ベッドに行かせてくれ、と彼は耳元で囁《ささや》いた。わたしはうなずき、よろけながら立ち上がって、彼の手を引きながら寝室に行った。

わたしたちは互いに着ているものを脱ぎ、床に放り投げ、ベッドにもぐりこんで抱き合った。

「きみの身体は素晴らしい」と彼はわたしの上に乗り、そっと中に入ってきて、腰を動かし始めながら言った。「それに、とてもきれいだ」

麻木子とどっちがいい？　と冗談めかして聞き返そうとしたが、やめておいた。そんな質問をするのは馬鹿げていた。

たとえ麻木子の肉体が朽ち果て、枯れ木のようになっていたとしても、彼は麻木子を愛し、抱いただろう。強く抱いたら壊れてしまう、と案じながらも、麻木子を抱きしめ、キスをし、外界のあらゆる出来事から彼女を守ろうとしただろう。命をかけて、そうしただろう。

単につきあっていた女が、ひどく退屈な遺書を残して自殺したからといって、その女の秘密を改めて知りたいと願う男はいるだろうか。まして、彼女が娼館で働いていたと知って、高額の入会金まで支払いながら娼館に通いつめ、友人だった女を相手に問わず語りに死者の話、愛の話をし続ける男がいるだろうか。

わたしはそんな川端に、愛するということの何たるかを教えられた思いがしていた。川端は人を愛することを知っている男だった。しかも、彼の愛は夢見がちな愛、夢物語としての愛ではなかった。

彼は地獄の底を覗《のぞ》きこみながらも、愛することを諦《あきら》めない男だった。

「もうあなたの人生に、愛することのできる女は現れないの？」

次第に烈《はげ》しくなっていく川端の腰つかいに合わせるようにして自分もまた、腰を動かしながら、わたしは掠《かす》れた声で聞いた。

答えが知りたいわけではなかった。イエスと答えられても、ノーと答えられても、わたしには関係がなかった。その種の愛とは別のところで、自分はこの男とつながっていけるだろう、という、妙な確信がわたしにはあった。

荒い呼吸を繰り返しながら、彼は聞き返した。「もしも俺に今後、愛する女が現れたら、きみは俺を軽蔑《けいべつ》するのか」

「ちっともよ」とわたしは答えた。答えながら、彼の胸を両手でまさぐった。「でも誤解しないで。あなたが次に愛する女をわたしにしてほしい、なんてことを言ってるつもりは全然ないんだから」

「知ってる」と彼はさらに呼吸を乱しながら言った。「きみはそういう女じゃない」

「ひとりじゃなくなった」とわたしは悦楽に目を閉じながら、少し大きな声で言った。

「え？」

「ひとりじゃない、って感じがする。あなたとこうやってると、孤独じゃなくなる。なんだかとっても幸せ」

「ああ、きみはとてもいいよ」と彼は腰を烈しく動かしながら言った。ベッドの古くなったスプリングがかすかに軋《きし》んだ。

射精の瞬間に、「麻木子」と言ってほしい気がした。その通りに口にしてみたい衝動にかられた。だが、言葉にはならなかった。

代わりにわたしは口走った。海のように自分自身をのみこんでくる快感の中で、それに抗《あらが》おうとするかのように口走った。

「舞がいる」とわたしは言った。「麻木子もいる。あなたがいる。みんな、ここにいる」

川端は何も言わなかった。彼の荒い呼吸とわたしの喘《あえ》ぎ声とが、寝室の闇を充《み》たした。

はたはたと強風でスカートの裾《すそ》がめくれ上がっていくかのように、わたしの身体は彼によってめくり上げられ、突き上げられ、やがてとろりとした熱い液体の中に堕《お》ちていった。

14

梅雨が明け、夏が猛烈に熱し始めた。

街のいたるところが、熱を帯びてふくらんでいた。建物の中は冷房で凍りつくように冷やされ、外は焼けた鉄板のように熱かった。

娼館の仕事に出向く前、わたしは時々、夕暮れの迫った、意識が朦朧《もうろう》とするほど暑い街をひとりで歩きまわった。汗にまみれ、何も考えられなくなって、冷房と外の熱気が混ざり合っているようなオープンカフェにふらりと入っては、クラッシュドアイスがたっぷり入ったアイスティーを飲みつつ、行き交う人々をぼんやり眺めた。

通りすぎてきた時間が、とろりとした飴《あめ》のようになって、自分の足元に溜《た》まっているのを感じるのは、決まってそんな時だった。

館《やかた》に行って、シャワーを浴び、サロンに入って、客の指名を待つ前のひととき。わたしは娼婦でもなく、女でもなく、かつて母だった人間でもなく、黒沢奈月、という名前すらない……誰でもない誰かになっていた。

視界に入ってくるのは、倦《う》んだような都会の夏の、柿色の夕日に染まった風景である。人々は笑いさざめき、内側に抱えこんでいる苦悩を巧妙に隠し通しながら、何くわぬ顔で行き交っている。夕方の渋滞で混み合った車道からは、時折、クラクションの音が、死にかけているアザラシの鳴き声のようになって鳴り響いてくる。

時は気ぜわしく流れ去り、いっときも同じところにとどまってはいない。なのに、わたしだけがここに残っている。行くあてもなく、どこから来たのかもわからない。そんな気持ちになってくる。

わたしの傍らには誰もいない。わたしは誰とも何かを分かち合ってはいないし、将来、誰かと分かち合いたいとも思っていない。

残してきたものは何もなく、この世で唯一残したかったもの……手に手を携え、抱きしめ合い、一点の曇りもない笑顔を向けることのできる相手とは、相次いで死に別れた。

絶望や孤独の悲鳴、悲しみにのたうちまわる地獄、死にたくなるほどの怒り、泣いても泣いてもわきあがってくる涙と嗚咽《おえつ》……そんなものも、ひとたび通りすぎてしまえば、ひとかたまりの記憶の残滓《ざんし》にすぎなくなる。ささやかだった幸福の記憶もそれも、不思議なことに、終わってしまえば、似たような形をしている。そういうことも、いやというほど味わってきた。

愛や恋からも遠く離れた。アイシテル、という言葉はもはや、職業上の挨拶《あいさつ》でしかなくなっている。自分の身体の上を這《は》いまわる幾本もの、それぞれ違った男の指の感触や、彼らと交わす会話の中に、必死になって真実を探そうとしたり、愛されたい、理解されたいと願ったりする気持ちなど、今や毛筋ほども残されてはいない。

職業を全うしようとするその姿勢を正しく評価されて、わたしは分不相応と言うべき高額の報酬を得る。とはいっても、別に大したことをしているわけではない。どんな姿勢であれ、生きるために、人はひとつの姿勢を頑固に維持しなければならなくなることがある。わたしはただ、その姿勢を貫き通しているにすぎない。

時折、堕落、という言葉を思い浮かべる。どうやら自分は、堕ちるということを誠実にやってのけたのかもしれない、と思うこともある。

実際のところ、ここまで誠実に堕ちると気持ちがよかった。ごまかしの何もない、赤剝《む》けのひりひりした肌を見せながら、わたしは堕ち続けていった。どうせ堕ちていくのなら、正しく堕ちたいと願ってきた。

夏の夕まぐれ、そんなことを考えていると、信じられないことだが、わたしは幸福感さえ覚えてうっとりした。落下することの中にだけ、わたしには真実が見えるのだった。それでいいのだった。

そして、そう思うたびに、わたしは川端のことを考えた。

「きみの身体は素晴らしい。とてもきれいだ」と言ってくれた彼のことを。イタリアのパドヴァにある聖アントニウスの墓の話をしてくれた時の彼の表情を。死ぬまで飲み続けているのではないか、と思われるほどワインを飲み、酔ったのか酔わないのか、疲れて潤んだ目をしながら麻木子の話をする彼。ちょっとひねくれたような笑みを浮かべて、愛の記憶を封じこめようとでもするかのように、冷やかに虚空を見つめる時の彼……。

わたしに限らず、もう誰をも愛さないであろう川端の、視線がほんのいっとき、自分に向けられることを気持ちの奥底で望みつつ、それが決して実現しないことをわたしは知っている。

だから彼が好きなのだ……そんなことをわたしは、西日に包まれ、倦み疲れたような都会の夏を眺めながら思う。

「恋は御法度《ごはっと》よ」とマダム・アナイスは言った。わたしは、その教えを今も忠実に守りぬいている。

川端に恋をしているわけではない。この人は自分と同じ宇宙を漂ったことがある、と思える気持ち……好き、という感情の中にはそれもふくまれている。

わたしはとにかく、彼のことが好きなのだ。麻木子のことを好きだったのと同じように。男としてとか、人間としてとか、そういった区分けはしない。好きの理由も考えずにすむ。ただその存在だけが、むしょうに好きになる、ということも、この世にはある。

どれほど彼と肌を合わせ、キスをし合い、彼の腰つかいでとてつもなくいい気持ちになったとしても、それは恋ではない。男と女の深い淵《ふち》を改めてなぞろうとしているわけでもない。将来を語り合おうともしない。考えてもみない。

今、自分が生きてここに在ることの実感を川端を相手に味わう……それだけで、わたしにはもう、充分なのだった。

八月の半ば過ぎだった。

世間はお盆休みに入っていた。娼館《しょうかん》も例にもれず、会員たちは館の女の子を同伴して海外に行ったり、秘密の別荘に身を隠したりしていたので、サロンに足を運んでくる会員の数は、ふだんよりも少なかった。

女の子たちの中には、二週間ほどの休暇をとった子もいた。スタッフも交代でバカンスをとり、郷里に帰ったりしていた。

娼館で働く人間たちにも郷里がある。祖父母や両親がいたり、兄弟姉妹がいたり、甥《おい》や姪《めい》がいたりする。考えてみれば不思議でも何でもないことなのだが、郷里どころか、唯一の肉親である母親ですら、いないも同然だったわたしにとっては、それも遠い風景のように思えた。

舞を亡くしてから、母とはほとんど連絡を取っていなかった。母はわたしがどんな仕事についているのか、知らない。知ろうともしない。

だが、以前よりも娘が羽振りのいい暮らしをしている、ということだけは嗅《か》ぎつけている。昔から母には、その種の嗅覚《きゅうかく》があった。

今つきあっている九つ年下の不動産屋の男が、博打《ばくち》で一千万ほどの借金を作り、首がまわらなくなった、二、三日中に百万の金を用意しないと、大変なことになる、悪いけど、すぐに返すから貸してくれないか……母からのそんな電話を受けたのを最後に、わたしは自分の携帯から母の名を削除した。

悲しくはなかった。怒りもなかった。あんな女の娘として生まれてきたことを恥じただけだった。

スタッフの数が減り、女の子の数が減っても、野崎とマダムだけはいつも通り、変わらずに館にいた。野崎は相変わらず優雅な身のこなしで館内を行き来し、必要なチェックを怠らずにいた。館で行われていることは、どんな小さなことであろうと、すべて野崎の管理下にあった。彼は優秀なスタッフであり、『マダム・アナイス』を率いる第一人者であり、同時に、必要とあらばマダムの足元に跪《ひざまず》き、その高雅な自意識を容易に捨て去ることのできる男でもあった。

一日のほとんどを館にある専用の自室ですごし、姿を現さないことで有名だったマダムも、館内が静かになる季節、時折、顔を見せてくれた。マダムと野崎がそろって、中二階のバーカウンターに向かい、ゆったりと寛《くつろ》いだ様子で琥珀色《こはくいろ》の飲み物を飲んでいるのを見ることも多くなった。

そんなある日、たまたま、わたしが野崎と隣合わせのスツールに坐《すわ》り、よく冷えたキールを飲みながら雑談に興じていた時、マダムがやって来て声をかけてきた。わたしはその声を本当に懐かしく思った。

マダムから個人的に話しかけられたのは、久しぶりだった。眼鏡の奥で、美しいアーチを描きながら微笑んでいるマダムの目が、自分に向けられたのを見るのも、久しぶりだった。

初めてマダムの部屋に行き、マダムを見た時のこと……「救われた」と思った、あの不思議な瞬間のことが甦《よみがえ》った。今になっても、その気持ちに寸分の変化もないことをわたしは認めた。

わたしはいついかなる時でも、マダムを見て、マダムと話をするたびに、救われてきた。どれほど上品ぶっていても、所詮《しょせん》は娼館を経営する因業ばばあでしかないはずの女性が、わたしにとっては常に救世主であり続けたのだ。そしてそのことをわたしは、一度も疑ったり、馬鹿げたことだと考えたり、何かの勘違い、幸福な錯覚だと思ったりしたことがない。

「仲間に入れてくださる?」とマダムはわたしの隣のスツールに腰をおろし、何を飲んでいるのか、と訊《たず》ねた。

キールです、とわたしが言うと、マダムは初老のバーテンダーに「同じものを」と命じ、わたしの顔を見つめながら、もう一度、にっこりと微笑んだ。

美しい笑顔だった。初めて会った時にわたしに向けてくれたのと同じ笑顔。どこかに嘘がある、と思って、その嘘をさがそうとしても、結局何も見つからずに、いつのまにか吸い寄せられてしまう……そんな笑顔。

黒いロングスカートに、白のシルクのブラウス。第一ボタンまできちんとはめた襟元には、大ぶりのカメオのブローチが光っていて、それはいつもの見慣れた、館内におけるマダムのスタイルだった。

美しい体形をしている。相変わらず年齢がわからない。五十代半ばに見えることもあれば、四十になったかならないか、に見えることもある。美しく老いた六十代の女性に見えることもあったし、小娘時代を卒業したばかりの三十代にしか見えないこともあった。

いずれにしても、マダムは年齢を超越していた。濁りのない晴れやかな表情が、老いの兆候を見事に消し去っていた。マダムは若くもなく老いてもいない。永遠にひとつところから動かない。古い写真の中にだけある、完璧《かんぺき》に若やいだ笑顔を自分のものにしていた。

マダムに人生の堆積《たいせき》を感じることがあるとしたら、それは野崎と並んでいる時だけだった。野崎と比べれば、野崎のほうが遥《はる》かに若く見えた。野崎の隣にいるマダムは、確実に野崎よりは年上……しかもぐんと年長の女に見えた。

バーカウンターには、低くジャズピアノの音色が流れていた。琥珀色の明かりがカウンターをスポットライトのように照らし出しており、わたしとマダムと野崎、そして、カウンターをはさんで、グラスを磨いている白髪のバーテンダーの他には誰もいなかった。

「ここにこうやっていると、外が夏なのか冬なのか、わからなくなってしまうわね」とマダムが誰にともなく言った。「さっき、ちょっと窓を開けたら、油蟬が鳴いていたわ。それに外はまだ明るかった」

「その明るさが夕暮れどきの明るさではなくて、朝の明るさだ、と言われたらどうします?」野崎が面白そうに聞いた。

「どうもしないわ」とマダムはとろけるような微笑の中で答えた。「時間の感覚がなくなるっていうのも、たまにはいいものよ」

野崎は麻のブラックスーツに白の開襟シャツ姿だった。横顔が人形のように冷え冷えと美しく、わたしはそんな野崎を視野の片隅におさめながら、傍ら、マダムの笑顔を感じていた。

「いつだったかしら。ずっとずっと昔のことだけれど、わたし、部屋にある電話のコードを全部抜いて、玄関に鍵《かぎ》をかけて、家中の雨戸を閉じて過ごしていたことがあったの」

マダムはわたしに向かって、澄んだ声で言った。細い指が、キールのグラスに浮いた細かい水滴を軽くなぞった。左手の中指にはめられたブラックオパールの美しいリング以外、マダムの手や腕にジュエリー類は飾られておらず、それはいかにもマダムらしかった。

「食べるものといったら、クラッカーとかビスケットとか、飲み物はインスタントのコーヒー……そんなものばっかりだったわ。パジャマ姿のまんま、髪の毛もとかさないで、何日も何日も部屋にこもっていたの。その時も、外にどんな時間が流れているのか、わからなくなっていたわね。時計を見ればいいんでしょうけれど、見たところで、それが昼の時刻なのか、夜の時刻なのか、判別つかないから、しまいには時計も見なくなっていたものだわ」

あのう、とわたしは言った。「そんなに長い間、お部屋に閉じこもっていて、マダムはいったい何をなさってたんですか」

「オペラを聴いていたのよ」とマダムはあっさりと言い、キールをひと口飲むと、前を向いたまま、羞《は》じらうような笑みを浮かべた。「ヴェルディの『椿姫』だった。そうね、二百回……いえ、三百回は繰り返し聴いたかもしれません。レコードがすり切れるくらいに。あなた、『椿姫』は聴いたことがおあり?」

いいえ、とわたしは正直に答えた。「ありません」

「一度聴いてみたらいいわ。高級娼婦の物語よ。そう……今のあなたみたいな」

「コルティジャーナ」とわたしはふと口走った。

マダムは驚いたように、感心したように目を見開き、わたしを見た。「そうよ、高級娼婦は、コルティジャーナっていうの。えらいわ。よく知っていたのね」

わたしは笑みを浮かべた。「以前、野崎さんに教えていただいたんです。こちらで働くことが決まった直後に。それからずっと、忘れたことがありません」

うなずきながら微笑を返し、マダムはわたしではない、野崎のほうをちらりと見ると、束《つか》の間《ま》、眼鏡の奥の目を濡《ぬ》れたように輝かせた。

仕事場である館《やかた》の中だったとはいえ、マダムにはいつになく、リラックスした表情が窺《うかが》えた。わたしは無遠慮な質問ということを承知で、訊ねた。

「その……マダムがお部屋に閉じこもっていた時のことなんですが、いったいどうしてそうなってしまわれたんでしょう。何かすごく、悲しいことがあったんですね、きっと」

悲しいこと？　とマダムは穏やかに聞き返した。

ごめんなさい、とわたしは即座に小声であやまった。あやまる必要はなかったし、マダムが気を悪くしたとも思えなかったが、マダムが話したくないのなら、別に聞かずともよかった。そういうつもりであやまっただけだった。

だが、マダムは隣に坐《すわ》っているわたしを見て、シャム猫のように優雅に首を横に振った。水蜜桃《すいみつとう》を思わせる美しい頬に、カウンターのライトがあたり、ほんのわずかな間だけだったが、わたしはそこに確かに、少女のような産毛を見た。

「悲しいことっていうのは、案外、簡単に乗り越えられるものよ。そう、とても簡単。時間が洗い流してくれるわ。問題はね、そうではない感情と戦わなくてはならなくなった時」とマダムは言った。

「そうではない感情……ですか？」

わたしがそう聞き返した時だった。野崎の目の前の、キールのグラスと共に置かれていた携帯が、くぐもった音をたてながら震え出した。

失礼、と低く言いながら、彼はわたしやマダムに背を向ける形で携帯を耳にあてがった。

短い会話のあと、彼はマダムに向かって言った。「厨房《ちゅうぼう》で来月からのメニュー変更についての打ち合わせが始まったそうなんです。ちょっと様子を見てこなくてはならないので、僕はこれで……」

「あ、それでしたら私も一緒に参加するよう、コック長から言われていますので」とバーテンダーの男が言った。「新メニューのアペリティフの件なんですが……」

ああ、そうだったな、と野崎は返した。

マダムは深くうなずき、「お願いするわ」と言った。「でもその前に、キールをもう一杯ずつ、ここに置いていってくださらない？　わたしと彼女の分を」

かしこまりました、とバーテンダーは言い、わたしとマダムとに等分の笑顔を向けた。

キールの用意ができ、野崎とバーテンダーが去って行くと、マダムは改まったようにわたしに向き直った。

「さっきのお話の続きをしましょうか」

わたしの目は輝いていたと思う。はい、とわたしはうなずき、マダムをじっと見つめた。

でも、その前に、とマダムは言い、おっとりと微笑みかけた。形の美しい、光沢のある唇が開いて、奥の白い歯が覗《のぞ》き見えた。「あなたは、この館《やかた》ですばらしい仕事をしてくださってるわ。わたしの目に狂いがなければ、わたしが選んだ女の子たちに問題があるはずもないのだけれど、でも、あなたはとりわけ、優秀よ。ただの殿方の人気者、という意味ではなく。あなたには、わたしが望む何かがきちんとあるの。それは美貌《びぼう》とか、才能とか、人間性とか、そういったものとはまったく別のものよ。本物の強さ、と言ってもいいかもしれない」

「強さ、ですか?」わたしは聞き返し、強く首を横に振った。「とんでもないです。わたしなんか……」

強いわ、とマダムは言った。「偽物の、恰好《かっこう》をつけただけの強さではなくて、人としての本物の強さをあなたはお持ちよ。わたしの目にはそう見えるわ」

わたしが黙っていると、マダムはうっすらと笑いかけ、ゆっくりとした仕草でキールを飲んだ。

「さっきの話に戻すけれど、悲しい気持ちというのは、時間がたてば消えてしまうの。悲しみだけじゃない、腹の立つことも不安をかきたてられるようなことも、たいていは時間が消してくれる。不思議なほどよ。でもね、時間がいくら流れても、決して消えてくれない感情もあるわ。複雑で、一言で説明しきることなんかできない、自分でもそれが何なのかよくわからずにいるような、そんな感情。わたしたちは生きている間に、そういう感情を、自分ひとりで抱えていかなくちゃならなくなることがある」

わたしはそっとマダムを見た。マダムは非のうちどころなく端整な横顔をわたしに見せたまま、背筋を伸ばして静かにうなずいた。

野崎という人はね、とマダムは落ちついた澄みわたった声で言った。「実は昔、わたしの娘の婚約者だったの。それなのに、彼とわたしは恋におちてしまったのよ」

はあ、とわたしは言った。間の抜けた言い方になっていた。だが、仕方がなかった。わけがわからなかった。

「それを知った娘は、自殺したわ」

わたしはマダムの左手の中指にはめられている、ブラックオパールのリングを見ていた。それは天井の明かりを受けて、鈍く光った。

「当時、わたしと娘が二人で暮らしていた家の車庫でね、首を吊《つ》ったの。見つけたのはわたしよ。朝だった。きれいに晴れた冬の朝。見苦しくないように、と思ったんでしょうね、娘は、その時はいていた短めの丈のスカートの裾《すそ》を白いりぼんで縛っていました。……ある意味で、当然の結末だったと言えるわね。あんな事態に陥ったら、わたしか娘か、どちらかが自殺するのが一番手っとり早い解決方法だったと言えるのだから。あるいは野崎が自殺するか、野崎とわたしが心中するか。誰かが誰かを殺すか。いずれにしても、死人を出さないままものごとが解決されることは難しい……そういう恐ろしいことが、人生には往々にして起こるものだけれど、まさにあの時、自分たちはそういう状態にあったんだと今は思うわね」

わたしが返す言葉をなくして黙っていると、「娘は私生児でした」とマダムは淡々とした口調で言った。「二十代の頃から、わたしはずっと、名前を言えば誰でも知っている、世界的に高名で裕福な指揮者に囲われていたの。相手が誰なのかはここでは口にしないわ。興味があるのなら、調べてごらんになればいいけれど……多分、あなたはそんなことはしないと思う。退屈なことよ、昔、他人がかかわっていた男について探るなんて。わたしだったら絶対にしないわね。どうでもいいことですもの。ともかく、その方との間に生まれた子供が娘だったの。認知はしない、できない、という約束で、その代わり、娘の養育費として、わたしは長い間、信じられない額のお金をいただいていたわ。娘は野崎と恋におちるまでは、本当に幸せだったはずよ。私生児だったけれど、彼女はわたしにも、父親であるその指揮者にも心から愛されていましたから。もっとも、娘の父親は、娘が高校に入学した年に亡くなりましたけれどね。その方はわたしたちのために遺言を残してくださっていたので、わたしと娘はもったいないほど多額の遺産を受け取りました。あちらの奥様やお子さんたちとの間で、ちょっとしたトラブルはありましたが、それも今となっては、大した出来事ではなかったわ」

そこまで言うと、マダムはわたしのほうを見て、「野崎はね」と言った。「資産家の御曹司《おんぞうし》だったの。といっても、妾腹《しょうふく》の子だったんだけど、そんなところも、娘と気が合ったようね。娘は大学を卒業してから野崎と知り合って、恋におちたの。よく家に連れて来ていたわ。三人で食事に行ったり、ドライブしたり。国内旅行はもちろん、プーケットやバルセロナやニューヨークにも、三人で行ったわ。わたしたちは仲がよかった。娘は野崎に夢中だった」

「でも、野崎さんは……お嬢さんではない、マダムを好きになった。そしてマダムも……」

そうね、とマダムは言った。遠くを見る目が細くなり、いっとき、その唇から笑みが消えた。

「人生にはなんでも起こるわ。起こらないことなんかありません。ある日ある時、信じられないことが起こる。至福と地獄が同時にやってくるの。それを正面から受け止めるために、どれほどの強靭《きょうじん》さを必要とするか、簡単にはわからないでしょう、きっと」

わたしは軽く咳払《せきばら》いをし、キールをひと口飲んでから、肩で深呼吸した。「マダムが……二百回も三百回も『椿姫』のレコードを聴きながら、誰にも会わず、電話のコードもはずしたまんま、お部屋にこもっていらしたのは、その時……つまり、お嬢さんが亡くなられた後のことだったんですね？」

ええ、とマダムは言った。「その通りよ」

「野崎さんとはその時、会わなかったんですか」

「会いませんでした。しばらくの間、会わずにいようとわたしが言ったから」

「でも……おふたりは本当の意味で愛し合っていたのでしょう?」

「人が一人、死んだのよ。首を括《くく》ったのよ。しかもそれが自分の娘で、自分たちの恋が原因だったのよ。常識や倫理や道徳の問題ではないわ。わたしと彼の問題だった。誰も決めることができない。決めるのはわたしであり、彼だった」

「でも、今もマダムは野崎さんと一緒にいらっしゃる」

「野崎とわたしは、一生、離れられないんです。恋は終わってしまったし、ピリオドをうたなければならない状況に追いこまれていたし、そうだとすれば、独身の野崎が今後、可愛い女の人と恋をしたり、結婚したり、子供を作ったりすることも当然あっておかしくなかったはずだし、今後もその可能性は充分にあるでしょう。でも……わたしたちだけは離れずに、ずっと一緒に生きていける。わたしたちはね、そういう関係になることができたの」

「お嬢さんの死を償うという意味で?」

「それは少し違うわね」とマダムは穏やかに言った。「結局、終わったことをわたしたち自身が受け入れることができたのよ。もちろん、受け入れるまでには何度、地獄を覗きこんだかわかりません。恋しい、いとおしいと思う気持ちをナイフで切り裂くことがどれだけつらいことか、あなたにもわかると思う。でも、そんな話を今、あなたに語ってみせても仕方がない。自分が見てきた地獄の話は繰り返して人に語るものじゃないわ。ともかく、わたしたちはね、最終的に、自分たちが終わったことを受け入れたの。彼は生きていくうえでの強い精神をもっていた。だからできたのよ。そして、どうやらこのわたしも」

「マダムは強いです」とわたしは言った。「マダムと出会えて、わたしはどれだけ強くなれたか」

マダムはそれには応《こた》えなかった。わたしはひとりごちるように言った。

「終わっても、一緒に生きていく……」

「そうよ」マダムはそう言い、やわらかな春の陽射しのような笑みを浮かべながらわたしを見た。「その通り。何かが終わっても、一緒に生きていく……それは素晴らしいことだわ。この世で起こる、いろいろなことの中でも、とっておきに素晴らしいこと。今ではそう思えるのよ」

晩夏の頃、わたしと川端は『マダム・アナイス』の館《やかた》の中の、いつもの部屋にいた。土曜日の夜だった。わたしたちは、夜通し、ニュイ・サンジョルジュの赤ワインを飲み続けようとしているところだった。クーラーをつけたまま開け放しておいた窓の外からは、叢《くさむら》ですだく虫の音が聞こえていた。

傍らのキングサイズのベッドには、ゴブラン織りのベッドカバーがかけられたままになっていたが、中央部分はヒトの形にへこんでいた。わたしと川端が、時折、ベッドに横になっては、軽く抱き合い、キスし合い、そのままの姿勢でぽつりぽつりと会話を続けていたせいだ。

晩夏とはとても思えないほど、昼間、気温があがったせいだろう。遠い空に雷鳴が轟《とどろ》いているのが聞こえていた。それは、どこかを走り過ぎていく救急車のサイレンの音や、行き交う車のタイヤの音、ごうごうという、無音の中の都市の喧騒《けんそう》と混ざり合い、溶け合って、どこか優しく耳に響いてきた。

「雨になるかもしれないな」と川端が言った。

そうね、とわたしはうなずいた。

肘《ひじ》掛け椅子の中の川端はジーンズ姿だった。細いストライプ模様の入ったシャツの前をはだけていた。シャツの奥に、うっすらと筋肉がついた胸が見えた。その腹部のあたりが年齢相応にゆるんでいるのを、わたしは微笑ましい気持ちで眺めた。

わたしは彼の肉体を好ましく思った。肉も骨も皮膚も香りもすべて。

それは恋しいと思う気持ちとは異なっていた。彼がわたしの肉体を好きになって買ってくれているのと同様、わたしもまた、肉体を売る立場として、買う側の肉体を好きになり、正しく評価しているにすぎなかった。

川端が手を伸ばしてきて、わたしの膝《ひざ》に触れた。その手は太ももをまさぐり、やがてわたしが着ていたカナリヤ色のシルクシフォンのワンピースの裾《すそ》を割って中に入ってきた。

わたしは思わずぴくりとして、腰を反らせた。演技ではない。本当にそうなったのだ。

温かい、とややあって彼は低い声で言った。

「ここが潤っている」

「そうみたいね」

「とろけている。蜜《みつ》のようだ。いつからこうなった」

「いつ……って、あなたとこの部屋に来た時からずっとよ」

川端はしばらくの間、わたしを見つめていたが、やがてわたしのわきの下に両手をはさむと、抱き上げるような形で椅子から立たせた。

「おいで」

「どこに」

「俺の上に。下着を脱いで」

わたしはうなずき、手早く下着をはずした。川端もジーンズを脱ぎ、下着を脱いで椅子に坐《すわ》った。

雷鳴が轟いた。わたしは両足を拡げる形で川端の膝の上に乗った。乗るやいなや、カナリヤ色のワンピースの下で、川端のものがわたしの中にするりと入ってきた。

「あなたが好きよ」わたしは彼の首に両手をまわし、その耳元で囁《ささや》いた。「わたしはあなたに救われた。もう、亡くした子供のことも、嫌いな母親のことも、子供の父親だった男のことも忘れたわ。忘れさせてくれたのはあなたよ。それにあなたの中には麻木子がいる。わたしの中にも生きている。わたしたちはいつも一緒にいられる」

ああ、そうだな、と川端はわたしのお尻《しり》を両手でつかみながら言った。「俺もきみのことが好きだよ」

「わたしのこと、じゃなくて、わたしの身体が、でしょう?」

「さあ、どうだろう。そうだとしても、それは最高の賛辞だと思うけど」

「どっちでもいい」とわたしは自分から腰を動かしながら彼の耳朶《みみたぶ》を軽く噛《か》んだ。

「どうでもいいわ、そんなこと。これからも時々、来て。そしてお金を払ってわたしを抱いて」

「そうしよう」

「ねえ」とわたしは言った。

「ん？」

「わたし、あなたに出会えてよかった」

マダムに言ったのと同じ意味でそう言い、わたしは彼の肩にしがみつきながら、上下左右に腰を振った。彼はかすかに息を乱し、目を閉じた。

さあっ、と乾いた風のような音がしたと思ったら、その時、窓の外で雨が降り出した。雨は庭の木立の葉をたたき、草を濡《ぬ》らし、湿った土の香《か》を立ちのぼらせた。

わたしたちは、雨が作る水の檻《おり》の中に閉じこめられたまま、深くつながり続けた。一回腰を動かすたびに、わたしは思った。「生きている」と。「生きていきたい」と。

生きている、生きていきたい、生きている、生きていきたい……。呼吸が烈《はげ》しくなり、喘《あえ》ぎ声が喉《のど》の奥からもれてくる。肘掛け椅子の脚がぎしぎしと鳴る。

わたしたちは嚙みつきあうようなキスをする。性と性、生と生とがぶつかり合う。
水の音をぬうようにして、遠い雷鳴が聞こえている。

本書は二〇〇六年一月、小社より刊行された
単行本を、文庫化したものです。

青山娼館《あおやましょうかん》

小池真理子《こいけまりこ》

平成21年 2月25日　初版発行
令和7年 5月15日　5版発行

発行者●山下直久

発行●株式会社KADOKAWA
〒102-8177　東京都千代田区富士見2-13-3
電話　0570-002-301（ナビダイヤル）

角川文庫 15563

印刷所●株式会社KADOKAWA
製本所●株式会社KADOKAWA

表紙画●和田三造

●お問い合わせ
https://www.kadokawa.co.jp/（「お問い合わせ」へお進みください）
※内容によっては、お答えできない場合があります。
※サポートは日本国内のみとさせていただきます。
※Japanese text only

ISBN978-4-04-149417-2　C0193